上　卷 ｜ 先秦至唐五代

诗外文章

文学、历史、哲学的对话

著 ｜ 王充闾

人民文学出版社

图书在版编目(CIP)数据

诗外文章:文学、历史、哲学的对话:全三册/王充闾著.—北京:人民文学出版社,2018(2023.8重印)
ISBN 978-7-02-014252-1

Ⅰ.①诗… Ⅱ.①王… Ⅲ.①诗词—文学欣赏—中国 Ⅳ.①I207.2

中国版本图书馆CIP数据核字(2018)第094383号

责任编辑　李　磊
装帧设计　李思安
责任印制　王重艺

出版发行　人民文学出版社
社　　址　北京市朝内大街166号
邮政编码　100705

印　　刷　三河市中晟雅豪印务有限公司
经　　销　全国新华书店等

字　　数　770千字
开　　本　680毫米×960毫米　1/16
印　　张　61.5　插页9
印　　数　6001—9000
版　　次　2018年10月北京第1版
印　　次　2023年8月第2次印刷

书　　号　978-7-02-014252-1
定　　价　129.00元

如有印装质量问题,请与本社图书销售中心调换。电话:01065233595

自　序

　　陆游有"工夫在诗外"之说，那是着眼于作诗；而"诗外文章"，则是讲诗文合璧，所谓"借树开花"——依托哲理诗的古树，开放文化散文的新花。

　　诗文同体，创辟一方崭新的天地。散文从诗歌那里领受到智慧之光，较之一般文化随笔，在知识性判断之上，平添了哲思理趣，渗透进人生感悟，蕴含着警策的醒世恒言；而历代诗人的寓意于象，化哲思为引发兴会的形象符号，则表现为一种恰到好处的点拨，从而唤起诗性的精神觉醒；至于形象、想象、意象与比兴、移情、藻饰的应用，则有助于创造特殊的审美意境，拓展情趣盎然的艺术空间。

　　与一般的散文写作不同，由于是诗文合璧的"连体婴儿"，要同诗歌打交道，就须把握其富于暗示、言近旨远、意在言外的特点，既要领会诗中已经说的，还要研索诗中没有说的，既入乎诗内，又出乎诗外。而现代阐释学与传统接受美学，恰好为这种"诗外文章"提供了理论支撑，构建了鼓荡神思的张力场。这一理论认为，作品（比如哲理诗）的意蕴，不是由作者一次完成的，文本永远向着阅读开放，理解总是在进行中，这是一个不断充实、转换以至超越的过程；文学接受具有鲜明的再创造性，"作者用一致之思，读者各以其情而自得"（清初王船山语）；"作者之用心未必然，而读者之用心何必不然"（晚清谭献语）。

　　撰稿过程中，借鉴东坡居士的"八面受敌"法，每立一题意，都是从多个角度研索、深思,"每次作一意求之",凡有所得,随时记下,时日既久,所获渐多,依次成篇;尔后,再反复进行充实、修改、查核、厘正。可以说,这近五百篇散文,没有一篇是一次完成的,少经三四次,多则十数次。

这类文章的写作,会通古今,连接心物,着意于哲学底蕴与精神旨趣,既需依靠学术功力、知识积累,又要借助于人生阅历与生命体验,需要以自己的心灵同时撞击古代诗人和今日读者的心灵,在感知、兴会、体悟方面下功夫,这才有望进入渊然而深的灵境。要之,无论其为理性思维的探赜发微,还是诗性感应的领悟体认,反映到陶钧文思的过程中,都是一种消耗性的心神鏖战。

确信读者诸君,手此一编,面对数百个文学、哲学、美学、心理学的课题,将会和作者一样,从历史逻辑、理论逻辑、实践逻辑出发,同时经历着直觉的体悟与理性的接引,灵魂交替着经受痛苦与陶醉的洗礼。在这里,"哲学已经不再是为了认识而注视着外部世界;它作为一个登上舞台的人物","走出阿门塞斯的阴影王国,转而面向那存在于理论精神之外的世俗的现实"。(马克思语)日夕寝馈其间,不要说"静里玄机"砉然勘破,心神顿时为之一快;即便是寻觅到一个崭新的视角,发掘出三两个有趣的问题,开启了意义的多种可能性,那种被激活、被照亮、被提升的感觉,也都是一种切理餍心的美的享受。

是为序。

2018 年 3 月于沈阳

上卷·目录

先秦至隋代

伊人宛在水之湄 …………………………………… 3
　　　诗经　蒹葭
谗人罔极 …………………………………………… 9
　　　诗经　青蝇
沧浪之水 …………………………………………… 13
　　　先秦民歌　沧浪歌
大风歌罢转苍凉 …………………………………… 16
　　　刘邦　大风歌
枯鱼之悔 …………………………………………… 19
　　　汉乐府　枯鱼过河泣
"跟风"现象的背后 ……………………………… 21
　　　汉乐府　城中谣
长相思 ……………………………………………… 23
　　　汉代古诗　涉江采芙蓉
英雄中的诗人 ……………………………………… 26
　　　曹操　龟虽寿
金石其言　松柏其行 ……………………………… 29

　　　　刘桢　赠从弟

萁豆相煎 ………………………………………………… 31
　　　　曹植　七步诗

一曲自怜自叹的哀歌 …………………………………… 33
　　　　左思　咏史八首(其二)

出污泥而不染 …………………………………………… 36
　　　　吴隐之　酌贪泉诗

此心自在悠然 …………………………………………… 38
　　　　陶潜　饮酒(其五)

寒梅礼赞 ………………………………………………… 44
　　　　鲍照　梅花落

问得含蓄　答得模糊 …………………………………… 46
　　　　陶弘景　诏问山中何所有赋诗以答

自荐诗可以这样写 ……………………………………… 48
　　　　吴均　赠王桂阳

孤雁伤怀 ………………………………………………… 51
　　　　萧纲　夜望单飞雁

庾信平生最萧瑟 ………………………………………… 53
　　　　庾信　寄徐陵

作人难 …………………………………………………… 55
　　　　乐昌公主　饯别自解

借物传情 ………………………………………………… 57
　　　　孔绍安　落叶

唐 五 代

诗言志 …………………………………………………… 61
　　　　虞世南　蝉

行者常至 …………………………………………… 63
　　　李世民　破阵乐
同而不同 …………………………………………… 65
　　　李峤　中秋月
故垒悲歌 …………………………………………… 67
　　　陈子昂　登幽州台歌
苦中作乐 …………………………………………… 70
　　　王翰　凉州词
妙于说理 …………………………………………… 72
　　　王之涣　登鹳鹊楼
聊将无奈作悲凉 …………………………………… 74
　　　李适之　罢相作
离而不伤 …………………………………………… 76
　　　王昌龄　送柴侍御
神与物游 …………………………………………… 78
　　　王维　终南别业
诗中有画 …………………………………………… 81
　　　王维　山中
悠然心会 …………………………………………… 83
　　　李白　山中问答
生寄死归 …………………………………………… 85
　　　李白　拟古十二首（其九）
流俗多误 …………………………………………… 88
　　　李白　古风五十九首（其五十）
"刺天下不识人者" ………………………………… 90
　　　高适　咏史
戏看真人弄假人 …………………………………… 92

梁锽　咏木老人（一作傀儡吟）
怜才惜士的哀歌 ………………………………………… 94
　　杜甫　存殁口号二首（之二）
老有所为 ………………………………………………… 96
　　杜甫　江汉
诗圣的悲哀 ……………………………………………… 99
　　杜甫　南征
清高最忌矫饰 …………………………………………… 103
　　灵澈　东林寺酬韦丹刺史
慈母颂 …………………………………………………… 105
　　孟郊　游子吟
关注潜人才 ……………………………………………… 109
　　杨巨源　城东早春
新嫁娘的机智 …………………………………………… 111
　　王建　新嫁娘词
闲中生趣 ………………………………………………… 113
　　张籍　与贾岛闲游
禅趣 ……………………………………………………… 115
　　于良史　春山夜月
祛魅 ……………………………………………………… 117
　　韩愈　题木居士二首（选一）
托物以讽 ………………………………………………… 119
　　韩愈　楸树二首
距离产生美感 …………………………………………… 122
　　韩愈　早春呈水部张十八员外二首（其一）
看得见的沧桑 …………………………………………… 124
　　刘禹锡　乌衣巷

"诗无达诂"之一例 …………………………………… 126
　　　刘禹锡　视刀环歌

不是春光　胜似春光 ………………………………… 129
　　　刘禹锡　秋词二首

"梅花"旧话 …………………………………………… 131
　　　刘禹锡　杨柳枝词(九首之一、四)

"人心险于山川" ……………………………………… 133
　　　刘禹锡　竹枝词(九首选一)

双关谐语的妙谛 ……………………………………… 135
　　　刘禹锡　竹枝词(二首选一)

自信力的张扬 ………………………………………… 137
　　　刘禹锡　浪淘沙词(选一)

刘郎去后 ……………………………………………… 139
　　　刘禹锡　玄都观二绝句

一诗三解 ……………………………………………… 141
　　　刘禹锡　与歌者米嘉荣

花系离愁 ……………………………………………… 143
　　　刘禹锡　和令狐相公别牡丹

"功臣政治" …………………………………………… 145
　　　刘禹锡　韩信庙

镜子上面有文章 ……………………………………… 147
　　　刘禹锡　昏镜词

辨伪 …………………………………………………… 150
　　　白居易　放言(五首之一)

决疑 …………………………………………………… 153
　　　白居易　放言(五首之三)

诗人谈老 ……………………………………………… 156

　　　　白居易　醉中对红叶

境由心造 …………………………………… 158
　　　　白居易　恒寂师禅苦热题室

怒其不争 …………………………………… 160
　　　　白居易　禽虫十二章（之六）

眼界 ………………………………………… 162
　　　　白居易　禽虫十二章（之七）

弱者避世之言 ……………………………… 164
　　　　白居易　林下樗

说给鱼儿的话 ……………………………… 166
　　　　白居易　放鱼

返本还初 …………………………………… 168
　　　　白居易　点额鱼

少年登科的警示 …………………………… 170
　　　　白居易　送考功崔郎中赴阙

自感乏味 …………………………………… 172
　　　　白居易　自感

桃源人也 …………………………………… 174
　　　　白居易　涧中鱼

美色的悖论 ………………………………… 176
　　　　白居易　王昭君二首（选一）

何苦出山 …………………………………… 178
　　　　白居易　白云泉

不作"闲云" ………………………………… 180
　　　　白居易　岭上云

过来人语 …………………………………… 182
　　　　白居易　寄潮州杨继之

瞬息浮生 …………………………………… 184
　　　白居易　对酒五首（之二）
昔梦重温 …………………………………… 186
　　　白居易　临水坐
好生之德 …………………………………… 188
　　　白居易　鸟
字字皆心苦 ………………………………… 190
　　　李绅　悯农二首（选一）
莫做高心空腹人 …………………………… 192
　　　李绅　答章孝标
遗世独立 …………………………………… 194
　　　柳宗元　江雪
见证时间 …………………………………… 197
　　　徐凝　古树
空门之悟 …………………………………… 199
　　　神赞　蜂子投窗偈
心性触事而明 ……………………………… 201
　　　灵云志勤　开悟诗
莫负韶光 …………………………………… 203
　　　无名氏　金缕衣
诗话沧桑 …………………………………… 205
　　　皇甫松　浪淘沙（二首选一）
种蒺藜者得刺 ……………………………… 207
　　　贾岛　题兴化园亭
爱菊一解 …………………………………… 209
　　　元稹　菊花
千古悼亡绝唱 ……………………………… 211

目录　｜　7

　　　　元稹　离思五首(选一)

美哉,"说项" …………………………………………………… 213
　　　　杨敬之　赠项斯

动人春色不须多 …………………………………………… 215
　　　　陈标　蜀葵

净扫山云 …………………………………………………… 217
　　　　施肩吾　讽山云

立乎其大 …………………………………………………… 219
　　　　刘叉　姚秀才爱予小剑因赠

"雨露翻相误" ……………………………………………… 221
　　　　刘得仁　长门怨

白发说公亦不公 …………………………………………… 223
　　　　杜牧　送隐者一绝

生命潜消的感慨 …………………………………………… 225
　　　　杜牧　汴河阻冻

仁者之言 …………………………………………………… 227
　　　　杜牧　赠猎骑

明心见志 …………………………………………………… 229
　　　　香严智闲禅师　李忱　瀑布联句

泪洒孤坟 …………………………………………………… 231
　　　　温庭筠　蔡中郎坟

人间重晚晴 ………………………………………………… 233
　　　　李商隐　乐游原

借桃抒愤 …………………………………………………… 235
　　　　李商隐　嘲桃

耿耿赤诚寄后昆 …………………………………………… 237
　　　　李商隐　初食笋呈座中

一篇精彩的史论 …………………………………… 239
　　李商隐　题汉祖庙

雏凤声清 ………………………………………… 241
　　李商隐　韩冬郎即席为诗相送寄酬二首（选一）

因象寄兴 ………………………………………… 243
　　李商隐　月

悔 ………………………………………………… 245
　　李商隐　嫦娥

生命体验 ………………………………………… 247
　　李群玉　放鱼

春风反衬人间世 ………………………………… 249
　　罗邺　赏春

为求仙者击一猛掌 ……………………………… 251
　　罗邺　望仙

"功"在杀人多 …………………………………… 253
　　曹松　己亥岁（二首选一）

椎心泣血之问 …………………………………… 255
　　罗隐　蜂

自警 ……………………………………………… 257
　　罗隐　鹦鹉

雄辩有据　嘲讽无情 …………………………… 259
　　章碣　焚书坑

伤春　惜春　望春 ……………………………… 261
　　司空图　退居漫题（七首选一）

还需"制度伯乐" ………………………………… 263
　　胡曾　虞坂

境遇能够改变人 ………………………………… 266

　　　　王镣　感事
物不得其平则鸣……………………………………………268
　　　　高蟾　下第后上永崇高侍郎
时间冲淡一切………………………………………………270
　　　　唐彦谦　仲山
为"小字辈"鼓与呼…………………………………………272
　　　　杜荀鹤　小松
生于忧患……………………………………………………274
　　　　杜荀鹤　泾溪
青松的赞歌…………………………………………………276
　　　　崔涂　涧松
繁华梦觉……………………………………………………278
　　　　崔涂　感花
明日黄花……………………………………………………280
　　　　郑谷　十日菊
曲折而明……………………………………………………282
　　　　无尽藏　梅花
知与行的背反………………………………………………284
　　　　钱珝　江行无题一百首（选一）
"素知"的辩证法……………………………………………286
　　　　周昙　毛遂
需要通才……………………………………………………288
　　　　周昙　再吟
闲到心时始是闲……………………………………………290
　　　　崔道融　月夕
语浅言深……………………………………………………292
　　　　唐备　道旁木

高情远志 …………………………………………… 294
　　　张文姬　沙上鹭
禅悟人生 …………………………………………… 296
　　　契此　插秧歌
对牡丹说"不" ……………………………………… 298
　　　王溥　咏牡丹
何来"女祸" ………………………………………… 300
　　　花蕊夫人　述亡国诗

先秦至隋代

伊人宛在水之湄

蒹葭

诗经·国风①

蒹葭苍苍,白露为霜。
所谓伊人,在水一方。
溯洄从之,道阻且长;
溯游从之,宛在水中央。

蒹葭萋萋,白露未晞。
所谓伊人,在水之湄。
溯洄从之,道阻且跻。
溯游从之,宛在水中坻。

蒹葭采采,白露未已。
所谓伊人,在水之涘。
溯洄从之,道阻且右。
溯游从之,宛在水中沚。

---

① 《诗经》是我国最早的一部诗歌总集,选辑了西周初到春秋末五百多年的诗歌,共三百零五篇;分为《风》《雅》《颂》。《风》多为民间歌谣,本诗选自《秦风》。

清·梁绍壬《两般秋雨盦随笔》中记载：乾隆年间，会稽胡西垞咏《蓼花》诗有句云："何草不黄秋以后，伊人宛在水之湄。"上联引《诗经·小雅》，以百草枯黄喻人生憔悴，实写征夫行役之苦；下联虚写秋水伊人，通过《诗经·蒹葭》中"宛在"二字，渲染凄清景象、痴迷心象、模糊意象，营造一种若隐若现、若即若离、若有若无的朦胧意境。

同人生一样，诗文也有境与遇之分。《蒹葭》写的是境，而不是遇。"心之所游履攀援者，故称为境。"（佛学经典语）这里所说的境，或曰意境，指的是诗人（主人公？）的意识中的景象与情境。境生于象，又超乎象；而意则是情与理的统一。在《蒹葭》之类抒情性作品中，二者相辅相成，形成一种情与景汇、意与象通、情景交融、相互感应，活跃着生命律动的韵味无穷的诗意空间。

《蒹葭》写的是实人实景，却又朦胧缥缈、扑朔迷离，既合乎自然，又邻于理想，可说是造境与写境、理想与实际、浪漫主义与现实主义完美结合的范本。"意境空旷，寄托元淡。秦川咫尺，宛然有三山云气，竹影仙风。故此诗在《国风》为第一篇缥缈文字，宜以恍惚迷离读之。"（晚清·陈继揆语）

说到缥缈，首先会想到本诗的主旨。历来对此，歧见纷呈，莫衷一是，就连宋代的大学问家朱熹都说："不知其何所指也。"今人多主"追慕意中人"之说；但过去有的说是为"朋友相念而作"，有的说是访贤不遇诗，有人解读为假托思美怀人，寄寓理想之不能实现，有的说是隐士"明志之作"，旧说还有："《蒹葭》刺襄公也，未能用周礼，将无以固其国焉。"……

诗中的主人公，飘忽的行踪、痴迷的心境、离奇的幻觉，忽而"溯洄"，忽而"溯游"，往复辗转，闪烁不定，同样令人生发出虚幻莫测的感觉。而那个只在意念中、始终不露面的"伊人"，更是恍兮惚兮，除了"在水一方",其他任何情况,诸如性别、年龄、身份、地位、外貌、心理、情感、癖好等等,统统略去。彼何人斯?是美女?是靓男?是恋人?是挚友?是贤臣?是君子?是隐士?是遗民?谁也弄不清楚。

诚然,"伊人宛在水之湄",既不邈远,也不神秘,不像《庄子》笔下的"肌肤若冰雪,绰约如处子,不食五谷,吸风饮露"的"神人",高踞于渺茫、虚幻的"藐姑射之山"。绝妙之处在于,诗人"着手成春",经过一番随意的"点化",这现实中的普通人物、常见情景,便升华为艺术中的一种意象、一个范式、一重境界。无形无影、无迹无踪的"伊人",成为世间万千客体形象的一个理想的化身;而"在水一方",则幻化为一处意蕴丰盈的供人想象、耐人咀嚼、引人遐思的艺术空间,只要一提起、一想到它,便会感到无限温馨而神驰意往。

这种言近旨远、超乎象外、能指大于所指的艺术现象,充分地体现了《蒹葭》的又一至美特征——与朦胧之美紧相关联的含蓄之美。

一般认为,含蓄应该包括如下意蕴:含而不露,耐人寻味,予人以思考的余地;蕴蓄深厚,却不露形迹,所谓"不着一字,尽得风流";以简驭繁,以少少许胜多多许。如果使之具象化,不妨借用《沧浪诗话》中的"语忌直、意忌浅、脉忌露、味忌短"概之。对照《蒹葭》一诗,应该说是般般俱在,丝丝入扣——

诗中并未描写主人公思慕意中人的心理活动,也没有调遣"求之不得,寤寐思服。悠哉悠哉,辗转反侧"之类的用语,只写他"溯洄""溯游"的行动,略过了直接的意向表达,但是,那种如痴如醉的苦苦追求情态,却隐约跳荡于字里行间。

依赖于含蓄的功力,使"伊人"及"在水一方"两种意象,引人思慕无穷,永怀遐想。清代画家戴熙有"画令人惊,不若令人喜;令人喜,不若令人思"之说,道理在于,惊、喜都是感情外溢,有时而尽的,而思则是此意绵绵,可望持久。

"伊人"的归宿,更是含蓄蕴藉,有余不尽,只以"宛在"二字了

先秦至隋代 | 5

之——实际是"了犹未了",留下一串可以玩味于无穷的悬念,付诸余生梦想。黑格尔在《美学》一书中指出:"艺术的显现通过它本身而指引到它本身之外。"这从更深的层次上来考究,就上升为哲理性了。

钱锺书先生在《管锥编》中最先指出,《蒹葭》所体现的是一种可望而不可即的"企慕之情境"。它"以'在水一方'寓慕悦之情,示向往之境";亦即海涅所创造的"取象于隔深渊而睹奇卉,闻远香,爱不能即"的浪漫主义的美学情境。

就此,当代学者陈子谦在《钱学论》中作了阐释:"企慕情境,就是这一样心境:它表现所渴望所追求的对象在远方,在对岸,可以眼望心至,却不可以手触身接,是永远可以向往,但不能到达的境界";"在我国,最早揭示这一境界的是《诗·蒹葭》","'在水一方',即是一种茫茫苍苍的缥缈之感,寻寻觅觅的向往之情……'从之'而不能得之,'望之'而不能近之,若隐若现,若即若离,犹如水中观月,镜里看花,可望不可求"。

《蒹葭》中的企慕情境,含蕴着这样一些心理特征——

其一,诗中所呈现的是向而不能往、望而不能即的企盼与羡慕之情的结念落想;外化为行动,就是一个"望"字。抬头张望,举目眺望,深情瞩望,衷心想望,都体现着一种寄托与期待;如果不能实现,则会感到失望,情怀怅惘。正如唐·李峤《楚望赋》中所言:"故夫望之为体也,使人惨凄伊郁,惆怅不平,兴发思虑,惊荡心灵。其始也,惘若有求而不致也,怅乎若有待而不至也。"

其二,明明近在眼前,却因河水阻隔而形成了远在天边之感的距离怅惘。瑞士心理学家布洛有"心理距离"一说:"美感的产生缘于保持一定的距离"。一旦距离拉开,悬想之境遂生。《蒹葭》一诗正是由于主体与客体之间保持着难以逾越,却又适度的空间距离与心理距离,从而产生了最佳的审美效果。

其三，愈是不能实现，便愈是向往，对方形象在自己的心里便愈是美好，因而产生加倍的期盼。正所谓："物之更好者辄在不可到处，可睹也，远不可致也"；"跑了的鱼，是大的"；"吃不到的葡萄，会想象它格外地甜"。还有，东坡居士的诗句："脚力尽时山更好，莫将有限趁无穷"；清·陈启源所言："夫说（悦）之必求之，然惟可见而不可求，则慕说（悦）益至。"这些，都可视为对于企慕情境的恰切解释。

作为一种心灵体验或者人生经验，与这种企慕情境相切合的，是有待而不至、有期而不来的等待心境。宋人陈师道诗云："书当快意读易尽，客有可人期不来。世事相违每如此，好怀百岁几回开？"可人之客，期而不来，其伫望之殷、怀思之切，可以想见。而世路无常，人生多故，离多聚少，遇合难期，主观与客观、期望和现实之间呈现背反，又是多发与常见的。

这种期待之未能实现和愿望的无法达成所带来的忧思苦绪，无疑都带有悲剧意识。若是遭逢了诗仙李白，就会悲吟："美人如花隔云端，上有青冥之长天，下有渌水之波澜。天长路远魂飞苦，梦魂不到关山难。长相思，摧心肝！"当代学者石鹏飞认为，不完满的人生或许才是最具哲学意蕴的人生。人生一旦梦想成真，既看得见，又摸得着，那文明还有什么前进可言呢？最好的人生状态应该是让你想得到，让你看得见，却让你摸不着。于是，你必须有一种向上蹦一蹦或者向前跑一跑的意识，哪怕最终都得不到，而过程却早已彰显了人生的意义和价值。所以，《蒹葭》那寻寻觅觅之中若隐若现的目标，才是人类不断向前的动力，才有可能让我们像屈原那样发出"天问"，才有可能立下"路漫漫其修远兮，吾将上下而求索"的宏图远志。

是的，《蒹葭》中的望而不见，恰是表现为一种动力，一种张力。李峤《楚望赋》中还有下面两句："故望之感人深矣，而人之激情至矣。"这个"感人深矣""激情至矣"，正是动力与张力的具体体现。从

先秦至隋代 | 7

《蒹葭》的深邃寓意中,我们可以悟解到,人生对于美的追求与探索,往往是可望而不可即的;而人们正是在这一绵绵无尽的追索过程中,饱享着绵绵无尽的心灵愉悦与精神满足。

看得出来,《蒹葭》中的等待心境所展现的,是一种充满期待与渴求的积极情愫。虽然最终仍是望而未即,但总还贯穿着一种温馨的向往、愉悦的怀思——"虽不能至,心向往之";"中心藏之,无日忘之"。并不像西方后现代主义的荒诞戏剧《等待戈多》那样,喻示人生乃是一场无尽无望的等待,所表达的也并非世界荒诞、人生痛苦的存在主义思想和空虚绝望的精神状态。

《蒹葭》中所企慕、追求、等待的是一种美好的愿景。诗中悬置着一种意象,供普天下人执着地追寻。我们不妨把"伊人"看作是一种美好事物的象征,比如,深埋心底的一番刻骨铭心的爱恋之情,一直苦苦追求却无法实现的美好愿望,一场甜蜜无比却瞬息消逝的梦境,一方终生企慕但遥不可及的彼岸,一段代表着价值和意义的完美的过程,甚至是一座灯塔、一束星光、一种信仰、一个理想。正是从这个意义上,我们说:《蒹葭》是一首美妙动人的哲理诗。

谗人罔极

青蝇

诗经·小雅

营营青蝇,止于樊。
岂弟君子,无信谗言!

营营青蝇,止于棘。
谗人罔极,交乱四国。

营营青蝇,止于榛。
谗人罔极,构我二人。

幼时思想单纯,读惯了《诗经》的《关雎》《蒹葭》这些甜美、温情的诗篇,乍一接触《青蝇》,听说是讲谗人构陷、造作事端的,脑子里立刻迸出一个问号:在风俗淳厚、人心质朴的上古时代,怎么还会发生这种情况呢?老师听了一笑,说:周公恐惧流言、屈原因谗致死,哪个不在古代?我想一想,也是。

接下来,老师就讲:这是《小雅》中一首著名的讽喻诗,也是谴责诗。诗分三章,全用比体,诗人以脏秽不堪、令人厌恶的苍蝇取喻起兴,痛斥谗人的恶行。指出谗人失去做人处世的基本准则,肆意挑起祸端、制造混乱,使四方各国迄无宁日;因而劝谏统治者切勿听任谗人谤毁构陷,以致深受其害。

"营营",摹声词,状写苍蝇四处飞舞的声音。"诗人以青蝇喻谗言,取其飞声之众可以乱听,犹今谓聚蚊成雷也。"(欧阳修《诗本义》)"樊"为篱笆,"棘""榛",丛生的矮棵灌木,皆苍蝇低飞栖止之处所。"岂弟(通恺悌)君子",意为和易近人的正人君子,这里应包括操纵权柄之人("君子"原有此义)。"谗人罔极",意为进谗者立身处世没有一定准则,失去了做人的基本底线。"构我二人","构"为陷害,"二人"何指,涉及诗的本事,历来说法不一。清代学者魏源认为,本篇乃刺周幽王听信谗言而"废后放(流放)子"之作。诗中"二人",系指周幽王与母后;"交乱四国",分别为戎、缯、申、吕四个邻国。(《诗古微》)

在古代文人骚客的笔下,苍蝇一直是令人憎恶的丑恶物象,而且总是被借喻为谗佞不齿之徒。明人谢肇淛写过一篇斥骂苍蝇的精悍、犀利的讽刺小品。他说,京城一带苍蝇多,齐、晋一带蝎子多,三吴一带蚊子多,闽、广一带毒蛇多。蛇、蝎、蚊子都是害人的东西,但是,苍蝇更为卑劣可恶。它虽然没有毒牙利喙,可是,搅闹起人来格外厉害。它能变香为臭,变白为黑,驱之倏忽又至,死了还会滋生,简直到了无处可避、无物可除的地步。最后作者说:"比之谗人,不亦宜乎!"

宋人张咏也写过一篇《骂青蝇文》,说:青蝇之所以这样坏,我怀疑是奸人之魂、佞人之魄,郁结不散,托蝇寄迹成形的。欧阳修的《憎苍蝇赋》,尤为生动、形象,入木三分,揭皮见骨:"引类呼朋,摇头鼓翼,聚散倏忽,往来络绎";"逐气寻香,无处不到;顷刻而集,谁相告报? 其在物也极微,其为害也至要","宜乎以尔刺谗人之乱国,诚可嫉而可憎"。

谗人乱国,可嫉可憎,这是问题的核心所在。

无数史实证明,谗言是非常厉害的。唐代诗人陆龟蒙有一首《感事》诗,讲到谗言能够杀人灭族,毒害极大:"将军被鲛函,只惧金矢镞。岂知谗利箭,一中成赤族。"锐利的金属箭头可以射穿鲨鱼皮制作的铠甲;但谗言这支毒箭还要厉害百倍,一经射中,就会阖家遭斩,赤族灭门。这绝不是危言耸听,而是史有明证的。

《史记·魏其武安侯列传》记载:武安侯田蚡与魏其侯窦婴在汉武帝面前互相攻讦,各不相让。最后,田蚡胜利了,因为他使用了"流言杀人"的利器,说了一番耸人听闻的话:"天下幸而安乐无事,我得以成为朝廷肺腑之臣,平生所爱好的不过音乐、狗马、田宅而已;不像魏其侯、灌夫那样,日夜招聚豪杰壮士相互议论,不是仰观天象,便是俯首画策,窥伺于太后与皇上之间,希冀天下变乱,从而成就他们的谋国宏图。"言外之意是,我这个人胸无大志,平生所追求的无非是声色狗马;而他们则是野心勃勃,眼睛时刻盯着皇帝的御座。你这做皇帝的可要权衡利害,多多当心啊!"岂知谗利箭,一中成赤族"。结果,汉武帝听信了田蚡的谗言,将与魏其侯窦婴深相结纳的将军灌夫及其家属全部正法,窦婴本人也在渭城被处决了。而田蚡却因为"举奸"有功,安安稳稳地做着他的丞相。

鉴于谗言可以杀身灭族,祸国亡家,宋人罗大经写过一首《听谗诗》,以高度概括的语言,将听信谗言导致君臣猜忌、骨肉析离、兄弟残杀、夫妻离异的危害尽数列出,不啻一篇讨谗的檄文:"谗言谨莫听,听之祸殃结。君听臣遭诛,父听子当诀,夫妻听之离,兄弟听之别,朋友听之疏,骨肉听之绝。堂堂八尺躯,莫听三寸舌。舌上有龙泉,杀人不见血!"也正是为此吧,所以,明人吕坤慨乎其言:"言语之恶,莫大于造诬。"

那么,怎么应对呢?限于当时的社会条件、体制机制,缺乏应有的法律、法规,就只能徒唤奈何了。宋代诗人曾几有一首《蚊蝇扰甚戏作》的七言古诗:"黑衣小儿雨打窗,斑衣小儿雷殷床。良宵永昼作底用?只与二子更飞扬。……挥之使去定无策,葛帐十幅眠空堂。朝喧暮哄姑听汝,坐待九月飞严霜。"蚊蝇作祟,驱除无策,只好寄厚望于九秋的严霜了。

清代进士甘汝来也写了一首《杂诗》:"青蝇何营营,呼群污我衣。我衣新且洁,蠢尔无是非。驱之薨薨起,穴隙更乘机。甍甍靡所避,终日掩荆扉。叹息尔微物,终安所凭依。西风动地来,秋霜下严威。看尔翩翩者,能再几时飞。"同样是期待着"风霜助阵",布下严威。

今天不同了,法治社会有明确的法律、法规,肆意造谣诬陷、谗毁无辜者,一律绳之以法。作为个人,对付谗言也有许多有效办法。首先,要头脑清醒,掌握规律,辨识伪装,认清真相。谗人得势,往往由于其擅长遮掩罪恶本质,而予人以忠诚、顺从的假象。如果只看其貌似忠厚、谦恭的外表,而忽略探求本质,就很容易上当受骗。而对于诤言与谗言的区分,同样也应透过现象,认清实质。早在两千多年前,荀子就有过十分透辟的忠告:结党营私之徒相互吹捧,君子不能听取;陷害好人的坏话,君子不能相信;嫉妒、压抑人才的人,君子不能亲近;凡流言蜚语、无根之谈,不是经过公开途径而传播的,君子一定要慎重对待。

其次,对于造谣生事、倾陷他人的恶行,不能听之任之。必须追索谣源,一抓到底,对构成诽谤罪、诬陷罪的,要依据法律严加查处,不予宽贷。使人们认识到,凡蓄意谗毁、中伤他人者,绝不会有好下场,从而知所戒惧。

第三,"是非来入耳,不听自然无。"作为被谗毁者本人,对那些"流言、流说、流事、流谋、流誉、流诉"(《荀子·致士》),应以一副不屑一顾的气概,完全不去理会它。用鲁迅先生的话说,就是连眼珠子都不转过去。

沧浪之水

沧浪歌

先秦民歌

沧浪之水清兮,可以濯我缨;
沧浪之水浊兮,可以濯我足。

《沧浪歌》是春秋战国时期流传于楚地的一首著名民歌,作者已不可考。从《孟子·离娄》篇关于孔子曾听到孺子唱此民歌的记载,可知它在春秋末年即已广泛流传,后来又被载入《楚辞·渔父》篇。

汉代学者刘向、王逸认为,《渔父》篇乃屈原自作;但现代《楚辞》研究专家,对此多持否定态度。马茂元先生认为,乃是楚人悼念屈原之作,它从两种不同思想意识的对比,表现了人们对于屈原沉湘自杀这一历史悲剧的深刻理解。从《沧浪歌》的角度讲,《渔父》篇的重要性在于它提供了一个翔实的背景。文中塑造了屈原与渔父两个典型人物形象,他们秉持不同的人生态度与价值取向。屈原是一位恪守高洁的人格精神、"伏清白以取直"、舍生取义的理想主义者;而渔父则是一位顺应时代,与世推移,随遇而安的智者,看来他是一个隐士,并非真正以捕鱼为业的渔夫。

《渔父》篇中,两人通过问答以遣词寄意。渔父见屈原颜色憔悴,形容枯槁,便问:"何故至于斯?"屈原答曰:"举世皆浊我独清,众人皆醉我独醒,是以见放(遭致放逐)。"渔父曰:"圣人不凝滞于物,而能与世推移。世人皆浊,何不淈(搅乱)其泥而扬其波?众人皆醉,何不哺其糟而歠其醨(食酒滓而饮薄酒)?何故深思高举,自令放为!"屈原断然地说:"宁赴湘流,葬于江鱼之腹中。安能以皓皓之白,而蒙世俗之尘埃乎!"渔父莞尔而笑,乃歌曰:"沧浪之水清兮(碧波清清啊),可以濯吾缨(帽缨);沧浪之水浊兮,可以濯吾足。"夏季水涨则浊,秋末水落则清。清水濯缨,浊水濯足,因时而异,亦即"圣人不凝滞于物,而能与世推移"之意。

  作为一位坚守儒家传统的思想家、坚持自己的理想去改变现实的政治家和伟大的爱国主义诗人,屈原热爱人民,热爱祖国,从未希图逃避现实,更不肯在"兰艾杂糅"中亏损了清白崇高的本质;他以沉湘自尽,表现出与黑暗势力苦斗到底的决心,和忠直、清廉的高尚情操,这样,就使他的人格与作品同归不朽,永耀人寰。

  而渔父所吟唱的《沧浪歌》,则代表了流行于楚地的典型的道家思想观念。《庄子·人间世》篇有言:"天下有道,圣人成焉(成就事业);天下无道,圣人生焉(保全生命)。方今之时,仅免刑焉。"这和渔父所说的"圣人不凝滞于物,而能与世推移"同一意蕴。他们看透了尘世的纷扰,但并不回避,而是主张在随性自适中保持自我的人格、操守。这一点是屈原所不赞同,也并不真正理解的。所以,唐人汪遵有诗云:"棹月眠流处处通,绿蓑芋带混元风。灵均(屈原)说尽孤高事,全与逍遥意不同。"

  应该说,《沧浪歌》所主张的,并非纯粹的消极避世,专为个人全生自保打算,而是强调人不仅要刚直进取,也要在不丧失本性、不同流合污的前提下,能够因时顺化,与世推移。"沧浪之水清兮,可以濯我缨",这分明是鼓励人们积极进取。"水清"比喻治世,而"缨"为帽带,是古代男子地位的象征,整饰冠缨喻准备出仕,有所作为;"水浊"比喻乱世,只能"濯足",用老子的话说:"和其光,同其尘",意为"涵蓄着光耀,混同着垢尘"(任继愈《老子新解》)。这也符合孟子所秉持的"穷则独善其身,达则兼济天下"的思想。

同样也是进行"清浊之辨",而在孔子那里,对《沧浪歌》则作另一番解读,他说:"小子听之,清斯濯缨,浊斯濯足,自取之也。"译成现代语就是,弟子们听着:水清就能濯缨,水浊只可洗脚,这都是由水本身决定的。据此,孟子引申曰:"人必自侮,而后人侮之;家必自毁,而后人毁之;国必自伐,而后人伐之",强调自身价值、主观作用,同样具有积极意义。

大风歌罢转苍凉

大风歌

刘邦①

大风起兮云飞扬,
威加海内兮归故乡,
安得猛士兮守四方!

　　公元前196年,刘邦率兵讨伐淮南王英布,安抚了南越王赵佗,平定了淮南、荆楚地区,还朝途中,在故乡沛县留驻下来。置酒高会,宴请家乡父老,酒酣耳热之际,刘邦回首几十年的戎马生涯,为已经建树的皇皇盛业踌躇满志;同时也想到,登基已十二年,自己的身体大不如前,而太子又过分仁弱,朝野人心未定,还存在着诸多不安定的因素。且不说,一些诸侯王不能安分守己,各怀异志,就是边疆上也烟尘未息,需要有足够数量的勇猛雄强的将士防守。汉兴以来,原本是"猛将如云,谋臣如雨";无奈,刘邦对于战功卓著的元戎、统帅,心存戒虑,猜忌重重,担心他们拥兵自重,割据称雄,自谋发展,因此,一一剪除殆尽。这样,在他看来,真正赤胆忠心扶保汉室,且又具有

---

① 刘邦(前247—前195),沛县(今属江苏)人。秦末农民起义领袖之一,后统一全国,建立汉朝,死后封汉高祖。

超常军事才能的人,实在是少之又少了。于是,喜极而痛,不禁感伤起来,唱起自己随口编成的这首《大风歌》。

诗中继承了楚辞的传统,悲歌慷慨,气势磅礴,而且也是真情流露,一向受到人们的赞许。但是,许多诗人则以其敏锐而独特的视角,予以批驳、质问。北宋诗人张方平有一首《歌风台》诗:"落魄刘郎作帝归,樽前感慨大风诗。淮阴反接(韩信被绑缚、斩首)英彭族(英布、彭越被诛戮、灭族),更欲多求猛士为?"清代诗人黄任出语同样冷隽:"天子依然归故乡,大风歌罢转苍凉。当时何不怜功狗,留取韩彭守四方?"诗人说,与其现在樽前感慨,高呼猛士,何不当时爱怜韩信、英布、彭越那一些"功狗"(指为汉家天下建功立业的人),让他们镇守四方,靖难天下呢?

这里反映出一个对封建帝王来说,根本无法破解的悖论:他们要夺得天下,就需依赖那些英雄豪杰来战胜攻取,可是,从"家天下"角度看,这些英豪又是致命的威胁。这样,就演成了无数的"兔死狗烹"的屠杀功臣的惨痛悲剧。回过头来,那些帝王又呼唤镇守四方的猛士;而当猛士真的出现了,他们却又疑虑重重,严加防控。于是,这种"利用与限制"的矛盾循环往复,迄无终结。

不独君臣为然,即便是夫妇也不例外。刘邦对于妻子吕后,早有提防,唯恐一朝晏驾,吕氏家族作乱。但他并不立刻动手铲除。宋代文学家苏洵有言:"(高祖)不去吕后,为惠帝计也。"吕后佐高祖定天下,久历锋镝,素为诸将所畏服。在主少国危的情势下,某些人即使图谋不轨,有吕后在,也足以镇伏、控制。这样,高祖便面临着两难抉择:客观上确实存在着诸吕兴风作浪的险情;而迫于形势,又不能断然剪除吕后。怎么办?他采取了"削其党以损其权,使虽有变,而天下不摇"的限制策略。对此,苏洵有一个非常精辟的比喻:"夫高帝之视吕后也,犹医者之视堇也,使其毒可以治病,而无至于杀人而已矣。"堇是一种草药,俗称乌头,有毒,而它又可以用来治病,收以毒攻毒之效。在高祖眼中，吕后有如毒堇，既可利用其威慑作用，又必须控制在不致动摇国本的限度内。一纵一收，具见高祖权术的高明，也显现出他实际上的无奈。

枯鱼之悔

枯鱼过河泣

汉乐府[①]

枯鱼过河泣,何时悔复及!
作书与鲂鱮,相教慎出入。

　　这是一首寓言体的短诗,在汉乐府中属于杂曲歌辞。诗中写一个遭遇灾祸的人以枯鱼自拟,警告人们谨慎行动,以免招来祸患。

　　诗中说:一条枯鱼过河时,不禁伤心痛哭,悲叹自己失于警惕,轻率上钩,现在悔之已晚。于是,写信一封,劝告河中的鲂鱼和鱮鱼等同伴,说你们可要接受教训啊,一定要相互告诫("相教"),无论是外出还是归来,都要谨慎小心。

　　这里有两个关键词,也可以说是诗的意旨所在:一曰"悔",二曰"慎"。人生天地间,岂能无过错?但过而知悔,汲取教训,益莫大焉。孔子说过,赤手空拳和老虎搏斗,徒步涉水过河,死了都不会后悔的人,我是不会和他在一起共事的。我要找的,一定要是遇事小心谨慎,善于谋划而能完成任务的人。这后一句话,叫做"以慎防悔"。《韩诗外传》有言:"不慎其前,而悔其后,何可复得?"小诗寥寥二十

[①] 汉乐府,是继《诗经》之后,中国古代民歌的又一次大汇集。作品题材广泛,五言居多。在诗歌史上,以其深刻的现实性和完美的艺术性,闪现着奇异的光彩。

字,形象而深刻地阐述了这样一番深刻的道理。

汉乐府,以现实主义为主要基调,而此诗却独树一帜,运用浪漫主义艺术手法,发挥大胆想象,借助寓言形式,极大限度地夸张、虚饰——干枯的鱼能够过河,又有思维,会哭泣,懂得悔恨,还能给同伴们写信,告诫它们遇事谨慎。设想奇崛,结构精巧,出人意表。编选《古诗源》的清人沈德潜评曰:"汉人每有此种奇想。"显示了汉乐府的高超的艺术表现力。

"枯鱼",作为一种意象,在《庄子》《荀子》《韩诗外传》《山海经》等先秦典籍中都曾出现过;而从汉代开始,历唐、宋、明,各朝诗人如李白、宋无、释文珦、王世贞等,都曾写过《枯鱼过河泣》的古体诗,足见其影响之大。

关于本诗的主旨,现代以来,存在着较大的争议。余冠英先生在《乐府诗选》中指出,枯鱼在过河时,追悔当年不该草率上钩,告诫河中的同伴今后举动一定要稳重。其中包括着生涯的哲理,仿佛也能够看到当时现实社会的影子。而闻一多先生则认为,它是失恋的哀歌。台湾学者王孝廉说:"是以枯鱼(得不到水的鱼)隐喻得不到爱情的男子。"有的大陆学者同意此说,但认为是弃妇诗。

"跟风"现象的背后

城中谣

汉乐府

城中好高髻,四方高一尺;
城中好广眉,四方且半额;
城中好大袖,四方全匹帛。

全诗由三个具有因果关系的复句组成。三个复句,前半句说的都是西汉时期流行于京城长安("城中")妇女中的打扮与服饰,后半句,接着讲述各地("四方")如何跟风效仿。

诗中说,由于京城里的妇女风行高耸头髻的发式,各地妇女便都照样跟风,梳起一尺高的发髻;由于京城妇女时兴宽广的眉饰,各地妇女便也都把眉毛描画得能够盖住半个脑门儿;由于京城流行肥大的衣袖,各地便都群起效尤,直到用整匹的绸缎来剪裁制作。

从字面上看,似乎是讥讽跟踪时髦、追新逐异的社会风尚;实际上,诗的意旨要深刻、复杂得多,说的是"上有所好,下必甚焉",揭示风行草偃、变本加厉这一富含哲理意蕴的重大社会问题。即便说的是风尚民俗,那也是由在上者的行为所决定的。上头喜欢什么,追求什么,直接影响到社会风尚,决定着人们的精神风貌。

这就牵涉到本诗的由来、出处。《后汉书》记载,名将马援之子马廖,担任卫尉之职。当时,宫中马太后躬行节俭,诸事崇尚简约。马廖担心好事有始无终,于是上书皇太后,建言朝廷要率先垂范,持之以恒,以收全国正风励俗之效。他在奏书中说,老百姓一向是看上面做什么,而不是说什么。他还引用了"吴王好剑客,百姓多创瘢;楚王好细腰,宫中多饿死"和"城中好高髻,四方高一尺;城中好广眉,四方且半额;城中好大袖,四方全匹帛"等谚语,说明要想使节俭之风遍行天下,根本在于上面(宫中、朝内、京城)必须带好头。太后认为他说得对,采纳了他的建议。

事实上,有关强调居上位者的表率、示范作用之类的话,古代圣贤说过很多。讲得最明确、最深刻的,是《礼记》记载的孔子之言:"下之事上也,不从其所令,从其所行。上好是物,下必有甚者矣。故上之所好恶,不可不慎也,是民之表(表率)也。"

《晏子春秋·内篇杂下》记载,齐灵公有个怪癖,喜欢妇人"女扮男装",于是"国人尽服之"。灵公觉得此事不妥:"寡人之私密爱好,岂可推而广之?"于是,下令禁止:如有"女子而男子饰者,裂其衣,断其带"。可是,效果并不明显——追逐时尚的妇女们竟然照穿不误,以至于"裂衣断带相望,而不止"。有一次,大臣晏婴来朝见,齐灵公就问他:这是怎么回事?晏子答曰:"君使服之于内,而禁之于外,犹悬牛首于门,而卖马肉于内也。公何以不使内勿服,则外莫敢为也。"于是,灵公就明令禁止宫内"女扮男装",一月之后,这股风就刹住了。

全诗句式整齐,层次清楚;特别是运用重叠的格式、形象化的语言、夸张的手法、漫画式的描写,鲜明地反映出民谣的特点,既便于记忆,也有利于说唱与流传。

长 相 思

涉江采芙蓉

汉代古诗

  涉江采芙蓉，兰泽多芳草。
  采之欲遗谁，所思在远道。
  还顾望旧乡，长路漫浩浩。
  同心而离居，忧伤以终老。

  初读本诗，感到文辞通畅、意蕴单纯，似乎无须做更多的研解；实际上，并非如此。单是意旨，历代评论家就说法不一。清初学者李因笃概之以"思友怀乡，寄情兰芷"。而后的王尧衢，认为"此慨同心人之不得相聚也。同心，即知音者之类"。当代著名学者朱东润说："这是写游子思念故乡和亲人的诗。"马茂元认同此说，指出：此乃游子思乡之作，只是在表现游子的苦闷、忧伤时，采用了"思妇调"的虚拟方式。而著名美学家朱光潜则认为："这是一首惜别的情诗。"

  难怪古人说"诗无达诂"。面对这些知名的专家学者的歧见纷呈，确实有一点无所适从了。斟酌再三，求同存异，我觉得，有三点可以认定：

  一、这是文人作品，而非诗中人物自述。

二、手法是虚拟思妇口吻。之所以是思妇,乃由于游子在外,或行旅,或出征,或求仕,或谋生,应是远在边疆或者京洛;而欲采撷江上芙蓉、兰泽香草以遗远人者,必是留在江南故乡的女子。那么,"还顾望旧乡"又怎么解释呢?这是思妇悬想游子对于家室的离思、忆念。

三、诗句中所明确表达的是对于所钟爱的同心人的思念。至于这是诗人的写实,抑或同时寄托着思友怀乡、渴念知音的深情厚意,以至对美好人生与理想的憧憬,则不必、也难以具体认定,只能因人而异。

准此,本诗就可以解读为——

夏秋之际,荷花盛开。年轻的女子弄舟江上,采摘芙蓉,欣赏着泽畔的兰蕙芳草。这时,一位女子怅然注视着手中的芙蓉,瞬间,芙蓉化作了"夫容"(当代学者徐中舒《古诗十九首考》:"芙、夫声同,蓉、容声同。芙蓉者,夫之容也"),于是,怀想到远行的丈夫。她多么想望把这最美的一朵送给同心人哪!可是,很快就怅然了——"所思在远道"啊!这时,心灵产生了感应,眼前出现了错觉,她仿佛看到"远道"的丈夫正"还顾望旧乡",同样是"长路漫浩浩"啊。这里,采用了清人张玉谷所说的"从对面曲揣彼意,言亦必望乡而叹长途"的悬想方式,从而加重了感伤、失望的成分。于是,妻子、丈夫,还有诗人,就同声喊出一句:"同心而离居,忧伤以终老。"——相爱的人,终此一生,也难以相聚相守,世间难道还有比这更令人伤情的吗?

在这两句诗的下面,诗评家王尧衢加上了这样一句话:"夫同心人不可得,既已可伤;幸得之而复离居,是以忧思伤心,于焉终老,莫可如何而已矣。"其实,这也恰是本诗的哲思理趣所在。世间同心知己本来就难以遇合,幸而得之,却又离居千里万里,以致终老忧思、失望,确是无可奈何达于极点。诗中在脉脉情深的后面,隐伏着对于理想追求不能实现、美好事物瞬息成空的叹惋,流露出可思而不可见、可望而不可即的无奈与悲凉。

鲁迅先生有言:"悲剧是将人生有价值的东西毁灭给人看。"而任何悲剧的产生都有它的社会根源。诗中曲折而含蓄地揭露与批判了不合理的社会现实。"诗是精粹的语言,暗示是它的生命。"(朱光潜语)本诗正体现了这一点。

赏读全诗,看得出它所受到的《诗经》《楚辞》的影响。诗中化用了《楚辞》中"折芳馨兮遗所思""路漫漫其修远兮""将以遗兮离居"等诗句;而且,"从对面曲揣彼意"的表现方式,也与《诗经》中的《卷耳》《陟岵》等篇暗合。

正是在《国风》《楚辞》的滋育、影响之下,产生了获"五言之冠冕"盛誉的《古诗十九首》。这是东汉末年文人五言诗的选辑,并非一人作品。内容反映了作者与生活其间的社会、自然环境广泛而深刻的情感联系,以及人生最基本、最普遍的一些思想情绪;体现了对个体生命存在、生存价值的关注,再现了文人在社会思想转型期向往的追求与幻灭,心灵的觉醒与痛苦,具有浑然天成的艺术风格,在中国古代诗歌史上享誉甚高。本诗为《古诗十九首》的第六首。

英雄中的诗人

龟虽寿

曹操①

神龟虽寿,犹有竟时;
腾蛇乘雾,终为土灰。
老骥伏枥,志在千里;
烈士暮年,壮心不已。
盈缩之期,不但在天;
养怡之福,可以永年。
幸甚至哉!歌以咏志。

本诗为《步出夏门行》的第四首,大约是建安十二年曹操北征乌桓胜利回师途中所作。为作者诗歌中脍炙人口的名篇。诗人通过形象化的手法,表现出哲理与诗情,具有一种真挚而浓烈的感染力和强大的震撼力。全诗跌宕起伏,又机理缜密,闪耀出哲理的智慧之光,并发出奋进之情,振响着乐观声调。作为哲理诗,即物而论理,立象以寄意,尽管通篇都在说理,但仍觉意兴盎然,毫无枯燥、晦涩之感。

① 曹操(155—220),字孟德。三国·魏著名政治家、军事家、文学家。后进位丞相,封魏王。死后追尊为魏武帝,为"建安文学"代表性作家之一。

诗分三层，前四句说生死。这里引用了两个著名典故：《庄子·秋水篇》："吾闻楚有神龟，死已三千岁矣。"《韩非子·难势篇》："飞龙乘云，腾蛇游雾，云罢雾霁，而龙蛇与同矣！"诗人借助长寿动物灵龟和传说能够腾云驾雾的腾蛇也终有一死、骨化成尘的事实，阐明人既有生必有死，不可能长生不老的道理，揭示生死相互转化的辩证法。

中间四句谈老迈。通过老骥与烈士（胸怀壮志、踔厉风发之勇者）两种形象，表达即便到了暮年，也要胸怀壮志，老有所为，绝不衰颓气馁的积极人生态度，显现出豪杰本色，壮士情怀。鲁迅先生有言："曹操是一个很有本事的人，至少是一个英雄，我虽不是曹操一党，但无论如何，总是非常佩服他。"就此，我们完全有理由说，他是一个名实相副的英雄中的诗人、诗人中的英雄。

后四句讲养生。这是从前两层意蕴衍生出来的——既然生死、老迈都是不可避免的，既然倡导老当益壮、志在千里，那么，就有一个如何过好老年这一关的问题。诗人认为，人的寿命长短（"盈缩"），不仅仅决定于客观自然（"天"），也和主观努力有直接关系，因此，应该注意调养，怡情悦性。这样，就可以延长寿算，提高生命质量。

收尾两句，是配乐演奏时附加的，与正文内容无关。

当代学者宋晓霞指出："汉末以后一百多年间，死亡使人们普遍感到困惑、苦闷和畏惧。在诗歌里，从《古诗十九首》的'人生寄一世，奄忽若飘尘'到陶渊明的'人生无根蒂，飘如陌上尘'，表达了相同的感慨。延年不死或及时行乐，是当时一般人的遐想与追求。曹操这首诗则表现了一种更为积极的人生境界。"联系到这一社会背景，更能看出它的价值所在。

具体地说，其价值就是：在生老病死这些人生重大课题上，坚持顺应自然，不信天命，充满了朴素唯物主义思想和辩证观念；体现了中华优秀传统文化中"天行健，君子以自强不息"的奋发进取精神；

强调了发挥主观能动性和秉持乐观向上的积极人生态度。

　　清人陈祚明指出:"名言激昂,千秋使人慷慨。孟德能于《三百篇》外,独辟四言声调,故是绝唱。"(《采菽堂古诗选》)这里说的是,曹操继承"诗三百"《风》《雅》的优良传统,使四言诗在经过一段沉寂之后,重新焕发光彩,并对以后嵇康、陶渊明等的四言诗写作产生了积极影响。专就诗歌的格调来说,气魄雄浑,苍凉豪迈,激昂慷慨,更是体现了以刚健为主导的审美取向。

金石其言　松柏其行

赠从弟

刘桢①

亭亭山上松，瑟瑟谷中风。
风声一何盛，松枝一何劲！
冰霜正惨凄，终岁常端正。
岂不罹凝寒，松柏有本性。

孟老夫子有言："颂其诗，读其书，不知其人，可乎？"是的，我们研究刘桢的述志诗，首先应该了解他的为人处世，正所谓"听其言而观其行"。

史载，一次，魏公子曹丕晚间设宴招待众士，酒酣耳热，他指令甄氏出堂与大家见面。众皆俯伏，独有刘桢愤然以对，立而不跪，且满含讥意，不屑一顾。在他心里，颇不以曹丕夺袁熙之妻为然；而甄氏有夫再嫁，不忠不贞，他尤其看不起。曹丕见状，勃然大怒，欲问刘桢死罪，由于众人求情和曹操干预，才免于死，罚作苦力。就在他于京洛之西石料厂磨石料时，魏王曹操前往视察，众官吏及苦力均匍匐在

---

① 刘桢（？—217），三国·魏"建安七子"之一。性格傲岸倔强，五言诗风格遒劲，气势激昂。

地,不敢仰视。唯有刘桢未跪,照常挺直身躯劳作。曹操见状,怒对刘桢。刘毫无惧色,从容放下锤子,正言答道:"(魏)王雄才天下皆知,刘桢身为苦力,何敢蔑视尊王。但在魏王府数年,常闻魏王教诲,做事当竭心尽力,事成则王自喜,事败则王亦辱,桢现为苦力,专研石料,研石是对魏王的敬忠,所以不敢放弃手中活计。"魏王听后,又问:"石若何?"刘桢朗声作答:石"出自荆山悬崖之巅,外有五色之章,内含卞氏之珍。磨之不加莹,雕之不增文,禀气坚贞"。曹操知其借石以自喻,就赦免了他。随后充任署吏。

南朝·梁文学批评家钟嵘在《诗品》中,对汉至齐梁一百多位诗人作了扼要的论述,把诗人分为上、中、下三品。"建安七子"中,刘桢被列于上品,评语是:"仗气爱奇,动多振绝,真骨凌霜,高风跨俗。但气过其文,雕润恨少。然自陈思(曹植)以下,桢称独步。"这既是论诗,也是评判诗人的品性。

《赠从弟》为刘桢的代表作,共三首,此为其二。"从弟",通称堂弟。诗中含有对其赞美与勉励的双重意蕴,其实也是自况,表现出作者本人的志趣、抱负。诗中以瑟瑟寒风中的挺拔劲松为喻,状写坚贞不屈、坚定不移的品格与操守。

八句诗,两两相对,都把松与风对称着加以表述。在这里,极端艰苦的环境与凛然无畏、勇于抗争的人格,作为尖锐对立的矛盾体,形成了美学的张力。诗中先从二者所处位置写起,苍松傲立山顶,狂风怒吼谷中;次写声势,风声盛烈,气势逼人,松枝劲挺,全无惧意("一何",意为多么、何等);三是从无形到有形,从听觉到视觉,一则冰霜严酷,惨惨凄凄,一则英姿屹立,终岁不改其色;四是自问自答,做出结断,进一步突出主旨——松柏之岁寒而不凋,并非没有遭遇严寒,而是由于能够坚守本性。"松柏有本性",既是认识的深化,也是情感的升华。一语中的,力重千钧。就全诗来说,有如"千里来龙,到此结穴"。

萁豆相煎

七步诗

曹植[①]

煮豆持作羹,漉豉以为汁。
萁在釜下燃,豆在釜中泣。
本是同根生,相煎何太急!

《世说新语》载,魏文帝曹丕曾命令胞弟、东阿王曹植在行走七步路的时间内作诗一首,如诗不成,就将行以大法(处死)。曹植应声吟出六句诗来,这就是上面这首《七步诗》。曹丕听了,深有惭色。

一个"惭"字,尽显曹丕的心中隐秘。原本是同胞骨肉,所谓"孔怀兄弟,同气连枝",何以要"相煎"如此?原来二人在争夺世子地位过程中,斗争极为激烈。获胜继位之后,曹丕便对曹植及其辅翼人士实施残酷报复。如果不是太后出面干涉,曹植早已丧命。在这种情况下,曹丕又使出"七步索诗"的绝招,看似普通的文学活动,实则包藏着险恶的祸心。近人多疑此诗为伪托,但经著名学者陆侃如、冯沅君认真考证,在《中国诗史》中,作出"我们认为七步的传说是可信

[①] 曹植(192—232),曹操第三子,封陈王。诗的艺术水准很高,比较全面地反映了"建安文学"的成就与特色。

的"结论,并判定此诗"必作于黄初元年至七年中"(文帝在位期间)。

　　掌握了诗的本事之后,这首千秋绝唱就容易解读了。一、二句,讲豆粒被蒸煮作羹的惨痛遭遇,煮熟、发酵、滤汁,经受无尽的折磨;三、四句讲,作恶施暴的竟然是结长豆粒的茎秆("萁"),它在锅底下猛烈地燃烧,致使锅里的豆粒承受痛苦煎熬,忍不住哀哀哭泣;五、六句,"卒章显志",点出主旨:豆萁与豆粒,原本同根而生,怎么竟然这样刻酷无情,必欲置之死地而后快呢?听过这样含着血泪、带着呜咽的控诉,只要稍有良知,总会愧怍于衷、不能自已吧?

　　我们不能不叹服诗人应对之敏捷、手法之高明。通篇纯以比兴出之,取譬精准,借物写怀。惨遭迫害的诗人以豆粒自喻;而把加害于他的同胞兄长喻为豆萁,真是再恰当不过了。难怪历代骚人、学者对他赞不绝口,谢灵运曾说:"天下才有一石,曹子建独占八斗。"刘勰也说:"子建思捷而才俊","援牍如口诵"。挚友杨修,曾经亲眼看见曹植"握牍持笔,有所造作,若成诵在心、借书于手,曾不斯须少留思虑",说他每有所作,援笔立成,像是事先打了腹稿,背诵下来,没有经过片刻("斯须")思考。即以这首《七步诗》为例,构思之奇妙,取譬之恰切,用语之灵巧,实在令人叹为观止。古人把这种超常敏捷的创造能力,以及创作思维的高峰状态,称作神思妙悟。唐代诗僧皎然就曾说过:"有时意静神王(旺),佳句纵横,若不可遏,宛如神助。"(《诗式》)

一曲自怜自叹的哀歌

咏史八首（其二）

左思①

郁郁涧底松，离离山上苗，
以彼径寸茎，荫此百尺条。
世胄蹑高位，英俊沉下僚。
地势使之然，由来非一朝。
金张借旧业，七叶珥汉貂。
冯公岂不伟？白首不见招。

左思有《咏史》诗八首，南朝文学批评家钟嵘称为"五言之警策"。此为第二首。

诗人首先从葱茏茂郁的十丈黑松与稀疏下垂的径寸小草，一处涧底，一踞山巅的自然景况写起，用以比喻贤俊之才屈居下僚，而世家子弟不问贤愚均能高踞上位的社会现象，进而揭露造成这种不合理现象的根源。诗人尖锐地指出，这是地势不同所造成的，由来久矣，并非一朝一夕之事，从而有力地抨击了魏晋时期门阀制度的黑暗

---

① 左思(250—305?)，西晋著名文学家。出身寒微，不善交游，但博学能文，辞藻瑰丽。

社会现实。最后由现实转向历史,列举了西汉金日䃅、张汤两家子弟凭借先人遗业,绵延七代世袭宫廷宠臣,而出身寒门、卓具才识的冯唐一直不获晋用,已经七十高龄仍作中郎署小吏的史实,鞭挞封建社会任人不以才能、只凭门第的腐败制度,为万千深受压抑的贤才志士,吐一口愤懑不平之气。

实际上,左思本人就曾身受其苦,这首诗正是他出于自身体验,饱含着血泪写成的一曲自怜自叹的哀歌。他出身寒门,年轻时家境清苦,很被人看不起。但他颇有志气,决心创作一篇超越前人的《三都赋》,把蜀都成都、吴都建业、魏都邺城全都写进去。为了完成这个宏伟计划,他广泛搜集历代史实和各种资料,并游历了古城旧都,获取切身感受,然后杜门谢客,潜心写作。一些世族文人听到这个消息,肆意进行嘲讽。出身江南豪门的文学家陆机说:"这个伧夫俗子,真不知天高地厚,竟想超越班固、张衡这些前代名家,实在太可笑了。"陆机还写信给弟弟陆云,说:"有个无知狂徒想写《三都赋》,看来,写成以后,只配拿来盖我的酒坛子!"

十年过去了,雄浑、精湛的《三都赋》终于问世。但当时人们并未予以重视,传抄者寥寥无几,左思十分懊丧。他认为,这是由于作者官卑职小,人微言轻,于是,请来当世名儒皇甫谧加以品鉴。皇甫谧读罢文章,拍案叫绝,当即作了题序。这样一来,果真引起了文人、学士以至官场的注目,司空张华给予极高的评价,连那个傲慢自大的陆机看后也叹为观止。待到《三都赋》重新刊发时,举国轰动,到处都有人抄写,致使洛阳纸价为之飞涨。"洛阳纸贵"这个成语,就是这么产生的。

面对着这一切,左思感慨重重,特别是对世族文人把持文坛、压抑人才的黑暗现实,认识得更清楚、更深刻了。为此,他写了许多引古喻今,指斥时弊,表达出身庶族、寒门的文士政治苦闷的诗篇,《咏史》诗是这方面的代表作。

清代文学家姚莹曾为此写过一首七言绝句:"伧父当年笑左思,三都赋出竟雄奇。宁知陆海潘江外,别让临淄咏史诗。"这里的"陆海潘江",指文学家陆机和潘岳,当时有"陆才如海,潘才如江"的说法。"临淄",指左思,因为他是临淄人。意思是说,左思的《三都赋》和《咏史》诗所表现的旷世才华,压倒了陆机与潘岳。诗篇深刻讽刺了魏晋时期的门阀制度和陆机等人凭借门第,对出身寒门的左思不屑一顾的可笑行径。

受左思《郁郁涧底松》一诗的影响,唐代诗人白居易也写过一首《涧底松》新乐府:"有松百尺大十围,生在涧底寒且卑。涧深山险人路绝,老死不逢工度之。……高者未必贤,下者未必愚。君不见,沉沉海底生珊瑚,历历天上种白榆。"作者在自序中阐明诗的主旨:"念寒隽也。"寒隽,指的是出身社会下层而有才能的知识分子。他们想通过仕宦途径,施展自己的政治抱负,但往往受到压抑与排挤,难以偿其夙愿。这首诗反映的正是这些人的苦闷心情。同左思的《咏史》诗一样,这首诗也是从"涧底松"写起,比喻智能之士没身草泽,不被知用;最后做出"高者未必贤,下者未必愚"的结论,富有感染力与说服力。

出污泥而不染

酌贪泉诗

吴隐之①

古人云此水,一歃怀千金。
试使夷齐饮,终当不易心。

据《晋书·吴隐之传》记载,"广州包带山海,珍异所出,一箧之宝,可资数世。然地多瘴疫,人情惮焉。"当时,派到广州去当刺史的皆多贪赃黩货,官府衙门贿赂公行,贪渎成风。东晋安帝时,朝廷欲革除岭南弊政,便派吴隐之出任广州刺史。"未至州二十里,地名石门,有水曰'贪泉',饮者怀无厌之欲。隐之既至,语其亲人曰:'不见可欲,使心不乱。越岭丧清,吾知之矣。'"意思是,不见到可以引起贪欲的东西,就可以保持心地宁静。(而这里,奇珍异宝无数,只要弄走一筐,就可以享用几辈子。因此,)从京城到广州来,一过岭就会丧失廉洁的操守。于是,酌泉饮之,并即兴赋诗云云。

吴隐之的四句话和一首诗,内涵十分丰富,富有哲思理蕴,其中至少论及了三种关系:

---

① 吴隐之(?—415),曾任中书侍郎,为官清廉,《晋书》奉为良吏。

一是环境与风气的关系。"越岭丧清",到此即贪。古人有"染于苍则苍,染于黄则黄"(墨子语),"蓬生麻中,不扶而直;白沙在涅,与之俱黑"(荀子语)的说法,表明环境的重要。

二是欲望与操守的关系。老子有言:"不见可欲,使民心不乱";"我无欲,而民自朴"。欲望原本是人的自然本能,它是一种双刃剑,应该加以分析,完全否定是不对的。这里说的不是要消除自然的本能,而是主张控制、消解贪欲的滋生与扩张。

三是主观与客观的关系。吴隐之不同意那种"喝了贪泉水,人人都得贪"的论调。"一歃",以口微吸也,极言其少;千金,极言钱财之多。两两相照,没有必然联系,关键在人,要看谁来喝。他说,我们不妨尝试一下,使令连天下与王位都不想要的伯夷、叔齐兄弟来饮,我相信,他们终究不会改变自己的初心与高尚情操的。

明人钱子义《贪泉》诗中,同样提出了质疑:"千金一歃岂其然?独酌无伤处默(吴隐之)贤。闻道黄金入眉坞,未应在处有贪泉?"诗中说,如果贪婪无度是由于饮了贪泉所致,那么,汉末的董卓疯狂聚敛财富,(在长安以西渭河北岸修筑了眉坞城,)难道他也是喝了贪泉的水不成?"独酌无伤处默贤",说的是,贪与廉取决于人的资秉与精神境界的高下,同客观上是否饮用了贪泉并不相关。实践也证明了,吴隐之本人就曾喝过,他仍然廉洁自持,大节不亏。

吴隐之本传记载,他平时不沾酒肉,吃的只是蔬菜、干鱼;穿的仍是过去那些旧衣服。他还下令将前任官员使用过的豪华丝帐、帷幕,以及各种贵重饰物,统统撤除,一并收归国库。由于他整饬纲纪,以身作则,广州仕风大为改观。皇帝下诏嘉奖,赞扬他:"处可欲之地,而能不改其操,飨惟错之富,而家人不易其服。革奢务啬,南域改观。"作为一位"出污泥而不染"的著名清官,名标青史。

先秦至隋代 | 37

此心自在悠然

饮酒（其五）

陶潜[①]

结庐在人境，而无车马喧。
问君何能尔？心远地自偏。
采菊东篱下，悠然见南山。
山气日夕佳，飞鸟相与还。
此中有真意，欲辨已忘言。

陶渊明的诗，我喜欢得要命，很久以来，就想写一篇关于这位超级诗人的随笔。可是，当我读到朱光潜先生《诗论》中第十三章《陶渊明》之后，就再也没有勇气动笔了，那种心理状态，正是："眼前有景道不得，崔颢题诗在上头"。

朱先生的文章写得实在漂亮，它使我领悟到：状写诗人、文学家，应该富有鲜活生命的质感，"鸢飞鱼跃"、灵心迸发的天趣，"素以为绚兮"的隽美。从这个意义上，我倒觉得运用陈寅恪先生"以诗证

[①] 陶潜（365—427），字渊明，世称靖节先生。东晋伟大诗人。曾任江州祭酒、彭泽县令等职，因不满官场污浊，弃官归隐。陶诗思想、艺术成就甚高，风格平淡自然，韵味隽永。

史"的方法,从诗中找到生命的轨迹,多沾一点诗的灵气,可能是个有效的途径。于是,我就找出了陶渊明的诗集,从头到尾翻检一过,最后选中了组诗《饮酒》中的第五首。

诗人在这里展示了向往归复自然,追求悠然自在、不同流俗的完满的生命形态的内心世界,刻画了运用魏晋玄学"得意忘象"之说,领悟"真意"的思维过程,富含哲思理趣。我想通过解剖这首最能反映其思想、胸襟、情趣,也最为脍炙人口的五言代表作,以收取鼎尝一脔之效。

《晋书》本传中,将陶渊明归入"隐逸"一类。当是考虑到,他做官的时间很短,中间还丁忧(遭逢父母的丧事)两年,实际不过四年。前后二十余年,一直在家乡种地,过着"半耕半读"的悠然自在的生活。诗人归隐后,对社会时事颇多感慨,遂托酒寄言,直抒胸臆。《饮酒》组诗序云:"余闲居寡欢,兼比(加上近来)夜已长,偶有名酒,无夕不饮","既醉之后,辄题数句自娱"。这首五言诗就是这么写出来的。

全诗十句,可做三层解读:

前四句为一层,诗人状写其摆脱尘俗烦扰后的感受,表现了鄙弃官场,不与统治者同流合污的思想感情。宋代名儒朱熹说:"晋宋人物,虽曰尚清高,然个个要官职,这边一面清谈,那边一面招权纳货。陶渊明真个能不要,此所以高于晋宋人物。"诗人愤世嫉俗,心志高洁,但他并没有逃避现实,与世隔绝,而是"结庐在人境",过着同普通人一样的生活。不同之处在于,能够做到无车马之喧嚣,保持沉寂虚静。

那么,请问这是怎么做到的呢?答曰:不过是寄情高旷,"心远地自偏"罢了。这里固然也有生活层面上的因素,对这熙熙攘攘的社会现实,特别是争名逐利的官场,采取疏远、隔绝的态度,自然门庭冷落、车马绝迹;但诗人的着眼点还是精神层面上的,内心对于人为

先秦至隋代 | 39

物役、心为形役的社会生活轨道的脱离,对世俗价值观的否定,放弃权力、地位、财富、荣誉的世俗追求。境静源于心静,源于一种心灵之隐,也就是诗人所标举的"心远"。这个"远",既是指空间距离,也是指时间距离,"凝心天海之外,用思元气之前"。心若能"远",即使身居闹市,亦不会为车马之喧哗、人事之纷扰所牵役,从而实现人的生命与自然的统一和谐。这番道理,如果直接写出来,诗就变成论文了,诗人却是把哲理寄寓在形象之中,如盐在水,不着痕迹;平淡自然,浑然一体。难怪一向以"造语峻峭"著称的王安石,也慨然赞叹:"自有诗人以来,无此四句!"

中间四句为第二层,诗人状写其从田园生活与自然景色中所获得的诗性体悟,实际上是"心远地自偏"这种超然物外的精神境界的形象化表现与自然延伸。有了超迈常俗的精神境界,才会悠闲地在篱下采菊,抬头见山,一俯一仰,怡然自得。"悠然"二字用得很妙,说明诗人所见所感,非有意寻求,而是不期而遇。东坡居士有言:"渊明诗初看若散缓,熟看有奇句";"采菊之次,偶然见山,初不用意,而境与意会,故可喜也"。在这里,诗人、秋菊、南山、飞鸟,各得其乐,又融为一体,充满了天然自得之趣。情境合一,物我合一,人与自然合一,诗人好像完全融化在自然之中了,生命在那一刻达到了物我两忘的超然境界。

说到境界,我想到一位中学老师在讲解冯友兰先生《人生的境界》时的一段话。他举例说,有些坊间俗本把陶渊明的"悠然见南山"印成"悠然望南山",失去了诗人的原意。"望"是有意识的,而"见"是无意识的,自然地映入眼帘。用一个"望"字,人与自然之间成了欣赏与被欣赏的关系,人仿佛在自然之外,自然成了人观照的对象;而用一个"见"字,人与自然不是欣赏与被欣赏的关系,人在自然之中,与自然一体,我见南山悠然,料南山见我亦如此。与自然一体,也就与天地一体,与宇宙一体,是天地境界或者近于天地境界。一个

"见"字,写出了人与自然,乃至于宇宙之间的一种和谐。联系到陶渊明的另外两句诗:"久在樊笼里,复得返自然。"这种"返",觉解程度是很高的,是那些真正的无觉解或者很少觉解的乡民所无法达到的。而这个"樊笼",可能是指功利境界以至道德境界,陶潜已经越过了这个境界。

这位老师从遣词造句、细节刻画方面,对于陶诗作了细致的解析,看了很受启发。

就本诗的意蕴来说,尤见精微、深邃。当代学者王先霈指出:"陶渊明直接描写的是面对秋景的愉悦,而其实是表达自己对于'道'的体悟,用诗的方式说出自己某一次体道的过程和心得。他所说的'心远',相当于《淮南子》讲的'气志虚静''五藏定宁',相当于《老子》说的'守静笃',是'体'的心理上的前提。至于采菊、见南山、见飞鸟,那并不是观察,而是感应,从大自然的动和静中产生心灵感应。"

最后两句为第三层,是全诗的总结,讲诗人从中悟出的自然与人生的真谛。而这"真意"究竟是什么,是对大自然的返璞归真?是万物各得其所的自然法则?是对远古理想社会的追慕与向往?是人生的真正价值和怡然自得的生活意趣?诗人并不挑明,留给读者去思考,在他,则"欲辨已忘言"了。实际的意思是说,这一种真谛乃是生命的活泼泼的感受,逻辑的语言不足以体现它的微妙处与整体性。这样,又把读者的思路引回形象、意象上。寄兴深长,托意高远,蕴理隽永,耐人咀嚼。

《晋书》本传中记载,他"畜素琴一张,弦徽不具,每朋酒之会,则抚而和之,曰:'但识琴中趣,何劳弦上声!'"陶潜深受老庄思想影响,赞同"有生于无""大音希声""无声之中,独闻和焉"的哲学观念,认为"言不尽意",应该"得意而忘言"。《庄子·齐物论》中说:"有成与亏,故昭氏之鼓琴也;无成与亏,故昭氏之不鼓琴也。"昭氏

先秦至隋代 | 41

名文,善于鼓琴。这段话按冯友兰先生的解释,是说:"无论多么大的管弦乐队,总不能一下子就把所有的声音全奏出来,总有些声音被遗漏了。就奏出来的声音说,这是有所成;就被遗漏的声音说,这是有所亏。所以,一鼓琴就有成有亏,不鼓琴就无成无亏。作乐是要实现声音,可是,因为要实现声音,所以有些声音被遗漏了,不实现声音,声音倒是能全。"说到这里,冯先生还举出陶渊明屋里挂着无弦琴作为例证。

"心远"与"真意",为全诗的眼目、灵魂与意旨所在,堪称全诗精神、意境、情调、理蕴的点睛之笔。清初诗评家吴淇在《六朝选诗定论》中指出:"'心远'为一篇之骨,'真意'为一篇之髓。"确是不刊之论。

现代著名诗人梁宗岱说过,哲学诗最难成功,这是"因为智慧底节奏,不容易捉住,一不留神便流为干燥无味的教训诗了。所以成功的哲学诗人不独在中国难得,即在西洋也极少见。"他认为,陶渊明也许是中国唯一十全成功的哲学诗人。

苏东坡认为:"渊明作诗不多,然其诗质而实绮,癯而实腴,自曹、刘、鲍、谢、李、杜诸人,皆莫及也。"

或问:又是饮酒,又是赏菊,又是鼓琴,那么,这位超群绝伦的大诗人是不是也读书呢?当然。他早就说了:"少年罕人事,游好在六经","得知千载上,正赖古人书"。他读的书很多,只不过方法有点特别:"好读书,不求甚解,每有会意,便欣然忘食",迹近于兴趣主义。

关于他的思想,朱先生在《陶渊明》一文中,作过精彩的分析:他"是一个绝顶聪明的人,却不是一个拘守系统的思想家或宗教信徒。他读各家的书,和各种人物接触,在于无形中受他们的影响,像蜂儿采花酿蜜,把所吸收来的不同的东西融会成他的整个心灵"。不过,朱先生说,"假如说他有意要做哪一家,我相信他的儒家的倾向比较大"。对此,我却有点不同见解,倒是觉得他的同宗先贤晦庵先生(朱熹)所说的:"靖节(陶渊明)见趣多是老子","旨出于老庄",或者陈寅恪先生所言:"渊明之为人,实外儒而内道,舍释迦则宗天师也",可能更切合实际。

由此,又引出了一个新的话题。靖节先生从早年就疾病缠身,又兼嗜酒成性,长期身体衰弱,直到六十三岁死去(现代有的著名学者考证,享年为五十一二岁)。或问:既然他绝顶聪明,怎么就不知道珍惜自己的健康,那么拼命地喝酒呢?言下不无憾怨之意。看来,他并没有把生命与身后声名怎么放在心上,他说:"人生似幻化,终当归空无","千秋万岁后,谁知荣与辱"。他所秉持的生死观是:"有生必有死,早终非命促。昨暮同为人,今旦在鬼录。魂气散何之,枯形寄空木"。他说:"死去何所道,托体同山阿。"死了就是死了,没有什么好说的;身体朽腐之后,与土地山陵化成一体,回归自然就是了。这种"一死生、齐彭殇"的观念,如果认祖归宗的话,与其说是"儒家的倾向",毋宁说是《庄子》中话语的形象注解:"生也死之徒,死也生之始,孰知其纪!人之生者,气之聚也。聚则为生,散则为死。若死生之徒,吾又何患!"

他还有这样几句诗:"纵浪大化中,不喜亦不惧。应尽便须尽,无复独多虑。"说的是人归化于自然,无须在天国中求得永恒,但求能够自我超越与解脱,过着"情随万化遗"、委运任化、随遇而安的生活——此生自在悠然,此心自在悠然。

寒梅礼赞

梅花落

鲍照[①]

中庭多杂树,偏为梅咨嗟。
"问君何独然?""念其霜中能作花,
露中能作实。摇荡春风媚春日,
念尔零落逐寒风,徒有霜华无霜质。"

  《梅花落》属汉乐府"横吹曲"。诗人沿用乐府旧题,创作了这首独辟蹊径、别具一格的杂言诗。
  全诗采用托物言志、以树喻人的象征手法,说的是梅与杂树,实际上指的是两类不同的人——梅,喻志行高洁、孤直不屈的贤士,杂树则是象征与时俯仰、随波逐流的普通人群,指世间的"悠悠者流"。
  诗的形式新奇,结构独特。开头两句领起全局,点出"偏为梅咨嗟"(赞叹)的主旨。后面六句,应用对比与对话形式,以杂树口吻设问,以诗人身份作答。问的是:庭院中有那么多的杂树,你为什么偏偏独赞梅花?答曰:因为梅花("念其")不畏严寒,能在霜雪之中开

[①] 鲍照(412—466),南朝宋著名诗人。因曾任临海王前军参军,故世称"鲍参军"。长于乐府,尤工七言。

花,冷露之中结实;而你们杂树("念尔")只是在春风中摇曳多姿,春日里开花吐绿,有的虽然也能在霜中开花,但一当寒风乍起,便零落无余,终究缺乏耐寒的品质,所谓"寒暑在一时,繁华及春媚"(鲍照诗句)是也。

  本诗的绝妙之处,是通过这种鲜明的表态,自然而然、不露痕迹地将诗人自己与寒梅糅合、融汇在一起。作为家世卑微的寒门子弟,鲍照虽有奇才却不获重用,处处受到膏粱子弟、豪门贵胄的挤压,其内心苦闷至极,于是,不平则鸣,通过诗文发出庶族寒士的抗争呼声,表达其对门阀社会的强烈不满。史载,年轻时,他曾谒见临川王刘义庆,但没有得到重视,便要献诗言志。有人劝阻说:"郎位尚卑,不可轻忤大王。"他怒吼道:"千载上有英才异士沉没而不可闻者,岂可数哉!大丈夫岂可遂蕴智能,使兰艾不辨,终日碌碌与燕雀相随乎?"经过一番抗争,之后终得赏识。

  本诗虽为咏物,但诗人之身世境遇、性格理想、志趣情怀全都熔铸其中。他所说的"英才沉没""兰艾不辨""与燕雀相随",正可拿过来作本诗的确解。萧涤非先生有言:鲍照"位卑人微,才高气盛,生丁于昏乱之时,奔走乎死生之路,其自身经历,即为一悲壮激烈可歌可泣之绝好乐府题材,故所作最多,亦最工"。(《汉魏六朝乐府文学史》)

  全诗寓说理于具象之中,象征色彩浓郁,以托讽之辞,用事实说话,收取高下分明、褒贬立见之效。而言辞率直,直摅胸臆,感情浓烈,气势充沛,更予读者以强烈的震撼。其或五或七、短长间错的杂言句式,和"以'花'字联上'嗟'字成韵,以'实'字联下'日'字成韵"(沈德潜语)的分押韵脚,亦激扬顿挫,变化有致。

问得含蓄　答得模糊

诏问山中何所有赋诗以答

陶弘景[①]

山中何所有？岭上多白云。
只可自怡悦，不堪持赠君。

这是一首十分有趣的答皇帝问的古诗。

皇帝为谁？历来说法不一。史载，齐高帝萧道成、齐武帝萧赜父子在位期间，陶弘景曾先后出任巴陵王、安成王、宜都王等诸王侍读和奉朝请等职，因不满于官场腐败，遂上表辞官，挂朝服于神武门，退隐江苏句容句曲山（茅山），潜心学道，绝意仕进。为此，有的学者认为，是齐高帝发布诏书，以"山中何所有"为题进行询问；也有的认定为齐武帝。经《陶弘景评传》作者钟国发考证、断定，"诏问"者乃齐明帝萧鸾。钟先生认为，明帝滥杀无辜，篡夺帝位后，把陶弘景当作方外之士的代表人物，想借重他的道法以获取神灵的保佑，曾请他祭祀名山，殷勤备至；发诏问他"山中何所有"，也是拉拢手法之一。但陶弘景却始终与其保持距离，答诗中利用询词的语意模糊，巧妙地加

[①] 陶弘景（452—536），号华阳隐居。文学家、道教思想家。一生经历南朝宋、齐、梁三代，挂冠隐居后，时称"山中宰相"。

以周旋。

"山中何所有?"可以理解为,萧鸾问他:你那么执着地留恋着深山,那里面究竟有什么,值得你如此流连忘返呢?看得出来,颇不以其捐弃功名、归隐林泉为然,意在劝其改弦更张,出山入仕。诗人自然懂得个中底蕴,但他同样也隐约其词,跟着皇帝去打"哑巴禅",只是平平淡淡地回答:"岭上多白云。"出语简淡,却蕴涵丰富而又深刻。——是的,此间诚然没有华堂广厦,没有锦衣玉食,没有世人所拼力追求的功名利禄,这里尽多的只是那飘摇游荡、自在活泼、逍遥适意的白云。

在这里,白云作为一种意象,它是心性高洁、超尘出世的人生境界的象征;同时,也是诗人自己"任性灵而真往,保无用以得闲"(陶弘景语)的隐喻。无论是作为一种精神境界,还是代表一种人生道路、价值取向,都是名利场中的人不能理解的,萧鸾自然也不例外。所以,诗人下面紧紧跟上一句:"只可自怡悦,不堪持赠君。"

"不堪持赠"云云,一语双关,既切合山中白云的流动形态——只能自己独自在那里观赏,却没办法采撷到手,送给对方;又隐晦地申明:这种自然之美对于身居庙堂之高,且又终日钻营奔竞、钩心斗角的人来说,无异于"夏虫语冰"。

同样也是以诗文作答,陶弘景还有一封写给友人谢微的信:"山川之美,古来共谈。高峰入云,清流见底。两岸石壁,五色交辉。青林翠竹,四时俱备。晓雾将歇,猿鸟乱鸣。夕阳欲颓,沉鳞竞跃。实是欲界之仙都。自康乐(谢灵运)以来,未复有能与其奇者。"清代学者许梿评曰:"得此一书,何谓(怎么能说)'白云不堪持赠'?"

此诗此文,堪称双璧,都写得清灵自然,简淡高素,韵味隽永,难怪历代传诵不置。

先秦至隋代 | 47

自荐诗可以这样写

赠王桂阳

吴均[①]

松生数寸时,遂为草所没。
未见笼云心,谁知负霜骨。
弱干可摧残,纤茎易陵忽。
何当数千尺,为君覆明月。

　　古人自荐,讲究身份。既有求于人,又不能露出自卑、自贱的寒乞相。因而,这类诗文不易着笔,但如果处置得好,往往十分出色。

　　既为自荐,当然要讲自己的特长,但如果说得露骨、说得过分了,予人以夸饰、吹嘘的印象,反而不好。吴均在这方面做得很得体,不亢不卑,恰到好处。就其社会意义来说,它反映出一种人生际遇,一种社会常见现象,可说是那些怀瑾握瑜的下层寒士在等级社会沉重压迫下的痛苦呻吟,也是慨乎其言的不平之鸣。

　　诗中不取正面自我标榜形式,通篇全用比体,托物志感。前四句说,小松初生不过数寸,遂为荒草淹没,冲霄之志无从展现,凌寒傲

[①] 吴均(469—520),南朝梁著名文学家。家世寒贱,好学有俊才,诗文自成一家,号为"吴均体"。

骨、坚贞品质更是无人知晓。借喻诗人沉沦下僚,不被器重,鸿图远志无从施展的窘况。五、六两句深入一步,状写小松目前遭摧残、受凌忽的困境,说明它亟待保护、扶持,含蓄委婉地透露出请能施加援手的求助意向。七、八两句说:一当幼松改善成长条件,即能顺利地长成参天大树。"为君"句,一箭双雕,用笔超妙,既申抒其笼云覆月、建立奇功伟业的抱负,又隐含不会忘记知遇之恩的深意。

诗题中之"王桂阳",即桂阳郡太守王嵘。古时友朋交往特别是对待上级,不能直呼其名,有官职的往往以其职衔称呼,如三国时的刘备曾为豫州牧,为此,人称"刘豫州";唐代韩朝宗任荆州长史,李白上书便以"韩荆州"称之。

鉴于"吴均体"的轰动效应,说不定二百三十年后,李白在写《与韩荆州书》时曾经受到它的启发和影响。李白与吴均所要表达的是同样的意愿,自荐处,词调雄豪,不失本色。原本是干谒之作,却丝毫不现寒酸求乞的卑词媚态,而是充满了对自己才能的自信,读来颇有气盛言宜之感。一诗一文,异曲同工,各臻其妙。

其实,也不只是六朝时的吴均、唐代的李白,这类"潜人才"(特指人才尚未被发现与承认状态)遭受压抑、难以出头的现象,在按门阀取士、凭年资选官、靠恩荫供职的封建时代,可说是"司空见惯浑闲事"了。国内外人才学专家应用一个哲学概念,指出人才从"潜"到"显"的过程,亟须破除所谓"马太效应"。美国社会学家罗伯特·默顿借用《圣经·马太福音》中"凡有的,还要加给他,叫他有余;没有的,连他所有的也要夺过来"这句话,来概括这样一种社会现象:对已有相当声誉的名家给予的荣誉越来越多,而对那些尚未出名的"潜人才",则百般刁难,轻易不肯承认。郑板桥曾刻过一方朱文印章,印文是"二十年前旧板桥"。原来,他年轻时虽然在诗、书、画方面已有很深的造诣,但是,因为没有名气和地位,作品无人问津。二十年后,中了进士,声名大震,时人竞相索求,门庭若市。他在感慨之余,刻了这方印章来讥讽世情,针砭时弊。

　　这种情况,在今天也还存在。人才在尚未崭露头角之时,是最需要支持、鼓励、拔擢与帮助的,可是,却常常无人注意;而一当取得了某些成果,在社会上出了名,又会来个一百八十度的大转弯,采访、照相、编辞典、下聘书,包括一些庸俗的捧场和商业性的借光炫耀,弄得应接不暇,无法摆脱,产生了所谓的"名人之累"。这使人想起《聊斋志异》中那个胡四娘。最初,这个弱女子受尽了家人、亲友的冷遇和奚落;可是,一朝发迹,便声名鹊起,简直闹得沸反盈天:"申贺者,捉坐者,寒暄者,喧杂满屋。耳有听,听四娘;目有视,视四娘;口有道,道四娘也。"

　　当然,这绝不是说,对声名显赫的人才不该宣扬与关心。在这方面,还有大量工作要做。本文只是想提醒一下,爱才尤贵无名时。与其热衷于在人才荣显之后揄扬备至,优礼有加,干些"锦上添花"的事,何不"雪里送炭",于幼芽掀石破土之际,伸出援手,多给一些实际的帮助呢!

孤雁伤怀

夜望单飞雁

萧纲[①]

天霜河白夜星稀,一雁声嘶何处归?
早知半路应相失,不如从来本独飞。

孤雁,在中国诗歌史上,是一个常见的意象。庾信羁身异乡,忆念故国,以《秋夜望单飞雁》寄怀:"失群寒雁声可怜,夜半单飞在月边。无奈人心复有忆,今暝将渠俱不眠。"杜甫在安史之乱后,流离颠沛,思念亲人,渴望骨肉团圆,亦有"孤雁不饮啄,飞鸣声念群。谁怜一片影,相失万重云"之句。而在他们之前的萧纲,选择孤雁作为寄意伤怀的意象,却是在写过了银河高耿,月明星稀,一声凄厉的雁叫划破了夜空的宁静之后,引申出富有哲思理蕴的内涵:"早知半路应相失,不如从来本独飞"——如果早知道半途中你会离我而去,留下我孤苦无依,形影相吊,那还不如我们从来就不认识,未曾结成伴侣,一直是单处独飞了。可谓结想奇特,生面别开,另辟新境。

这里有往日雁阵齐飞、伉俪情深的美好追忆,有失群后形单影

[①] 萧纲(503—551),文学家,南朝梁武帝萧衍第三子,继父位为简文帝。

只、伶仃孤苦、佗傺悒郁的伤心与绝望,更有对于命运的无可奈何的哀叹。表面上看,是诗人对于失群丧偶的孤雁的悲悯,实际上,乃是借助孤雁的悲鸣,表达对于现实人生中命途多舛、聚散无常、生离死别的感伤,揭橥一种人生的悖论——人们明明知道有合必有分,有聚必有散,明明知道离散后必然是无尽的痛苦与悲哀,明明知道最终的结局总是如此("应相失",体现了这种必然性),却还是不遗余力地去营造爱巢、结伴求偶、追求圆满。

作为咏物寄情诗,本诗突出的一点,是选取恰当合理的意象。在飞禽中,大雁被认为是最忠诚的。清人黄钧宰在《金壶七墨》中记述:"禽类中雁最义,生有定偶,丧其一,终不复匹。"选取这样一种意象,来寄托情感、意念,确实恰当得体。然后,"寄意于象","使情成休",为情感找到一个客观对应物,借以抒怀、叙事、寄寓哲理。

再者,视角新颖独特,艺术表现力强。当代学者卢晓华指出,人们常把生离死别的丧偶者比做孤雁,这里却倒过来以人的感情来比况禽鸟,想象奇特,大有庄周深知游鱼之乐的味道。诗人成功地把雁情、人情交融为一,形象生动、鲜明,情调凄楚、哀婉,很有动人的力量。

萧纲虽为封建帝王,但文学界对他并不感到生疏。"会心处不必在远,翳然林水,便有濠濮间想也,觉鸟兽禽鱼,自来亲人"(见《世说新语》)之说,人们耳熟能详;对其"立身之道与文章异。立身先须谨重,文章且须放荡"的文学主张,也时常引用。《梁书》本传中,说他"雅好题诗,自称有'诗癖'",但人们对他的作为流派的"宫体诗"并不感兴趣,倒是很欣赏他的这类紧贴生活实际、抒写人生感悟、反映生命体验的短诗。他还写过一首《春江曲》:"客行只念路,相争渡京口。谁知堤上人,拭泪空摇手?"行者心注前路,争着赶穿渡口;而送行人却"瞻望弗及,伫立以泣"(《诗经·邶风》),体察入微,至为真切感人。显现平常心之可贵,而真正的艺术境界,恰恰就在这里。

庾信平生最萧瑟

寄徐陵

庾信①

故人倘思我，及此平生时。
莫待山阳路，空闻吹笛悲。

徐陵为南朝梁、陈间诗人、文学家，与庾信友善，两人在文学上齐名，并称"徐庾"。此诗写作当时，庾信正滞留西魏首都长安，徐陵仕陈，居于金陵。诗中深情地告诉老朋友：倘若是想念我，一定要趁我在世的时候。千万不要等到我死了以后，再像向秀那样，在山阳路上，闻笛声而感叹。

这里有个典故：《晋书》记载，嵇康、吕安被司马氏杀害之后，他们的好友向秀途经嵇康山阳旧宅时，闻"邻人有吹笛声，发声嘹亮，追想曩昔游宴之好，感音而叹，故作赋云"："……悼嵇生之永辞兮，顾日影而弹琴。托运遇于领会兮，寄余命于寸阴。听鸣笛之慷慨兮，妙声绝而复寻。停驾言其将迈兮，遂援翰而写心。"

---

① 庾信（513—581），字子山。年十五，任梁昭明太子萧统东宫讲读。梁元帝时，出使西魏，被留长安，从此流寓北方。曾任北周骠骑大将军、开府仪同三司，故世称"庾开府"。

庾信诗中引用这个典故,有很深的寓意。其时,他羁身长安已二十余年,内心里无时不在思念故乡和故人。"庾信平生最萧瑟,暮年诗赋动乡关。"(杜甫句)当他与南方人士进行音讯往来时,动辄涕泗交流,悲不能抑。除了这首《寄徐陵》,他还有一首《寄王琳》:"玉关道路远,金陵信使疏。独下千行泪,开君万里书。"此刻,他会很自然地以向秀、嵇康的"曩昔游宴之好",比照自己往日与徐陵、王琳的安居宴处、热诚交往;当然,同时他也会由嵇、吕的惨死,想到自己和徐、王值此乱离之秋难以逆料的余生命运。

诗中蕴含着一条哲理,就是"常将有日思无日,莫到无时想有时"。因此,即使无缘重逢,那么,鱼雁往还,也应趁着有生之年,从早从速,以免重新上演"空闻吹笛悲"的惨剧。后来的唐代诗人耿沣(一作李端),就曾借用这个典故,写过一首感伤无尽的五绝:"旧友无由见,孤坟草欲长。月斜邻笛尽,车马出山阳。"

庾信为南北朝最后一位优秀作家。明·杨慎指出:"子山之诗,绮而有质,艳而有骨,清而不薄,新而不尖,所以为老成也。"清代学者刘熙载在《艺概·诗概》中,说他的创作"为唐五绝、五律、五排所本者,尤不可胜举"。对《寄徐陵》一诗,钱锺书先生更是盛赞有加:"斗巧出奇,调谐对切,为五古之后劲,开五律之先路。"

作人难

饯别自解

乐昌公主

今日何迁次,新官对旧官。
笑啼俱不敢,方信作人难。

唐人孟棨《本事诗》中记载:

南朝陈后主妹妹乐昌公主,姿容妍丽,文采过人,自己做主,下嫁太子舍人徐德言为妻。当时朝政混乱,国势日微,随时有覆亡危险。德言对妻子说:"以你的才气容貌,一旦国亡,肯定会被掳入权贵豪门,我们的恩爱将成永诀。倘若情缘未断,还望有相见之日,应该有信物为凭。"公主听了,泪流满面,便从妆奁中拿出一面铜镜,德言将它摔破,两人各留一半,并与公主相约:"以后,每年正月十五那天,你都要差人在市上卖这半面镜子,如果我还活着,也要在这天前去找你。"

不久,陈朝就被隋军灭亡了,乐昌公主被掳入长安,成了隋朝重臣杨素的妃子,宠嬖殊厚。但公主郁郁寡欢,日夜思念德言。按照约定,每到正月十五元宵节这天,她都私下安排老仆拿着珍藏在身边的半块铜镜沿街叫卖,要价极高,人皆笑之。已经丢官的德言,历尽艰辛赶到了京城,恰好这天在集市上,见到了卖镜的老仆,遂把自己保存的那一半拿出来一对,严丝合缝。一时悲喜交加,便在镜面上题写了一首五言诗:"镜与人俱去,镜归人未归。无复嫦娥影,空留明月辉!"

公主得诗,涕泣不食。杨素询知其故,深受感动,有意成全他们的情缘,当即派人找到德言,在府上设宴款待。席间,杨素便命公主作诗,公主推托不过,即席赋曰:"今日何迁次,新官对旧官。笑啼俱不敢,方验(亦作"信")作人难。"在座的人无不感叹唏嘘。尔后,徐德言与乐昌公主回到了江南,白头终老。

一则诗话,演绎了一段凄苦的传奇人生,牵引出"破镜重圆"和"啼笑皆非"两个著名的成语故事;尤其让人为之动情的是乐昌公主用诗句表达的这番衷曲——今天,该是何等窘迫、尴尬("迁次")啊!面对着席间的旧官故夫和新官杨大人,百感交集,一言难尽,简直是哭也不得(不敢),笑也不得(不敢),实在是不知道该怎么办才好。这时,才真正体验到作人是多么难了。

全诗之警策,或曰哲思理蕴,就在"作人难"三字,耐人寻味,意韵深长。

借物传情

落叶

孔绍安[①]

早秋惊落叶,飘零似客心。
翻飞未肯下,犹言惜故林。

清代学者沈祥龙在《论词随笔》中指出,咏物之作,"在借物以寓性情,凡身世之感,君国之忧,隐然蕴于其内,斯寄托遥深,非沾沾咏一物矣"。这首《落叶》诗,就正是把秋天特有的景物——落叶作为客体审美意象,借助比喻手法,表现诗人的游子之情,也就是诗中所说的一"惊"二"惜"的"客心"。

"客心惊",这是历代诗人惯用的题旨。像杜甫的"客心惊暮序",薛稷的"客心惊落木",祖咏的"燕台一去客心惊",陈克的"岁华销去客心惊",多是从岁序奔流、人生苦短角度落墨;而早于他们的孔绍安,其所惊者却要复杂得多。除了由落叶想到季节变化,时光流逝;由落叶飘零想到自己的漂泊生涯,引发强烈的乡梦乡愁;还蕴含着怀念故国却又不便直言的深沉情感。"翻飞未肯下,犹言惜故

[①] 孔绍安(577—约622),文学家。隋大业末为监察御史,入唐后任内史舍人。

林"两句,透露了个中消息。"翻飞"一词,形容诗人内心纷乱而又身不由己的情貌,既形象又贴切。

原来,孔绍安为陈朝的吏部尚书孔奂之子,作为达官子弟,自然会有家国之思。这种感慨,虽然与李煜的"梦里不知身是客"有异,但毕竟是改朝换代,难免会有"本朝沦陷,分从湮灭"(孔绍安语)的哀叹。论者认为,陈朝灭亡时,诗人不过十三岁,此诗开头用个"早"字,便给了读者以好景不长的暗示。

本诗的艺术表现力比较强,诗人通过拟人化和比喻手法,赋予自然景物(落叶)以人的情感、意向,再把自己的精神活动轨迹("客心惊"),融入到这种载体中去。这样,由我及物,把诗人自己主观情感投射于独立存在的外物,审美意象便具有了移情性。

孔绍安还有一首咏石榴诗:"可惜庭中树,移根逐汉臣。只为来时晚,花开不及春。"大意是:可怜庭院中的石榴树啊,你们跟随着汉臣张骞,被从西域移植到了中原。由于来到此间比其他花木为晚,所以,没能赶上春天,及早开放。这种表现手法,同《落叶》完全一样,都是以物拟人,都是借物抒怀,借题发挥,兴发于此而意归于彼。

诗题《咏石榴》前原有"侍宴"二字,说的是诗人由隋入唐之后,一次蒙召侍宴,席间,奉高祖李渊之命,以"石榴"为题,写成此诗。如果说,前诗的诗眼在于"客心惊",那么,此诗的诗眼则是"来时晚"。这就涉及诗的本事——孔绍安和夏侯端都曾是隋朝的御史,后来李渊反隋称帝,夏侯端首先归顺,授秘书监,三品官,而孔绍安归唐晚了一些,只被授予内史舍人,刚及五品。孔绍安作此诗时,夏侯端恰巧也在场,所以,诗人便以石榴自喻,发出了"只为来时晚,开花不及春"的感慨。应该说,这是明显的发泄牢骚,甚至是伸手要官儿;但诗人转个弯子,委婉地陈情,就富于诗性了,不但未遭物议,反而被人广为传诵。

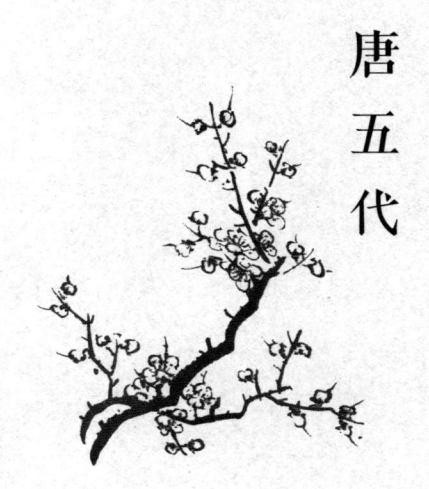

唐五代

诗 言 志

蝉

虞世南[①]

垂绥饮清露,流响出疏桐。
居高声自远,非是藉秋风。

在诗人笔下,蝉已经人格化了——高踞于梧桐树上,垂下帽带样的触须,悠然自得地吸饮着清新的露水,接连不断地发出悦耳动听的鸣声。说的是蝉,却句句都在写人,而且是诗人自况,借蝉以明志,表现其性情孤傲、格调清高、心地纯净、清廉自持的气质与品格。

诗人遣词用字,十分讲究,充分运用比兴象征手法。"垂绥"令人联想到古时卿大夫的冠缨,暗示其显贵的身份;"流响",状写蝉的鸣叫声如水波之流动,连绵不绝地从树间空隙("疏桐")传递出来,反映出它的响亮与力度。至于梧桐,也是诗人有意的选择。因为在世人心目中,这是一种清高、隽雅的树木,身上附着许多带有文化质素的传说、故实,而高洁的鸣蝉栖身其上,并啜饮其枝叶间的清露,同样托显出其不同凡俗的品位与性情。

[①] 虞世南(558—638),初仕隋,后入唐,官至秘书监。能文辞,工书法。

后两句为全篇比兴寄托的点睛之笔,表达诗人对清华品格的热情赞颂,也体现出他的立身高洁与高度自信。当代学者刘学锴指出:"蝉声远传,一般人往往以为是藉助于秋风的传送,诗人却别有会心,强调这是由于'居高'而自能致远。这种独特的感受蕴含一个真理:立身品格高洁的人,并不需要某种外在的凭藉(例如权势地位、有力者的帮助),自能声名远播。正像曹丕在《典论·论文》中所说的那样,'不假良史之辞,不托飞驰之势,而声名自传于后。'这里所突出强调的是人格的美,人格的力量。"沈德潜在《唐诗别裁集》中评说:"命意自高,咏蝉者每咏其声,此独尊其品格。"作为初唐的二十四勋臣之一,虞氏博学多能,高洁耿介,直言善谏,因而博得唐太宗的高度赞誉,称他在德行、忠直、博学、文辞、书翰方面独具"五绝","群臣皆如虞世南,天下何忧不理!"

咏物诗的突出特点,是借物寓意,寄哲思理蕴于物象之中。读来形象鲜明,意境深远,耐人寻味。咏物诗看似容易措手,实则要求很高。顾名思义,咏物必须言之有物,而且,要在形似的基础上力求神似,入于物内,出于物外,需要有寓意、有寄托,具有浓郁的象征性,力求予读者以思想的启迪。清代诗人袁枚有言:"咏物诗无寄托,便是儿童猜谜。"

行者常至

破阵乐[①]

李世民[②]

秋风四面足尘沙,塞外征人暂别家。
千里不辞行路远,时光早晚到天涯。

  如果掩盖住作者名字,人们大概不会想到,它竟出自一位大有作为的帝王之手。因为一般的印象,这类帝王为诗,往往都是雄浑奇崛,雷霆万钧,大气磅礴,俯视古今;而此诗却简易清通,平实自然,写的是普通的军旅生活,说的是平常道理,完全看不到所谓"帝王气象"。应该说,这恰恰是这首诗的绝妙之处。
  本诗以理蕴见长,贯穿一种昂扬奋发的主调。可是,却又不是开板就唱出大道理;而是从常见景物上领起。本来,塞外秋老风寒,尘沙扑面,征人离乡背井,艰苦跋涉,极容易产生感伤的意绪和畏难的心理;而诗人却生面别开,翻出新意,以一个"暂"字,缓解行人的离愁别绪。接下来,便从实际生活出发,阐释一番鼓振人心且易于理

[①] 破阵乐,唐法部大曲名,太宗贞观七年制。
[②] 李世民(598—649),即唐太宗。杰出的政治家、军事家,具有远大的政治目光。文学艺术修养较深,现存诗近百首。

解、人们尽皆信服的道理——即便是前路迢遥，千里万里，远在海角天涯，只要目标明确，肯于迈开大步，坚定不移地走下去，时光或早或晚，总会到达目的地的。

与此诗有相似的理蕴，清代诗人袁枚写过一首七绝："重理残书喜不支，一言拟告世人知：莫嫌海角天涯远，但肯摇鞭有到时。"诗人说他远行归来，心情愉快得有点支持不住了，一边整理残书，一边想到有些亲身感悟，要对人们说一说。他想说什么呢？无非是：海角天涯再远，只要肯摇鞭上路，总有到达之时。

春秋时齐国的著名政治家晏婴，当听到大臣梁丘据说："吾至死不及夫子矣！"当即郑重其事地答道："婴闻之，为者常成，行者常至。婴非有异于人也。常为而不置，常行而不休者，故难及也。"（事见《晏子春秋》）"为者常成，行者常至"，这是颠扑不破、百试百验的真理。

清人黄叔灿《唐诗笺注》，对于此诗有"征戍之苦，深宫远念"之评语。说太宗关心士卒是对的，但止于"深宫远念"则不确。因为贞观年间，太宗曾率师亲征辽东，身历塞外尘沙风寒。此诗所记，自是他的实际感受与切身体验。宋人洪迈编选《唐人万首绝句》时，收入了这首七绝，并标明为李世民所作。到了明代，赵宧光对此书进行整理、考订，删除其中"讹舛总杂"者近一百二十首，此诗仍然保留，作者也没有变化。可是，到了清人编辑《全唐诗》时，却不知何故，将其列到张祜名下，想来当是误植。后来编辑《全唐诗续补遗》，便根据《乐府诗选》，改作李世民诗。

同而不同

中秋月

李峤[①]

圆魄上寒空,皆言四海同。
安知千里外,不有雨兼风!

作者是旧时代一位职业型官员,历仕高宗、武后、中宗,所谓"三朝元老",当然也是诗人。难能可贵的是,他在悉心问政、案牍劳形之余,还能静下心来关注常被人们忽略的自然生活场景,而且具有一定的哲学理念和辩证思维。他在诗中说,秋夜寒空中升上了盈盈素魄,人们都说,一轮皓月,四海同明。其实,这种说法不过是一种诗性的表达,如果较真地追问一句:在那迢遥的千里之外,你又怎知道没有阴雨和狂风!俗谚云:"隔道不下雨,百里不同风",说的正是自然界的差异性。

元代诗人迺贤《七月十六日夜海上看月》诗云:"征人七月过榆关,貂鼠作衣尚怯寒。不信江南今夜月,有人挥扇着冰纨。"同时同刻,同在月下,山海关外,人们紧裹貂鼠皮裘尚觉寒冷;他们怎么会相

[①] 李峤(644—714),唐麟德年间进士。诗多咏物之作。

信:身处江南的人,此刻正穿着细绢单衫,还得挥扇纳凉呢!

两位诗人异代同怀,都是借助自然现象,阐释事物矛盾的复杂性。——正如面对眼前的一轮皓月,不能就说四海到处皆晴、九州寒温与共一样,人间万事也从来都是因时因地而异,千差万别,千变万化的。

李峤五绝尤富哲理,寥寥二十字中,体现了鲜明的辩证思维,予我们以深刻的启迪:

一是,诗中贯穿着变易的思想,表明凝固不变的事物是没有的。大化流行,万物竞生,肇源于万古如斯、渊源不竭的变易。正如《周易》中所讲述的:"为道也屡迁,变动不居,周流六虚(周转六个虚爻)。上下无常,刚柔相易。不可为典要(不能视为僵化、固守的经典要籍),唯变所适。"

二是,物极必反,泰极而否,盛极而衰,因而,应该树立居安思危、乐不忘忧的忧患意识。这里既有由于天敌施虐、洪水泛滥等自然忧患所产生的"人天之忧",更有社会、人生、心灵方面的多重忧患。

三是,阐明同中有异、一般中有个别的道理,凡事讲求区别对待,不可一概而论,既不为表面现象所蒙蔽,又不被暂时的平静所迷惑。

从这里,我们还领悟到,哲学思维固然是高度抽象化、理性化的,但这并不意味着哲学与生活无关,它所研讨的都是一些纯粹思辨的问题。其实,哲学的抽象性主要是它的论证方式,而其关注的问题,应该像马克思所指出的,面对生活,面对人民,通俗易懂;哲学必须由天国下到尘世,面对各种现实问题。

故垒悲歌

登幽州台歌

陈子昂[1]

前不见古人,后不见来者。
念天地之悠悠,独怆然而涕下。

武则天当政时,诗人曾在建安郡王武攸宜幕中参谋军事,屡次上策进言,"深切著明,情辞慷慨",却均不被采纳。正在失意无聊之际,这位外戚分派他随军北征契丹。这样,便有机会凭吊了坐落在今北京市的古燕都遗迹,登临了幽州台(亦称蓟北楼)。

诗人登楼远望,独立苍茫,不禁感慨生哀,遂以抑郁悲愤的情怀,脱口吟出这样一首不属于任何固定体式的诗歌,抒发其生不逢辰、怀才不遇、郁郁不得志的感伤意绪。

诗的前两句,贯穿了过去、现在与未来,在时间的长河中追求着历史、未来的纵深感;第三句在绵绵无际的时间地基上,架构了一座通向渺远空间的意象的桥梁,从而把动态的前后赓续的时间和静态的四下延伸的空间连接在一起。诗人在艺术构思时,把苍茫、辽阔的

---

[1] 陈子昂(661—702),唐光宅年间进士,官至右拾遗。直言敢谏,不怕触忤权贵。后辞官还乡,遭人诬陷,死于狱中。著名诗人与文学家,为诗风骨峥嵘,苍劲有力。

身外时空世界和深邃、邈远的内心时空世界,在更高的艺术层面上协调起来,对宇宙、人生、自然、历史,短暂与永恒、有限与无限、有常与无常、存在与虚无,进行探索与叩问。这样,诗人就把自己对现实时空的深切体验,转化为对心理时空的奇妙想象,从而创造出诗歌中的艺术时空来,在今古茫茫、天地悠悠的慨叹中,从心灵深处迸发出凄怆、悲壮的痛苦呐喊。

就诗人的情怀来讲,无论其为感慨生哀,还是痛苦呐喊,它的核心所在,不外乎四个字,那就是生不逢时。须知,诗人登临的处所——幽州台,原乃战国时以礼贤下士、求贤若渴著称于史册的燕昭王所建,它的附近还有一些燕国招贤的古迹,这都自然会唤起诗人对往古的忆念。诗人在写作本诗的同时,还另有七首《蓟丘览古》,其中第二首《燕昭王》、第七首《郭隗》分别为:"南登碣石坂,遥望黄金台。丘陵尽乔木,昭王安在哉。霸图怅已矣,驱马复归来。""逢时独为贵,历代非无才。隗君亦何幸,遂起黄金台!"它们都准确而鲜明地揭橥了诗人的心迹——眼前所见,唯有供人凭吊的往古遗踪,而那些明君贤士则早已骨朽成尘,化作虚无。这样,前后两个"不见",伴着当下的"念""独",自然就触景伤怀,"怆然而涕下"了。

当代学者陈子谦指出,此诗将心境升华到宇宙生命意识,人生长勤之哀,天地无穷之叹,往者不可及的茫然,来者不可追的怨望,登上此台,便齐集心头。一种旷古茫茫、无始无终的时空心理,万物悠悠、我身靡托的忧患意识,构成了意象和意念浑成的、涵容天地的"农山心境"——此为钱锺书先生命名,所据乃《说苑》与《孔子家语》:孔子和弟子登上农山,喟然长叹,"登高望远,使人心悲。"

历代学人对于本诗有很高的评价。明末清初的黄周星在《唐诗快》中写道:"胸中自有万古,眼底更无一人,古今诗人多矣,从未有道及此者。此二十二字,真可以泣鬼。"尔后,沈德潜也说:"余于登高时,每有今古茫茫之感,古人先已言之。"

当然，我们也注意到了，子昂此诗是上承楚骚的。屈原在《远游》中沉痛悲吟："惟天地之无穷兮，哀人生之长勤。往者余弗及兮，来者吾不闻"，"意荒忽而流荡兮，心愁凄而增悲。"看得出来，千古骚人，命运相通，而他们的心音，更是同频共振的。

苦中作乐

凉州词

王翰①

葡萄美酒夜光杯,欲饮琵琶马上催。
醉卧沙场君莫笑,古来征战几人回。

　　唐开元年间,杂有西域音乐特色的凉州(在今甘肃武威)曲谱进入宫廷后,迅即流行开来,有的诗人依谱作《凉州词(曲)》,以抒写边塞风情。王翰此诗即属此类。
　　全诗表现手法高明,而诗句清通易懂,朗朗上口。诗人先是通过张扬欢乐场面,渲染豪饮氛围,因情敷采,极力造势——酒是西域盛产的葡萄美酒,杯是夜光杯(相传周穆王时期,产于甘肃酒泉,以白玉琢成,月光下,杯中置酒会闪闪发亮)般的晶莹剔透的精致酒杯,又有洋溢着西域风情的琵琶弹奏来助兴。这样几种特色鲜明的意象,交汇对接,烘托出边地军营宴会场面的隆重和气氛的欢快,俨然一幅沉酣壮美的《阵前宴乐图》。然后,诗人笔势陡然一转:宛如千寻高瀑直冲深壑——当将士们正在开怀畅饮之时,突然,外边传来急

---

① 王翰(687—726),唐景云年间进士。任汝州刺史时,恃才纵酒,狂放不羁,被贬为道州司马。为边塞著名诗人,多豪放壮丽之句,但多已散失。

促的马上琵琶声,传递出军情紧急的讯息,催促着人们立刻束装就道。前后映衬,形成一种弛张交替、顿挫有致、曲折宛转、对比强烈的效果。

　　末二句是传诵千古的名句。寥寥十四个字,蕴含着诉说不尽的深意。对此,前代诗人解悟不同。沈德潜认为,"故作豪饮之词,然悲感已极"。施补华则说:"作悲伤语读便浅,作谐谑语读便妙",这里所说的"谐谑语",也含有视死如归的旷达意味。实际上,在彼时彼地,当事者的心情本来就是复杂的。"君莫笑","几人回",分明揭示了战争的残酷性;其声促,其情直,其意苦,整个充满了悲凉意绪,显然是抒发了"边庭流血成海水,武皇开边意未已"(杜甫《兵车行》)的厌战、反战思想和人生多故、生命无常的感伤情怀;而"醉卧沙场"云云,又表达了已将生死置之度外的旷达情怀,当然也可作借酒浇愁来理解,即所谓"谐谑语"。从这个意义上说,出语愈是旷达,愈是谐谑,便愈感悲凉、沉痛,予人以无可奈何、苦中作乐的感觉。

妙于说理

登鹳雀楼

王之涣[①]

白日依山尽,黄河入海流。
欲穷千里目,更上一层楼。

  鹳雀楼,旧址在今山西永济。始建于北周,楼高三层,视野开阔,前可眺望中条山,下可俯视黄河,为当时游观赏景的登览胜地。唐人留诗甚多,此诗为其佼佼者。
  诗人登高望远,即兴抒怀,运用由景及理,"景入理势"(日僧空海《文镜秘府论》中语)的手法,阐明只有站得高才能望得远的哲思妙蕴。
  一开篇就写登楼所见:一轮白日傍着远方起伏的群山,在视野的尽头冉冉西沉;流经楼下的黄河,滔滔滚滚,奔腾而去。景象壮阔,气势雄浑。通过简练、朴素的语言,对长天秀色、万里河山作高度概括的描写,令人胸襟为之一快。
  接下来,即景抒怀,别翻新意,把理念、意趣巧妙而自然地融入景

[①] 王之涣(688—742),盛唐著名诗人,以边塞诗名世,绝句成就很高。曾任冀州衡水县主簿,遭人诬陷,弃官漫游。

物、情事之中,使诗的意蕴进入更高的境界。可是,读起来却又觉察不到诗人是在着意讲理,只不过是阐明登楼的切身体验罢了。而这种体验,恰恰揭示出一种至真至上、具有哲理品格的人生感悟,使广大读者饱受到壮怀激烈、豪情四溢、积极向上的情绪感染。当代著名学者霍松林先生指出:"这后两句诗还有更深刻的含义。不管作者的主观意图如何,它实际上体现了这样一种哲理:站得愈高,看得愈远,做任何事情,要从高处看、远处看,才能看得广阔,看得全面。'欲穷千里目,更上一层楼'之所以成为千古名句,原因就在这里。"

在中国古代诗歌史上,本诗具有独特的地位。除了意境高远,内蕴丰富;在艺术技巧方面也极具特点:其一,统摄力强,缩龙成寸,"咫尺应须论万里"。仅用二十个字,就把上下、远近、东西的全般景物,悉数收拢到笔端,状写出山河大地雄浑浩茫的气魄,反映了主观上胸襟的博大、视野的开阔,客观上空间的浩渺、宇宙的无限,把诗人的高瞻远瞩的眼光和进取不止的精神境界,一一衬托出来。

其二,景意相兼,妙于说理。一般地说,唐人主情,忌讳说理。而本诗的最大长处,恰恰在于说理。可见,关键不在于能否说理,而要看怎么说。王昌龄有言:"事须景与意相兼始好。"那种生硬、枯燥、抽象的议论,确实不可取;但是,若像本诗这样天衣无缝地把道理融入到景物和情事里面,使读者不觉得是在说理,而理自在其中,就臻于妙境了。

聊将无奈作悲凉

罢相作

李适之[①]

避贤初罢相，乐圣且衔杯。
为问门前客，今朝几个来。

说到这个李适之，人们会记得杜甫的《饮中八仙歌》，除了李白、张旭、贺知章等大诗人，还专门提到了这位当过相国的高官："左相日兴费万钱，饮如长鲸吞百川，衔杯乐圣称避贤。"

李适之于天宝元年出任左丞相，分公私，别是非，精明干练，"疏直坦夷"，"时誉甚美"。因遭权奸李林甫排挤、倾陷，于天宝五载罢相。本诗即写于罢相之后。心情的酸苦自不待言，但又不便明说，只好反面话正面讲，口不应心。开头两句，正是这样。原本是被迫去位，却要说成是"避贤"，意思是自惭不能胜任其职，主动为贤者让路。"避贤者路"，典出《史记·万石君传》。唐时称皇帝为"圣人"，而当时的皇帝李隆基，宠信权奸，未能体察原委，明辨是非，诗中却以"乐圣"颂扬之。正所谓"臣罪当诛兮，天王圣明"。"罢相"为了"避

[①] 李适之(694—747)，唐玄宗天宝年间拜相，遭权奸陷害，后贬宜春太守，畏惧自尽。

贤",喝酒也是"乐圣",明眼人一看便知,这些都是言不由衷,语中带刺,意含讥讽。

后面两句,为全诗的点睛之笔,也是充满哲思理蕴的意旨所在。当代学者傅秋爽指出:如果说首二句写主人,即作者的落魄失志,用的是曲笔;那么,后二句则以侧笔,将视角转向客人:"为问门前客,今朝几个来?"借客写主,透露出作者真实境遇,使前两句的反语之意显得更加鲜明突出。这里写"今朝"宾客冷落,暗用了《史记》中的一则典故:"始翟公为廷尉,宾客阗门;及废,门外可设雀罗。"从浮沉、进黜之间,显现出世态炎凉、人情冷暖。

这种门庭冷落,从客人的角度,带有双重功利性的考虑:一是,前去应酬有没有必要?——主人已经罢相了,失去了实际权力,再也不具备使用价值了,所以,不妨冷淡处之;二是如果不忘旧情,前去看望,有没有危害?——客人深恐前去应酬,表明未能和故相拉开距离,从而结怨于新相李林甫,给自己招来祸害。

人走茶凉、宦情冷落的状况,在今天仍然存在,而且容有过之。我就直接听到过这方面的大量趣闻。

一位刚刚退休的市长慨乎其言:过去逢年过节,送鲜花的挤破了门,竟像"遗体告别"仪式所报道的,整天"安卧在鲜花丛中";水果、水产品多得吃不完,最后一箱箱地烂掉。那时候不用动工资,缺钱了,只要到医院住上几天,就足够花上半年。到门上访的不断,一律叫他们上办公室;现在,家里冷冷清清,连个人影都不见。这天,可算有个敲门的,赶忙跑过去开门,竟是收电费的。

一次,我下乡到台安县调研,发现街心广场上,两个工人在抡锤敲碎"人民交通为人民"碑上的刻字。我不解地问:"这些字好好的,干吗要敲掉?"回答是:"局里领导说了,题字的省长调走了,敲掉了再换新的。"我问:"这和省长调走有什么关系?"工人一撇嘴,说:"真是书呆子!不找新省长题字,你朝谁要钱?"原来如此!

离而不伤

送柴侍御

王昌龄①

流水通波接武冈,送君不觉有离伤。
青山一路同云雨,明月何曾是两乡。

送别,一向是令人感伤的事情,特别是在交通不便、山川阻隔的古代,因而有"一出都门,便成万里"的说法。为此,南朝·梁文学家江淹在《别赋》中一开头就说:"黯然销魂者,唯别而已矣!"接下来便指出分别的痛苦,"使人意夺神骇,心折骨惊"。翻开唐人诗集,诸如"谁谓波澜才一水,已觉山川是两乡"(王勃),"荆南渭北难相见,莫惜衫襟着酒痕"(岑参),"雪晴云散北风寒,楚水吴山道路难"(贾至)之类凄怆、苦楚的诗句,随处可见。

可是,在王昌龄的笔下,却写得十分开朗、旷达。从诗的内容看,大约是他贬为龙标尉时的作品。其间,友人柴侍御从龙标前往武冈(均在今湖南省),诗人为他送别而作。诗人说,悠悠的沅江流水,把这里同客人要去的武冈连在了一起;一路上,青山相连,自然是同云

---

① 王昌龄(698—756?),杰出诗人,有"七绝圣手"之誉。唐开元年间进士,数任微官,屡遭迫害,多次被贬。

同雨；明月普照，分不出此乡彼乡。所以，也就不觉得有什么令人感伤的了。全诗一扫送别中习惯性的惨惨戚戚的悲凉意绪，意态从容，韵味醇厚，格调高昂，读了使人心情振奋。

诗人通过丰富的想象与联想，创造出种种新的意象，以情造景，化远为近，使现实中的情景事物产生了变形。一个"接"字，给人一种两地比邻相近之感；一个"同"字，便化二为一，意念中两乡成为一乡。这样，人虽分飞两地，心却相聚一起，造成一种别而未离、离而未远、不觉离伤的心理效应。语意新颖，出人意料，然亦在情理之中，因为它蕴含的正是人分两地、情同一心的深情厚谊。既体现了生活辩证法，更是一副"道是无情却有情"的安慰剂。

当代学者赵其钧，对此有更深入的分析。他说：其实，"诗人未必没有离伤，但是为了宽慰友人，也只有将它强压心底，不让它去触发、去感染对方。更可能是对方已经表现出离伤之情，才使得工于用意、善于言情的诗人，不得不用那些离而不远、别而未分、既乐观开朗又深情婉转的语言，以减轻对方的离愁。这不是更体贴、更感人的友情吗？"

神与物游

终南别业

王维①

中岁颇好道,晚家南山陲。
兴来每独往,胜事空自知。
行到水穷处,坐看云起时。
偶然值林叟,谈笑无还期。

　　玄宗开元二十九年三月,王维完成"知南选"任务,从岭南返回长安,不久即辞官隐居于长安南郊的终南山,宣扬佛教禅理,过着亦仕亦隐的生活。本诗即作于这期间。别业,今称别墅。终南别业,亦称辋川别业。

　　全诗通篇都是叙述,首尾相衔,一气贯注。按说,一首山水田园诗,总应就此间的山川景物作些具体描写,而此诗却把重点放在表现诗人隐居中悠闲自得的心境,抒写其对于自得其乐的闲适情境的向往。其实,关于山中幽静、清丽的景致,他在与挚友裴迪的信中已经讲了:"北涉玄灞,清月映郭;夜登华子冈,辋水沦涟,与月上下;寒山

---

① 王维(701—761),字摩诘。唐开元年间进士,状元及第。官至尚书右丞,故世称王右丞。精通诗、书、画、音乐等,尤以诗名传世,擅长五言,多咏山水田园,有"诗佛"之称。

远火,明灭林外;深巷寒犬,吠声如豹;村墟夜舂,复与疏钟相间。此时独坐,童仆静默,多思曩昔携手赋诗,步仄径、临清流也。"裴迪曾任蜀州刺史和尚书郎,此时应在长安城中。而本诗题目,一作《入山寄城中故人》,即使不是专门寄给裴迪,起码也应包括他在内。

一开始,诗人就说,自己中年前后即厌倦尘俗,信奉佛理。从王维的名、字合而为"维摩诘",可知其早已情注佛禅,只不过尔后历经颠折,饱谙仕途艰险,就更加坚定了退隐之心,也更加关注佛禅之道,着意于探寻人生的真谛、宇宙的本源、普遍精神的本体。至于"晚家南山陲"的"晚"字,也应灵活解读:既可作晚年解,也可作晚近、晚些时候理解。如果属于后者,那应是直写现实生活状况。如果指的是前者,此时诗人刚届四十一岁,这里当是相对于"中岁"而言,中岁好道,退休后晚年便要归隐南山,意在点明诗人隐居奉佛的人生归宿与思想皈依;也可以理解为,此时虽然仓促入山,但是并没作长住打算。事实也正是这样,在此间未及一年,他便又出山,入朝从政。至于长期归隐辋川,那是以后的事了。

诗人接着说,兴致一来,我就独往山中信步闲游,安享自得之乐;遇到赏心乐事("胜事"),便独自欣赏,自我陶醉,不求人知,只求个人心领神会而已。

尔后,展开说"胜事自知"。诗人沿着小溪溯洄上行,不知不觉间,就走到了源头("水穷处"),他既没有转身回返,也并不另觅新途,而是索性就地坐下来,静看山中的云起云飞。此刻的诗人正和缥缈的白云一样,心情极度放松,自在悠然,已经超脱于身边的物质世界,心灵了无挂碍地沉浸在缥缈的玄思之中。"水穷""云起"两句诗,历来受到诗家的激烈称赏。宋僧慧洪曰:"不直言其闲逸,而意中见其闲逸,谓之遗意句法"。清人沈德潜许之以"行所无事,一片化机"。近代学者俞陛云《诗境浅说》中解析:"行至水穷,若已到尽头,而又看云起,见妙境之无穷。可悟处世事变之无穷,求学之义理亦无穷。此二句有一片化机之妙。"

结尾紧承上面神与物游、物我两忘之情境，说是偶然遇到了山林中的老者，便与他开怀谈笑，由于话语投机，竟然忘记了回家的时间。同样反映了诗人的去留无意，随缘自适。

清·巢父《唐诗从绳》中评说："此全篇直叙格。五六句法径直。此种句法不假造作，以浑成雅健为贵。通首言：中岁虽参究此事，不免茫无着落，至晚年方知有安身立命之处。得此把柄，则行止洒落，冷暖自知，水穷云起，尽是禅机，林叟闲淡，无非妙谛矣。以人我相忘作结，有悠悠自得之意。"

当代学者、研究王维专家王志清教授，把此诗作法同诗人的出游、诗人的心态结合起来加以赏评，颇有见地。他说，此诗亦古亦律，信手拈来，起承转合如行云流水，形迹无拘；也像其出游一样，没有时间概念，想谈多久就谈多久；也没有空间意识，能走到哪里就走到哪里。只有过程，没有结果，也不问结果，水穷何碍？云起何干？因为"胜事自知"，悟得世事变化无穷之理，方有此不可言传的"化机"。诗人的心态，极其自由，也绝对自在，处事不执着，不刻意，不迷狂，无为而无不为，天如何人亦如何，顺天知命，从容不迫，随缘适意，不求人知，而心会其趣。这一切，正是本诗的成功所在。（《王维诗传》）

本诗充溢着禅机理趣，句句入禅，却"不用禅语，时得禅理"（沈德潜语）。其妙处，即在于通过具体的日常生活予以体现，使人在不知不觉间神游其禅境，体悟其意蕴。这既反映了禅宗思想的一个重要特征——禅乃生活方式与人生态度；从中也可以看出唐宋理趣诗的差别。而作为古代山水田园诗中的代表作，它更充分展现了号称"诗佛"的王维诗作的虚静空灵、飘逸高蹈、物我浑然、色相俱泯的美学趣味。

诗中有画

山中

王维

荆溪白石出,天寒红叶稀。
山路元无雨,空翠湿人衣。

一接触诗句,眼前便摊开一幅略带凄清意味的绝美的山水画:时届初冬,紧傍着崎岖曲折的山路,源出秦岭的这条清浅的荆溪蜿蜒穿过,由于秋老天寒,雨水稀少,潺潺的细流中,露出一处处白石粼粼,看去澄莹可爱。而嵯峨陡峭的山峦上,在西风的劲吹下,这里那里,摇动着小巧灯笼般的稀疏的红叶。水中粼粼的白石与岩前灼灼的红叶,相互映衬,十分醒目。怪不得宋代大诗人苏轼,对于王维此作有如下的称赞:"味摩诘之诗,诗中有画;观摩诘之画,画中有诗。"把五绝《山中》视为王维"诗中有画"的范例。

一般的初冬景色,水瘦山寒,霜风掠地,总是予人以萧瑟、凋零之感;而在王维笔下,却是萧条中蕴含着生意,凄清里闪现出耀眼的灵光,在充分展示视觉上的艺术快感的同时,令人产生对美好事物的珍重与留连,对刚刚逝去的芳华的遐思与联想。

但诗人的妙笔并未止此,接下来又另翻新意,在空明苍翠的山色上做起了文章。一般地说,在晴明无雨的条件下,山色再怎么清翠,也不会湿人衣服的；这里的"空翠湿人衣"，显然指的是视觉转为感觉、触觉的一种审美的复杂意境。它所依凭的是，林深叶翠，云烟缥缈，寒凉湿润，水汽氤氲，人行其间，如同被一层空蒙的翠雾所笼罩，这样作用于心灵上，便会微微感到细雨湿衣似的凉意，生发出一种空灵超妙、似真似幻的诗性感觉。

我们还可以找出唐代另一位诗人张旭的七绝一起来读："山光物态弄春晖，莫为轻阴便拟归。纵使晴明无雨色，入云深处亦沾衣。"二者一写冬山，一写春山，却异曲同工，各极其妙，都展现出艺术之美的动人魅力。

悠然心会

山中问答

李白[①]

问余何意栖碧山,笑而不答心自闲。
桃花流水窅然去,别有天地非人间。

　　这是一首语浅意深、清幽淡远、诗意盎然的七绝。诗以问而不答,却又不答而答的奇妙形式,抒发诗人的酷爱自由、向往自然、纵情适意的生活态度与生命情趣,也反映出他的"悠然心会,妙处难与君说"的美学追求。

　　说是"问答",实际上是"问"了却没有回答——"笑而不答"。说"不答"吧,后两句又是通过具体形象描绘,提供"何意栖碧山"的确切答案,可说是不答而答。其中的奇思妙趣,颇似王维的"君问穷通理,渔歌入浦深"之句。问的是出世还是入世之理;答的却是唱着渔歌,放舟浦中深处——用形象、用行动来回答。如果径直地说:"当然退隐为好。"那就过于直白,完全丧失了诗的味道。

　　诗中的碧山,实有其地,坐落在今湖北安陆县境,山下有桃花岩、

[①] 李白(701—762),伟大的浪漫主义诗人,诗作飘逸奔放,瑰丽雄奇,素有"诗仙"之盛誉。

李白读书处。但也完全有可能是诗人的泛指,即可作青绿苍翠的山峦来理解。切合"别有天地"之说,通篇扑朔迷离,鲜活跃动,接转轻灵,摇曳生姿;且虚实相兼,景情并茂,极饶韵致。

其实,全诗的要领也就在"别有天地非人间"七个字上。"人间"是什么样呢?诗人自然清楚,是黑暗的社会现实,宦途的崎岖坎坷,官场的钩心斗角,是困踬穷途、始终不能如愿、充满悲剧色彩的个人遭遇,是试图超越却又无法超越,顽强地选择命运却又终归为命运所选择的嗒然无奈。但他一概略去不说,只说"桃花流水"的美妙、宁静、清空的"别有天地"——这里显然是暗用陶潜《桃花源记》的故实。寓意深邃,意境悠远,引人深思遐想。

诗评家赵其钧指出,全诗虽只四句,但有问有答,有叙述,有描绘,有议论,其间转接轻灵,活泼流利;用笔有虚有实,实处形象可感,虚处一触即止,虚实对比,蕴意幽邃。

明代文学家李东阳《怀麓堂诗话》中,曾以李白"桃花流水窅然去,别有天地非人间"为例,说明"诗贵意,意贵远不贵近,贵淡不贵浓。浓而近者易识,淡而远者难知"的道理,认为这些诗句"皆淡而愈浓,近而愈远,可与知者道,难与俗人言"。

生寄死归

拟古十二首(其九)

李白

生者为过客,死者为归人。
天地一逆旅,同悲万古尘。
月兔空捣药,扶桑已成薪。
白骨寂无言,青松岂知春。
前后更叹息,浮荣何足珍。

《拟古》组诗,为诗人晚年作品。从暗喻安禄山起兵作乱和唐明皇赴蜀的"胡风结飞霜""六龙颓西荒",以及"惟昔鹰将犬,今为侯与王。得水成蛟龙,争池夺凤凰"(《其六》)等诗句,可以推知全诗大约写于安史之乱后至长流夜郎、中道遇赦放还期间。而就其所述题材及风格看,十二首未必为一次完成,当是偶有所感即信笔写出。

本诗为第九首。想象丰富,意境深邃,哲理性强,为其突出特色。其时,诗人已进入晚境,回首前尘,百感交集,中心如捣。诗中将他从"赐金放还"到"去国愁夜郎,投身窜荒谷"等一系列的挫折、失意、困顿中的生命体验,直接上升为心性感悟和模糊把握的理性思维方式。如同古罗马的哲人爱比克泰德所说的:当我们开始意识到自身的痛苦与孤独时,哲学就产生了。后来的德国哲学家雅斯贝尔斯也说过:"除了惊异与怀疑,对死亡、痛苦、罪恶这个世界的不确定性等终极境况的意识,是哲学最深邃的根源。"

就意蕴看,本诗可分为三个部分:开头四句,是说人世间,生寄死归,生死一如;人生苦短,万古同声悲叹。诗中说,天地有如一座旅馆("逆旅"之说,始见《左传》,意为迎止宾客之处),世人居住其中,活着的都是匆匆来去的过往行人,死去的便是返回老家了。庄子有言:"生者死之徒(继承者),死也生之始,孰知其纪(极)!人之生,气之聚也;聚则为生,散则为死。若死生为徒,吾又何患!"就是说,人生乃是生生死死的连环套;生命只是偶然的有限的历程,生是死前的一段过程,活着时宛如住在旅馆,死去就是回归永恒的家园;生与死不过是一种生命形态的变化;生死是同一的,同归于"道"这个本体。《列子》中有"古者谓死人为归人。夫言死人为归人,则生人为行人矣"之说。苏轼《临江仙》词:"人生如逆旅,我亦是行人",本此。解读谪仙这四句诗,还令人想起鲁迅先生哲理散文《过客》中悲剧性的人生体验:人的存在失去了根本性的意义,人无非是苍茫天地间一位"状态困顿"、没有前路的匆匆"过客"。

中间四句,涉及的范围尤广,可说是"上穷碧落下黄泉"。在所谓"仙界",月宫里的嫦娥,虽然获得长生,却过着孤独寂寞的生活,只有白兔为她捣药,了无欢乐、幸福可言;"扶桑之木,其高万仞"(《楚辞章句》),如今也变成枯槁的柴薪了。至于"冥府"中那些"恒河沙数"的累累白骨,早已寂无声息;而地上郁郁葱葱的苍松,却又了无知觉,根本感受不到阳春的温暖。

最后两句,慨今伤昔,感喟无限,以"浮荣何足珍"这一警策之语,怆然作结。联系到组诗中"日月终销毁,天地同枯槁"(《其八》)、"石火无留光,还如世上人"(《其三》)、"万族皆凋枯,遂无少可乐"(《其七》)之句,可知诗人已经彻底看穿了人生短促、世事无常、浮云富贵、瞬息繁华这些"造化的把戏"(鲁迅语)。

诗人运用其天马行空般的超常想象力,以奇突诡异、想落天外的意象,状写其深刻的生命感悟,极富形而上意味与艺术魅力。

流俗多误

古风五十九首（其五十）

李白

宋国梧台东，野人得燕石。
夸作天下珍，却哂赵王璧。
赵璧无缁磷，燕石非贞真。
流俗多错误，岂知玉与珉。

古籍《阙子》（现已佚失）记载，宋国有个愚人，在梧台（位于今山东淄博市临淄区梧台镇）东面得到一块有彩纹的燕石，便视为稀世珍宝，急忙拿回家里，用红黄色的丝绢包起来，足足裹了十层。这样，他还不放心，又用十个华美的匣子一个套一个装起来。从周王朝来的客人听说了，登门拜访，想看一看这件"宝物"，主人为了表示虔诚和郑重，斋戒七日，熏香沐浴之后，戴上大礼帽，穿上玄黑色的长袍，最后才一个个掀开匣子，一层层揭去丝绢，亮出"宝物"。客人一看，忍不住从喉咙间发出笑声，说："这是一块燕地的石头，和碎瓦片一样，不值一文钱。"主人顿时勃然大怒，认为这是"商贾之言"，蓄意贬低，别有用心。从此以后，他对这件"宝贝"视之愈珍，藏之愈固。

李白在这首古风中，专门嘲咏了这件事。诗的前四句是叙事，后四句为议论,主旨是讥笑世人有眼无珠,不识贤俊,而庸才反得用世、并且非笑贤才的不合理现象。他在另一首诗中也讲:"我有结绿珍,久藏浊水泥。时人弃此物,乃与燕珉齐。"玉珉不分,流俗多误,可谓切中时弊。清人方东树评此诗时,直接指出:"言世俗不知美恶。"

诗中"赵王璧",即和氏璧。"无缁磷",引自《论语》:"磨而不磷,涅而不缁",意为白玉染而不黑,磨而不损,保持坚贞不移的本色。"珉",似玉而非,《说文》解为石之美者。

在封建社会中,由于看重流品、资格的门阀制度,卖官鬻爵的赀纳制度,以及世袭制、封荫制的推行,由于封建统治者多是按照自己的利益和意愿去任用人才,再加上负责铨选人才的人,或识宝无才,缺乏鉴赏能力,或忮忌刻削,吹毛索瘢,致使庸才用世,奸佞当道,而杰出人才却备受冷落,遭到压制、排斥。这样一来,屈原所愤慨抨击的"世溷浊而不清,蝉翼为重,千钧为轻;黄钟毁弃,瓦釜雷鸣;谗人高张,贤士无名"(《楚辞·卜居》)的可悲局面,便不可避免地反复出现了。

正是针对这种极端不合理的现象,杜甫写了一首形象鲜明、爱憎分明的《恶树》诗,抒发他对恶木(象征奸人与庸才)深恶痛绝的心情:"独绕虚斋径,常持小斧柯。幽阴成颇杂,恶木剪还多。枸杞固吾有,鸡栖奈汝何。方知不材者,生长漫婆娑。"这里包括三层意思:一是表明除恶务尽、害马必除的决心。手持斧柯,遍绕丛林,见着恶木就加以剪伐。二是深深慨叹恶木伙聚,庸劣成群,剪不胜剪,无法实现其扶正祛邪的愿望。三是从枸杞、鸡栖(皂荚树)蔓延成长的现象,悟出了贤材很难成长而恶木易于滋生的道理。同本诗的主旨相同,杜甫还曾在另一首诗中写道:"新松恨不高千尺,恶竹应须斩万竿!"借以抒写他对贤才之孤标特立难以扶植,而奸佞之聚夥成群难予驱除的愤慨心情。

"刺天下不识人者"

咏史

高适①

尚有绨袍赠,应怜范叔寒。
不知天下士,犹作布衣看。

　　史载,战国时,魏国派须贾、范雎(即范叔,范雎字叔)出使齐国,齐王重范雎之才,赐给他银子,而他并没有收取。回国后,须贾诬告范雎暗通齐国,使他惨遭毒打,受到百般污辱。范雎遂逃往秦国避难,改名张禄,游说秦昭襄王,拜为丞相,使秦国称霸天下。魏国慑于其威势,使须贾出使秦国,范雎穿着破旧衣服前往面见。须贾见而怜之,曰:"范叔尚在乎?何一寒(这里的"寒"兼有寒冷、贫寒、潦倒之意)至此哉?"遂取出自己的一件质地粗厚、平滑而有光泽的绨袍相赠。待到须贾得知秦国丞相张禄原来就是范雎时,大惊失色,伏地谢罪。范雎说:"汝罪当死,之所以得免者,以绨袍恋恋,有故人之意。"遂放还。
　　诗的前两句,叙述的就是这件事。说明须贾虽有恶行,险置范雎

---

① 高适(702—765),唐代著名边塞诗人。其诗粗犷豪放,遒劲有力,抑扬顿挫,婉转流畅。

于死地,但他过后,对故人尚有同情、怜悯之心,这还是可取的。也正是这样的恻隐之心,挽救了他一条性命。

诗的后两句,把话题引向深入,借咏叹须贾虽有怜悯故人之意,却毫无知人之明的故实,抒发了世间识贤无人、英俊怀才不遇的感慨。诗人说,范雎这样治理天下的奇才,却不见重于世,还把他当成普通人看待,实在令人感伤、惋惜。

葛晓音教授指出,那些对布衣尚有怜悯之心的人固然应当感激,但布衣所需要的不是绨袍之类的恩惠和怜悯,而是对自己抱负和才能的理解与支持。可惜天下之士,只能以平常的布衣相待,当面错过了多少英雄贤才!但这层言外之意,诗中并未明白说出,而是通过"尚有""应怜""不知""犹作"这几层语气的转折,对史实稍作剪裁、处理,使寄托在客观叙事中自然流露出来。

诗中的"天下士"与"布衣",似乎并不相互照应,因为不见得"布衣"之中就没有"天下士"。单是从故事情节看,倒是"天下宰"(秦国已经称霸天下)与"布衣"相对衬。可是,诗人却偏要这么说,明显地看出他是有感而发,意有专注,所谓"借他人的酒杯,浇自己的块垒"。晚明·唐汝询《唐诗解》中有言:"达夫(高适字)晚贵,疑当时必有轻之者,故借古人以发之。"清人王尧衢也说:"'犹'字是刺须贾之不识人,亦所以刺天下不识人者。"

本诗在艺术手法上,也极有特点。一是,题曰咏史,实是咏怀,显然是借古讽今;二是,诗史结合,古今杂糅,叙议兼备,借题发挥;三是,识才、用才的重大主题,以"绨袍赠"这一细事出之,颇见匠心;四是,用意隐然,含蓄蕴藉,在叙述史实的过程中,诗人的深意自现。这些,也是所有优秀的咏史诗所共同具备的。

戏看真人弄假人

咏木老人（一作傀儡吟）

梁锽[①]

刻木牵丝作老翁，鸡皮鹤发与真同。
须臾弄罢寂无事，还似人生一梦中。

木偶戏在我国有悠久的历史，一般认为，"源于汉，兴于唐"，从隋代开始，已有用木老人表演故事的记载。这种木老人，亦即木偶，又称傀儡。木偶刻出后，由人牵丝而活动；表演时，演员在幕后一边操纵木偶，一边演唱，并配以音乐。根据木偶形体和操纵技术的不同，有布袋木偶、提线木偶、杖头木偶、铁线木偶等称谓。

本诗为咏物诗，同时又是绝妙的讽喻诗。诗的前两句，叙述木偶制作得宛如真人，形貌、动作，都与真人没有差异；后两句，由叙事转入议论，发抒观看木偶表演之后所产生的感慨。诗人通过咏叹受人操纵、摆布、牵制的木老人的表演，讽刺那类缺乏自主意识、俯仰由人、一言一动都须仰承他人鼻息的傀儡式人物。

唐明皇酷爱戏剧，被梨园行奉为祖师爷。安史之乱后，肃宗即

---

① 梁锽，唐玄宗天宝初年，曾官执戟；又曾从军掌书记，因与主帅不相得，拂衣而归。工诗。

位,他因受太监离间,退居西内,郁郁寡欢,便经常吟诵《咏木老人》一诗以自伤、自遣。其实,何止唐明皇,就连秦始皇也不例外,"自以为一世之雄,海内莫为予毒也,而不知赵高弄之如木偶也"。(清·侯方域《宦官论》)

　　本诗具有鲜明的哲思理蕴,体现在四个关键词上:一是"真",与假相对,说是"与真同",实际上,从木老人形态、装扮到宛转作态的表演,没有一样不是假的。二是"弄",在这里是动词,用得至为恰切,作弄,玩弄,摆弄,耍弄,惟妙惟肖地刻画出木偶受人操纵、摆布的情态。三是"须臾",四是"一梦",二者结合起来,揭示木老人逢场作戏的实质。

　　作为戏剧艺术的一支,木偶戏同样具有现场性、假定性、表演性、集中性等普遍特征,倏忽间,方寸地,可以表演无限时空;幕启幕落,能够囊括无穷世事。除此之外,它还有其特殊的属性。演员表演须以木偶为媒介,这样,舞台角色身上的人性与媒介的物性便构成了有趣的矛盾统一体。也就是说,木偶戏表演者(演员)是双重的,真正当众演出的是木偶——由人雕绘、刻制成的戏剧角色,而操纵、控制的人则在幕后。有一副对联惟妙惟肖地状写出这一特性:"有口无口,且将肉口传木口;是人非人,聊借真人弄假人。"木偶戏"以物象人"的表演特性,决定了木偶舞台上需要遮蔽操纵者,以突出木偶形象。这也恰是世间后台弄权者与前台傀儡的典型特征。

怜才惜士的哀歌

存殁口号二首(之二)

杜甫[①]

郑公粉绘随长夜,曹霸丹青已白头。
天下何曾有山水,人间不解重骅骝!

诗人深情感怀一殁一存的两位朋友。郑公,诗人的挚友郑虔,诗书画俱佳,被玄宗称许为"郑虔三绝",其山水画尤邀盛誉;一年前,死于台州。曹霸,为著名画家,特擅画马;生活潦倒,漂泊他乡。诗人在成都时,曾与之交往,至今还挂怀着他。

四句诗呈"扇形"结构(元人范德机语),两两对应,于是,便成了这样一首独具标格、自成一体的七绝。我们在解析的时候,可以把它拆开重组,一句与三句连读,二句与四句连读。这样,诗的内容便是:随着郑虔的埋骨地下,永远处于长夜之中,他的彩色图画已经成为艺苑绝笔;从此,普天之下便再也无人能够达致其画山水之造诣了。而画马大家曹霸虽然仍在绘制丹青,无奈人已垂垂老矣!其实,更为可悲的是,即便他还能作画,纵然画得再多,但是,世间已经没有谁能够

[①] 杜甫(712—770),字子美。我国诗歌优良传统的杰出的继承者、发扬者,有"诗圣"之誉;其诗富有人民性和现实主义精神,被公认为"诗史"。

理解与珍视他笔下的骅骝（古代神话中的"八骏"，意指杰出人才）了！诗人在《丹青引·赠曹将军霸》中亦曾写道："穷途反遭俗眼白，世上未有如公贫。但看古来盛名下，终日坎壈缠其身。"诗中既赞扬了曹霸献身艺术的崇高精神，又对他的身世极表感伤与惋惜。

关于本诗，清人仇占鳌在《杜诗详注》中说："此谓郑殁而曹存也。郑虔既亡，世更无山水之奇；曹霸虽存，人谁识骅骝之价乎？一伤之，一惜之也。或云：'得虔之图，几令天下山水无色'；得霸之马，能使人间骅骝减价。乃极赞其笔墨之神妙，亦通。"

诗中流露出对于故交挚友出自肺腑的真情。在备极推崇两位画家的高超技艺的同时，诗人从中引申出对于时政、流俗的针砭与抨击。名为"存殁口号"，其实，并非只限于两位画家，而是抒发他对一切贤能之士困顿终生、怀才不遇的感慨。"天下何曾有山水，人间不解重骅骝"，十四个字道出诗人惜士怜才的沉重心声。其中，有悼念，有感伤，有慨叹，有痛惜，有愤懑，有呐喊，长歌当哭，一往情深。字字滴泪，动人心弦，含蕴丰富，耐人寻味。

老有所为

江汉

杜甫

江汉思归客，乾坤一腐儒。
片云天共远，永夜月同孤。
落日心犹壮，秋风病欲苏。
古来存老马，不必取长途。

在这首晚年的代表作中，诗人以"江汉"为题，写他客滞湖北江陵、公安期间的一段心路历程，展现其虽然年老力衰，仍然壮心不已，希望积极用世，为国效劳的可贵精神；特别是关于"老有所为"的辩证认识，具有深刻的哲学理蕴。

发端两句，首先作自我定位，以领起全篇。"思归客"说他处于漂泊流徙，久客他乡，思归长安而不得的窘境；"腐儒"，意为迂阔不合时宜、不能为世所用的"老夫子"，含有自鄙而又自负的双重意蕴，真实意图是状写其怀才不遇、终生潦倒的辛酸际遇，而以谐谑语调出之，这就明显地透露出愤慨不平的心境。说他"自负"，是指"腐儒"上面竟然冠以"乾坤"二字。"乾坤"者，天地、人间也。清人黄生说得好："身在草野，心忧社稷，乾坤之内，此腐儒能有几人？"（《杜

诗说》)

　　颔联紧接首句,说自己客滞他乡,犹如一片浮云,飘飞游荡,与天共远;又像永夜(长夜、终夜)高悬的孤月,伶仃萧索,无助无依。分不出来是写情还是写景,二者完全融合在一起。这种化景物为情思的手法,使得诗中意蕴既深沉凝重,又极富感染力。

　　如果说,颔联是写情写境,那么,颈联就是咏志抒怀。虽然也写落日,也写秋风,但只是衬托与借喻,而并非着意写景。论者指出,"作者这年已五十七岁,身体状况不佳,不但牙齿半落,耳朵重听,而且右臂偏枯,连写字都感到困难,故以'落日'为喻。"(夏松凉语)"'落日'句的本意,就是'暮年心犹壮',它和曹操'烈士暮年,壮心不已'的诗意是一致的。就律诗格式说,此联用的是借对法。'落日'与'秋风'相对,但'落日'实际上是比喻暮年,而'秋风'句是写实,'苏'有康复意。诗人流落江汉,面对飒飒秋风,不仅没有悲秋之意,反而觉得'病欲苏',表现出诗人身处逆境而壮心不已的精神状态。"(陶道恕语)《周易》云:"天行健,君子以自强不息。"诗人所奉行的正是这种精神。明·胡应麟在《诗薮·内篇》中,赞扬此诗的颔联、颈联"含阔大于沉深",正以此也。

　　诗人在尾联中,以识途"老马"为喻,说明自己虽然年已老,身多病,但智慧犹存,仍能为国效力,有所作为。《韩非子·说林》记载:"管仲、隰朋从于桓公而伐孤竹,春往冬反,迷惑失道。管仲曰:'老马之智可用也。'乃放老马而随之,遂得道。"诗人指出,古人存养老马,不是取它的力,而是用他的智。言下之意是,虽说我是一个"腐儒",但,此心犹壮,孤忠未泯,仍然能够发挥应有的作用。遗憾的是,诗人此诗作后,不到两年,就病逝于岳阳舟中,最后也未能得归,可说是赍志以终。

　　在解读此诗过程中,前人谈得较多的是杜甫的"老骥伏枥,壮心不已"的精神;其实,诗中还有一层重要的意蕴,就是如何看待"老有所为"的问题,这里面含蕴着深刻的辩证法。老,是一个现实问题,莎士比亚名作《威尼斯商人》中,葛莱西安诺有一句问话:"谁在席终人散以后,还能保持初入座时那么强烈的食欲?哪一匹马在漫长的归途上能像起程时那么长驱疾驰?"但是,这绝不等于说,人到晚年,就完全无所事事,只能隔着窗子闲看飘飞的雪花,或者拄着拐杖漫踏阶前的黄叶;反之,老年时节,需要做而且能够做的事情依然很多。在绚烂斑斓的黄昏丽色中,完全可以继续演奏着生命真实的凯歌。只是应该注意从自身的实际情况出发,有所为有所不为。老树十围,亭亭如车盖,繁枝密叶,荫覆众生,是柔枝幼干所难以完成的;但是,开花吐蕊,临风摇曳,却与千年古树无缘。管仲所说的"老马之智可用也";"乡有三老,万般皆好"的谚语和"落红不是无情物,化作春泥更护花"的诗句,都表明了老年人无可代替的特殊作用。

诗圣的悲哀

南征

杜甫

春岸桃花水,云帆枫树林。
偷生长避地,适远更沾襟。
老病南征日,君恩北望心。
百年歌自苦,未见有知音。

晚年的诗圣杜甫,孤凄无依,"漂泊西南天地间",过着"天边老人归未得,日暮东临大江哭",去留两难,备受煎熬的惨淡生活。十年间,先是流寓川渝大地,后因思归心切,扁舟出峡,转徙荆楚,浪迹湖湘。但由于时局动乱,生计艰难,北归无望,生命的最后两年,不得不以多病孱弱之躯,辗转于衡、岳之间,或为孤舟摇荡,或为鞍马劳顿,辛苦备尝,终日不堪其苦,最后病死在潭州驶向岳阳的一艘小船里。说来也是够凄惨的。

唐代宗大历四年(769年)春节一过,杜甫就开始了自岳阳经潭州(长沙)前往衡阳的行程,前一段走的是水路,趁着桃花汛发,从巴陵县起航,再经洞庭湖、青草湖,驶入湘江。船上,诗人写了这首五言律诗《南征》。

首联交代起帆时节和沿途所见,以春色撩人的美妙景色作衬托,反衬南行的凄苦生涯与悲凉心境。颔联表现诗人"晚岁迫偷生",颠沛流离,居无定所的艰辛境况。"避地"谓迁徙以谋生避祸。颈联讲他即使在抱病南行之日,也没有冷却报效朝廷的热忱。"君恩"句,是指他在成都时,经严武表荐,代宗曾诏授检校工部员外郎一事。尾联"卒章显其志",为一篇之警策。一生悲剧尽在这十字上,凄怆、悲苦之情跃然纸上,令人不忍卒读。

　　"百年歌自苦,未见有知音"两句,可说是诗人对自己一生作为、当时心境及悲剧命运的总结,更是长期郁积胸中,无以自释,至死都此恨难平的痛苦悲鸣。这里饱含着血泪、浸满了酸辛、充盈着凄苦、渗透着不平,意蕴极为深厚,却以淡淡的十个字出之。

　　"百年"者,一生也。"歌",吟咏,意为写作诗文。"苦"字,刻苦、劳苦、勤奋之意。杜甫之所以能够"笔落惊风雨,诗成泣鬼神",被后代奉为"诗圣",固然有其天纵之才,聪明早慧,"七龄思即壮,开口咏凤凰","往昔十四五,出游翰墨场"(《壮游》);但他又是古代诗人中刻苦磨炼、镂肺雕肝,笔补造化的出色典范。正如他自己所说的"为人性僻耽佳句,语不惊人死不休";"读书破万卷,下笔如有神"。连诗仙李白都说他:"借问别来太瘦生,总为从前作诗苦"。(《戏赠杜甫》)

　　漂泊西南期间,他曾写作《解闷》组诗,其中有一首是自叙其作诗甘苦的:"陶冶性灵存底物,新诗改罢自长吟。孰知二谢将能事,颇学阴何苦用心。"诗中提到了他曾师法的南朝四位著名诗人。全诗大意是:依靠什么来陶冶性情呢?就是在成诗之后,诵读长吟,反复修改、锤炼字句,从而达到理想的效果。既做到谙熟(古与"孰"通)、精读谢灵运和谢朓的绝妙诗篇,尽量得其能事;又认真学习阴铿和何逊刻苦用心、不懈钻研的精神。浦起龙在《读杜心解》中注释:"自言攻苦如此。"翁方纲在《石洲诗话》中也说:"欲以大、小谢之性灵而兼学阴、何之苦诣也。"在这两位清代评论家之前,东坡居士早就指出:"老杜言'新诗改罢自长吟',乃知此老用心最苦,后人不复见其剖劂(指雕词琢句),但称其浑厚耳。"

正是由于"耽佳句""苦用心",因而杜甫之诗被后世诗人无上推崇。现以宋人为例:王安石编唐宋四家诗,杜诗被列在首位,许之以"悲欢穷泰,发敛抑扬,疾徐纵横,无施不可,故其诗有平淡简易者,有绮丽精确者,有严重威武若三军之帅者,有奋迅驰骤若泛驾之马者,有淡泊闲静若山谷隐士者,有风流蕴藉若贵介公子者。盖其诗绪密而思深,观者苟不能臻其阃奥(深邃的内室,比喻学问、事理的精微深奥所在),未易识其妙处,夫岂浅近者所能窥哉?此甫所以光掩前人,而后来无继也"。在苏轼看来:"古今诗人众矣,而子美独为首者"。秦观也说:"子美者,穷高妙之格,极豪逸之气,包冲淡之趣,兼峻洁之姿,备藻丽之态,而诸家之所作不及焉。"

岂料,就是这样一位超凡拔俗的"诗圣",在他的生前,却并未获得应有的重视。诗人歌自歌,苦自苦,竟然没有见到知音之人!

在唐代,唐诗即有选本,其中对后世影响最大的要算是《河岳英灵集》与《中兴间气集》了。它们分别选入二十四家的二百三十首诗和二十六家的一百三十二首诗,其共同之点,就是都没有选入杜诗。前者编选人为进士殷璠,据学者考证,时在玄宗天宝十二载(753年),当时杜甫已四十二岁;后者编选人为高仲武,时在代宗大历十四年(779年),其时杜甫已辞世九年。如果说,《河岳英灵集》成书较早,漏掉杜甫,还说得过去的话;那么,《中兴间气集》所选诗作正值肃宗朝至代宗大历年间,其时杜甫诗歌创作处于辉煌夺目阶段,仍未入选,可就难以理解了。唯一的缘由,应是杜甫在世之日甚至去世一段时间内,其诗歌价值并未引起时人的足够重视。

这里还有一件小事,就在《河岳英灵集》编成的前一年秋天,杜甫曾与高适、岑参、储光羲、薛据同登长安慈恩寺塔,五人皆有诗作。

唐五代 | 101

其中,同为著籍河南、小杜甫三岁的岑参,诗的标题为《与高适、薛据登慈恩寺浮图》。高适与作者岑参都是著名边塞诗人,题目中专门点出,亦属常情;可是,点出薛据(弟兄几人都是进士),却不及杜甫,这就有些奇怪了。那么,要论这次登塔诗作的质量呢?清人杨伦有言:杜甫之诗"视同时诸作,其气魄力量,自足压倒群贤,雄视千古"(《杜诗镜铨》)。

这种情况,到了中唐后期发生了改变。此前,是李白诗名高于杜甫;从元稹、白居易开始,颠倒了过来,他们首倡扬杜抑李之说。宪宗元和八年(813年),元稹在《唐故工部员外杜君墓系铭并序》中说:"诗人已来,未有如杜子美者","盖所谓上薄风骚,下该沈宋,言夺苏李,气吞曹刘。掩颜谢之孤高,杂徐庾之流丽,尽得古今之体势,而兼人人之所独专矣"。意思是,至于杜甫,大概可以称得上上可逼近《诗经》《楚辞》,下可包括沈佺期、宋之问,古朴近于苏武、李陵,气概超过曹氏父子和刘桢。盖过颜延之、谢灵运的孤高不群,糅合徐陵、庾信诗风的流美清丽。他完全掌握了古人诗歌的风格气势,并且兼备了当今各家的特长。白居易在《与元九书》中也说:"李(白)之作,才矣、奇矣,索其风雅比兴,十无一焉。杜诗最多,可传者千余首,尽工尽善,又过于李。"与此同时或稍后,韩愈寄诗张籍,指出:"李杜文章在,光焰万丈长。不知群儿愚,那用故谤伤。蚍蜉撼大树,可笑不自量!伊我生其后,举颈遥相望。夜梦多见之,昼思反微茫。"双星并耀,朗照骚坛,则不复为优劣矣。这应是中国诗史上最权威、最公正的评价。

不过,这里需要指出,杜甫的"百年歌自苦,未见有知音",固然包括诗文在内,但更主要的还是慨叹识宝无人,怀才不遇,终身未能得偿以一介布衣直达卿相的夙愿,——这才是未有知音的实质。

清高最忌矫饰

东林寺酬韦丹刺史

灵澈①

年老心闲无外事,麻衣草座亦容身。
相逢尽道休官好,林下何曾见一人。

东林寺在庐山西麓,始建于东晋,为佛教净土宗(又称莲宗)的发源地。

唐代古籍记载:诗僧灵澈"以文章接才子,以禅理悦高人,风仪甚雅,谈笑多味",居洪州大悲寺和庐山东林寺时,与为政清廉、官声卓著,时任江南西道观察使兼洪州刺史的韦丹,结为忘形之交,经常有诗歌唱和。一次,韦丹寄诗给灵澈,内含退官归隐之意。灵澈阅后,深有感触,便作此诗以答。

韦丹的诗是这样的:"王事纷纷无暇日,浮生冉冉只如云。已为平子归休计,五老岩前必共闻。"意思是,勤劳王事,公务繁杂,整天忙忙碌碌,眼看一生就这样慢慢过去了;其实,功名利禄不过是过眼烟云,没有什么可留恋的。我已经像张平子那样,做好了退休归隐的

---

① 灵澈(746—816),唐代著名诗僧,曾驻锡东林寺;后游方衡岳,不知所终。

唐五代 | 103

准备,这在庐山五老峰前,当是众所闻知的了。"平子归休"句:东汉天文学家张衡字平子,曾官郎中,著有《归田赋》。"共闻",《云溪友议》作"共君"。

诗僧灵澈所在的庐山,距离韦丹供职的洪州(南昌)二百余里,睹面交谈颇为不易。所以,诗的前两句,先是叙述他在寺内闲静的修行生活,用以酬答朋友韦丹的问讯。"年老心闲",述说他的精神生活状态;"麻衣(纯粹用布、毫无文饰的衣服)草座(稻草或蒲草编制的坐垫)",状写其简陋的物质生活情境。后两句,书写所闻所见,夹杂着风趣的议论。因为友人谈到归隐之事,诗人便就着这个话题发表了他的看法,结合自己的日常见闻,对于官场中明明是贪恋功名禄位,却以清高自诩的口是心非、盗名欺世的虚伪行径,表示不屑,予以尖锐的讽刺。

诗从生活实际出发,造语平淡自然,亦庄亦谐,却冷峻如刀,直刺一些人的痛处,针砭时弊,大有益于世道人心。这使人想到清代诗人黄莘田的七绝:"常参班里说归休,都作寒暄好话头。恰似朱门歌舞地,屏风偏画白蘋洲。"

我们如果不了解韦丹的为人和他与灵澈上人的深厚友情,可能会误认为后两句诗隐含着对韦丹讥刺的成分。其实,灵澈是在谈了个人生活的寒俭之后,顺便发表了对见闻所及的社会现象的看法,纯属挚友间推心置腹的交谈,有感而发,直摅胸臆。

宋·黄彻《䂬溪诗话》指出:"灵澈有'相逢尽道休官去,林下何曾见一人',世传为口实,凡语有及抽簪,即以此讽之。余谓矫饰罔人,固不足论;若出于至诚,时对知己,一吐心胸,何害?尝观昌黎《送盘谷》云:'行抽手版付丞相,不待弹劾归农桑。'《赠侯喜》云:'便当提携妻与子,南入箕颍无还时。'此类凡数十,岂苟以饰口哉?其刚劲之操不少屈,所素守定故也。"其言也是强调区分情况,不应一律以"饰口"视之。

慈 母 颂

游子吟

孟郊①

慈母手中线,游子身上衣。
临行密密缝,意恐迟迟归。
谁言寸草心,报得三春晖。

作为中华民族优秀传统文化的重要内容,感恩是一种传统美德与美好善良的道德情感,表现为一种人格、一种人生境界,也是构建和谐社会、增强中华民族凝聚力的伦理基础。对于个人来说,常怀感恩之心,生命就会得到滋润,可以使自己经常保持健康心态、进取信念,看到生活中的前进希望,有效地增强社会责任感。这种知恩图报、感恩戴德的情怀,再进一步就会表现为一种奉献精神、真诚自愿地付出的行为。

感恩,首要的是感怀父母之恩。早在两三千年前,诗人就情深意切地吟哦:"哀哀父母,生我劬劳","父兮生我,母兮鞠(养)我。拊(抚)我畜(爱)我,长我育我。顾(在家时照看)我复(出门后挂念)

---

① 孟郊(751—815),字东野。仕历坎坷,清寒一世,诗多写世态炎凉,民间苦难。有"诗囚"之称;与贾岛齐名,人称"郊寒岛瘦"。

我,出入腹我(出出进进把我抱在怀里)。欲报之德,昊天罔极(天道无常,意为老天突然降下灾祸,夺走他们生命)"。(《诗经·蓼莪》)尔后,这方面的诗文,连篇累牍。其中的代表作——《游子吟》,这首传诵千古的母爱颂歌,传递了亿万游子的共同心声。

当代学者左成文指出,诗的前四句,"慈母的一片深笃之情,正是在日常生活中最细微的地方流露出来。朴素自然,亲切感人。这里既没有言语,也没有眼泪,然而一片爱的纯情从这普通常见的场景中充溢而出,拨动了每一个读者的心弦,催人泪下,唤起普天下儿女们亲切的联想和深挚的忆念";"后两句是前四句的升华,通俗形象的比兴,加以悬绝的对比,寄托了赤子炽烈的情意;对于春天阳光般厚博的母爱,区区小草似的儿女怎能报答于万一呢。真有'欲报之德,昊天罔极'之意,感情是那样淳厚真挚"。

孟郊为诗,于淳朴素淡中显现出浓郁的人性光辉、人情之美。苏东坡说,孟郊"诗从肺腑出";钱锺书认为,孟郊诗"五古佳处,深语若平,巧语带朴,新语入古,幽语含淡"。这些论述,都是非常切合实际的。

要使以孝敬父母为首要的感恩文化,在现实生活中发扬光大,生根开花,需要从五个方面着手落实:

一是,孝亲必须从早做起,从现在做起。古人有"子欲养而亲不待"的憾语。因而,做子女的绝对不能心存等待心理,以为来日方长,未来总有机会;那样,必将遗恨无穷,忏悔终生。在我的记忆中,有这样一支手语歌《感恩的心》:"我长大了,妈妈老了;/我长高了,妈妈背驼了;/我懂事了,妈妈记不清事了;/我事业有成,想要孝敬妈妈,她却走了。"这和《诗经·蓼莪》篇中的"欲报之德,昊天罔极"意蕴完全一致。

二是,母爱教育要从孩童抓起。上古时代的《蓼莪》,中古时代的《游子吟》,以及现时这支简单至极的手语歌,或简古,或通俗,但都直抒胸臆，把母子间的灼灼深情作了形象的概括，感人肺腑。我们应该把这些往古来今的大量优秀作品搜集起来，编辑、整理成幼儿园和小学教材，使少年儿童从小就铭记于心，从而终身受益。

三是，孝亲要从具体事做起。孔子说："今之孝者，是谓能养。至于犬马，皆能有养；不敬，何以别乎？"在回答子夏问孝时，他又进一步指出："色难。有事弟子服其劳，有酒食先生馔，曾是以为孝乎？"前者强调一个"敬"字。如果只是养活父母，保证温饱，而对父母缺乏敬重之心，那同饲养犬马又有什么区别？后者强调，要从心里热爱父母，体贴入微，时刻做到和颜悦色，从来不给脸子看。《礼记》中说："孝子之有深爱者必有和气，有和气者必有愉色，有愉色者必有婉容。"孔子也认为，子于父母，能够一贯和颜悦色，原非易事，所以才说"色难"；但这又是最关紧要的，否则，即便是遇事由年轻人去做，有酒食让父母先享用，也不能算是尽了孝道。子女要善于体察父母的心境。什么锦衣玉食，高级享受，对他们并无实际价值，唯一的渴望，是找机会多和儿孙们在一起谈谈心，唠唠家常，以排遣晚年难耐的无边寂寞。应该说，这是十分廉价、极易达到的要求。可是，十有八九，做儿女的却没能给予满足。

四是，孝亲要落实到社会实践中去，必须坚持法律与道德两手抓。道德的实施需要法律的强制保障；而提高道德水平有助于公民自觉守法、护法，法律也需要道德的奠基和撑持；应该使社会的道德规范逐步纳入法律条文，借助法律的强制力予以保证。我国《宪法》以及《婚姻法》，都有"子女有赡养扶助父母的义务"的条文；《老年人权益保障法》更是明文规定："家庭成员应当关心老年人的精神需求，不得忽视、冷落老年人"；对于用人单位也有为赡养人孝亲、探亲提供保障的要求。世界五百强公司中，许多家进行用人调查时，都把孝敬父母作为一项重要内容加以考查。理由是：如果对父母都不孝敬，那还何谈尊重顾客、善待同事、体贴下属、热爱公司！这样做，既能起到导向作用,而且,具有实际效果,十分可取。

五是,要把孝亲这一美德从家庭推广到整个社会中去。古代圣贤孟子有言:"老吾老,以及人之老;幼吾幼,以及人之幼。"说的是,在赡养、孝敬自己的老人时,不应忘记其他与自己没有亲缘关系的老人;在抚养、教育自己的小孩时,不应忘记其他与自己没有血缘关系的小孩,也就是要在整个社会营造尊老爱幼的良好、淳厚的风尚。

关注潜人才

城东早春

杨巨源①

诗家清景在新春,绿柳才黄半未匀。
若待上林花似锦,出门俱是看花人。

古人论诗,强调捕捉"诗眼",因为它是理解诗章的一把钥匙。抓住了诗眼,有助于把握主旨,可以有效地帮助解读全篇,并由此生发出去,扩展思路,开拓意境。本诗的诗眼,为"清景"二字。

一开篇,诗人劈头就下了一句断语:对于诗家来说,或者说,从诗家的眼光来观察,一年最美的清光、最清丽的景色,莫过于早春了。这时节,枝条上刚刚露出嫩黄的柳芽,柳树整体的颜色尚未均匀,却分外地清新悦目,秀色撩人。

刚刚抽芽吐绿的柳枝新叶,是最富有生机的。特别是对于城中人来说,柳是报春的使者。当寒威退却、冰雪消融时节,痴情浓重的春风朝朝暮暮奏着催绿的曲子,鼓动得万里河山生意葱茏。花丛草簇从酣睡中醒来,急忙抽芽吐叶,点染春光,顿时大地现出了层层新

---

① 杨巨源(755—?),唐贞元年间进士,曾任太常博士、礼部员外郎。

绿。然而,这一切与鳞次栉比、杰阁层楼的皇城是不相干的。那么,是谁最先把"春之消息"报告给十丈红尘中奔走道途之人的? 正是街头的翠柳。

诗人说,由于这清光秀景还未引起人们普遍的注意,所以环境十分清幽。如果错过了这早春时光,等到上林苑(秦汉时宫苑,故址在今西安市西北)中繁花似锦,绿树荫浓,你才出门漫步游春,那时,举目所见,街头巷尾,就全是看花的人了。在这里,诗人紧紧扣住"城东早春"四字,着眼于繁华都市,如果是在乡村,即便再晚些时日,看花人也不会太多。"乡村四月闲人少,才了蚕桑又种田。"

诗的意蕴十分丰富。除去从审美角度阐释、理解之外,还可以联想到善于捕捉新鲜事物的创作理念:诗人应该感觉敏锐,独具慧眼,及时发现新鲜事物,写出新的意境,不能陈陈相因。如果再加以引申,我们也可以从中悟出,选拔人才须有卓识远见,不失时机地把那些确有才能但暂时还处于卑微地位、尚未被人注意的"潜人才"发掘出来。这好比诗家写诗,应该抓住早春时节,及时描写那些清丽、活泼的新鲜景物。这个时候,柳枝刚刚发出淡黄的嫩叶,绿色尚未均匀地铺开,但是,已经显露出发展的前景。"潜人才"也是这样,当"小荷才露尖尖角"之时,肯定还不够成熟,不够完善,如果我们求全责备,非要等到他们像上林之花灿若云锦之时,才去识拔、任用,那就会错过时机,为时晚矣。宋代诗人谢枋得在《唐诗绝句注解》中就是这样说的:"此诗喻士大夫知人当于孤寒贫贱中求之,若待其名誉彰闻始知奖掖,特众人之智,不足言知人矣。"

新嫁娘的机智

新嫁娘词

王建[①]

三日入厨下,洗手作羹汤。
欲谙姑食性,先遣小姑尝。

　　这是一首颇富生活情趣的哲理小诗。可供读者赏析的意蕴很多,姑且以"一个形象、两番事理、三点启示"概之。
　　新嫁娘的形象是十分鲜明的。古代女子出嫁,第三日(俗称"过三朝")开始下厨房做饭、炒菜、调羹。这个新娘很聪慧,当她动手给公婆调羹、做饭时,涌上来的第一个念头,就是"婆婆难侍候""新媳妇难当"。那该怎么办呢?她想出了一个妙招儿,"先遣小姑尝"。尝什么?"羹汤"。"羹",最早见于《诗经》,《烈祖》篇有"亦有和羹,既戒既平"之句。调羹要求五味调和,因而尤见身手功夫,绝对不容忽视。诗中写尽了新娘的聪明练达、细心周到,甚至有些狡黠,饶有趣味。
　　诗的题旨包含两个层面,亦即讲述两番事理。一是就诗论诗,状

[①] 王建(766？—830？),唐贞元年间进士。擅长乐府诗,所作《宫词》十分有名。

唐五代　|　111

写新娘从容应对面临的严峻考验;二是以第一层面为能指,寄寓一些世事人生道理。喻守真《唐诗三百首详析》中就此解释说:"虽是调笑之作,其中却含着这许多大道理","我们初入社会,一切情形不太熟悉,也非得先就教于老练的人不可"。一般青年人初涉世路,投身社会集体,都有一个如何把握上司、同事的习性,摸索、适应周围环境的问题,从这里可以获得一些有益的启示。

启示大体有三点:一是,调查研究是做好一切事情的先导。从前新妇过门,总要面临两项考验,所谓"上得厅堂,下得厨房"。前者看姿容仪态,后者看身手技能。乍入厨房,非同小可,无疑都想显露一番身手,赢得全家人称赞。但是,仅有良好愿望未必就能办成好事。这就进入了第二个启示,知己知彼,百战不殆。关键是要把握准公婆的"食性",然后"如法炮制"——这是调查研究的核心所在。否则,你也可以设法提高厨艺,也可以调制多种花样,最后实在不行,还可以虚心折节,求得公婆谅解。但是,效果都不如这位新嫁娘所为,用过去科考中常说的话:"文章中试官"。第三,要摸清底细,向谁讨教?可以是丈夫,可以直接向公婆请示,不过,最理想的对象还是小姑,因为小姑自小就同母亲在一起,无疑是最熟悉"姑食性"的,而且也是婆婆最为信任的角色,说话有分量;加之,同是青年女性,交谈也十分方便。

全诗直白叙述,没有描写、铺排,反复咀嚼,自能得其佳妙。清人沈德潜在《唐诗别裁集》中,予以高度评价,许之以"一字不可移易"。

闲中生趣

与贾岛闲游

张籍[①]

水北原南草色新,雪消风暖不生尘。
城中车马应无数,能解闲行有几人。

中唐时期,诗人交往比较频繁,赠诗、唱和十分活跃。贾岛与张籍同为韩(愈)孟(郊)集团中重要成员。二人于宪宗元和五年相识、结交,两年后又在长安比邻而居,交往甚多。贾岛诗中有"不爱延康里,爱此里中人。人非十年故,人非九族亲。人有不朽语,得之烟山春"之句,这个"人"即指张籍。敬宗宝历元年春,张籍在水部郎中任上,专程前往长安升道坊过访,留下了《过贾岛野居》一诗,中有句云:"蛙声篱落下,草色户庭间。"这首《与贾岛闲游》,着意刻画了志同道合的两位诗友,郊原闲步,好整以暇,"一闲对百忙",无牵无挂,悠然忘我的乐游情境,很可能也是此行所作。

诗中说,在这雪融风暖、净洁无尘、草色呈现新绿之际,我们二人悠然缓步,闲行于原南水北,这该是多么惬意,何等宽松啊!可惜,世

[①] 张籍(766?—830?),唐贞元年间进士,韩愈荐为国子博士。其乐府诗多反映现实,简练警策,与王建齐名,并称"张王乐府"。

间大量的人群,终朝每日,征逐于车尘马足之间,争名于朝,争利于市,完全放弃了自在自如、自得其乐的生活,根本体验不到这种悠闲中的乐趣。清·黄叔灿《唐诗笺注》评曰:"少陵诗云:'心迹喜双清',盖不难在迹,难在心耳。碌碌者不足惜,即忙里偷闲,岂能领得真趣,然则,能解者其真有几人耶?"

"闲游""闲行",通篇着眼于一个"闲"字。闲与忙相对,应该是既得悠闲,又无拘束,身心两造的全然放松。人只有处在心境悠闲、"心迹双清"的状态下,才有可能体会到生活中的逸情雅趣,才能静观、遐思,进入开悟境界。苏轼《记承天夜游》中有一段话:"何夜无月,何处无松柏,但少闲人如吾两人耳。"说的正是这个道理。世上许多人即便是处此环境、条件,由于心境郁塞、匆促、焦虑,即所谓敞不开、放不下,也无法领略个中情味、得其真趣。为此,宋代道学家邵雍慨然兴叹:"月到天心处,风来水面时。一般清意味,料得少人知!"

当代学者张志春在赏评此诗时,突出强调了它的多重联系与对比。指出:"对比自可鉴别高低,联系则是一种才能,一种富有穿透力的深邃的目光。城中与原野构成眼界逼仄与广阔之比;诗人闲游与车马竞奔(不就是为了区区名利吗?)构成潇洒与窘急之比;闲游者洞悉对方而对方未能参透闲游之乐,又构成明达与蒙昧之比;郊外的二人又与城中的无数构成多寡之比……这里的对比,不仅是两种生活境界、自然境界,更是两种精神境界的对比。也就是说,在这联系比较中,貌似平淡的闲游便陡然增值,既讽刺了城中争名竞利之徒,又反衬出闲行的高洁脱尘,还渗溢出诗人悠然自得的心情意绪。"上述分析,十分准确而又深刻。

禅　趣

春山夜月

于良史[①]

春山多胜事，赏玩夜忘归。
掬水月在手，弄花香满衣。
兴来无远近，欲去惜芳菲。
南望鸣钟处，楼台深翠微。

　　于良史在中唐诗人中，名气不大，后世知道他，大约和这首脍炙人口的名诗有关，所谓"人以诗传"吧。
　　我们说《春山夜月》这首五律诗写得好，首先就在于它以精巧圆通的构思、优美凝练、富有感染力的语言，以及春山、胜事、月色、花香、芳菲、鸣钟、楼台、翠微之类情景交融的形象、意象，渲染出诗人鲜活流动的情感状态和体贴入微的生命体验。
　　全诗发端于"春山胜事"，首联以此为肇因，讲述"赏玩夜忘归"的情事；后面的六句，全部依此展开。颔联接着说"胜事"，并观照诗题："春山"花木繁茂，徜徉其间，浓郁的花香袭满衣袖；而"夜月"映

[①] 于良史，唐肃宗至德年间曾任侍御史。其五言诗清丽超逸。

照清波，掬水在手，月华也随之捧起。"掬水月在手，弄花香满衣"，传神写照，为全诗之精髓所在，逸兴幽情，结成妙想。颈联补足前面赏玩忘归的意蕴（"欲去惜芳菲"），并为尾联埋下伏笔。唯兴所适，忘路之远近，原是即事写实之语，却也转而成为真切的哲思——"兴来无远近"，乃是一种普遍感知的人生体验。正在欲去未去之时，南风送过来一阵悠扬的钟声，循声望去，一片青瓦楼台依稀掩映在青翠缥缈（"翠微"）之中。由近及远，以声引形，余韵悠然，妙趣横生。

诗人举重若轻，似乎信手拈来，未曾着力，而句中远近、上下（水月）呼应，虚实、点面（"胜事"只举两项）结合，视听、动静匹配，形神、物我交融，具见意匠经营的巧思。

本诗妙处，还在于山川胜览、寻幽寄兴之外，以其意趣盎然的禅思理蕴，引发读者悠然远思，憬然解悟。从这个意义上，可以说，它是一篇通过具体的人生体验来感悟禅思的佳作。当代学者骆玉明教授指出："禅是一种哲学，更是一种真真切切的人生体验、生命形态"；"诗和禅一样，不提供定义，只是显示鲜活流动的情感状态，你细心地体会它，能感受到禅的趣味，看到禅悟的境界"。即以"夜月"为例，月轮在天，本来很遥远，而当看见泉水清澄明澈映现月影，于是，情不自禁地从水中将它捧起，那它就变得很亲近了。这是禅意之月。如果说，禅月建立了我们同宇宙生命、天地智慧的联系，那么，"掬水月在手"，也就象征着人和他所追求的事物之间一种亲密的联系建立了起来。

祛 魅

题木居士二首(选一)

韩愈[①]

火透波穿不计春,根如头面干如身。
偶然题作木居士,便有无穷求福人。

唐时,湖南耒阳县北鳌口有木居士(对木雕神像的戏称)庙,县令因祷旱无雨,将庙中木居士像当柴烧掉,后寺僧以一棵古树代之。诗人路过时,题咏此诗以祛魅。

诗中披露这样一种现象:一棵不知经历多少岁月的枯木朽株,经过雷殛火烧、雨淋水浸,扭曲的树根像是人的头面,枝干像是人的身躯。偶然被僧人当成"木居士"加以神化,立刻便有无数的善男信女跪拜求福。旧时,南方有所谓"木魅",又称"树魅",指有魂灵居住的树。李白诗中有"木魅风号去,山精雨啸旋"之句。这种"根如头面干如身"的树,大约即属于"木魅"的一种。

这里说的是他人,其实,有时竟连"制造者"(比如那个僧人)本人,也会掉转头来顶礼膜拜。记得有这样两幅漫画:上图:一个工匠

[①] 韩愈(768—824),字退之,唐贞元年间进士。倡导古文运动,其散文被列为"唐宋八大家"之首。诗歌创作力求新奇,也能独树一帜。

殚精竭虑,雕塑一具神像。下图:工匠撒开工具,匍匐在神像脚下。本来神像就是工匠塑造的,现在却成了工匠的主宰,甘心接受其奴役与指令。这就是哲学上所指出的"主体发展到了一定阶段,分裂出自己的对立面,变为外在的异己的力量",即所谓"异化"。

说到此处,忽又想起黑格尔在《美学》一书中讲过的一段话:"人要有现实的客观存在,就必须在一个周围的世界,正如神像不能没有一座庙宇来安顿一样。"这是强调人是社会存在物,不能离开社会。这是完全正确的。但是,若说神像不能离开庙宇,说被请出庙宇的神像不过是一块木头,那可就值得斟酌了。谓予不信,那就请看这个木居士吧。它就是被请出寺庙之后仍然被奉为神灵的。可见,对于迷信神佛的头脑来说,供在庙里的固然是神,移到外面的也未尝不是。不是说,"祭如在,祭神如神在"吗?诗中所记述的固然是乡村中一种民间陋俗,属于特殊的个别现象,但所揭示的谄佛祭鬼、迷信神化之类事物产生的根源,以及由此引发的理性思考,却有其普遍而深刻的意义,起到了"把无价值的撕毁给人看"(鲁迅语)的作用。

与迷信鬼神的陋习相类似,世间还有谄事权势者的庸愚行为。宋代诗评家、当过多地县令的黄彻,有一段寄慨遥深的话:"退之云:'偶然题作木居士,便有无穷求福人。'可谓切中时病。凡世之趋附权势以图身利者,岂问其人贤否果能为国为民哉!及其败也,相推入祸门而已。聋俗无知,谄祭非鬼,无异也。"

诗人运用咏物寓言的形式,抓住"木居士"和"求福人"这两个形象,借端托喻,取得喜剧艺术的讽刺效果,而且颇富哲理性。

托物以讽

楸树二首

韩愈

几岁生成为大树,一朝缠绕困长藤。
谁人与脱青罗帔,看吐高花万万层。

幸自枝条能树立,何烦萝蔓作交加。
旁人不解寻根本,却道新花胜旧花。

宋代训诂书《埤雅》记载:"楸,美木也,茎干乔耸凌云,高华可爱","今呼牡丹谓之花王,楸为木王,盖木莫良于楸"。楸树为落叶乔木,最高可达三十米,花序伞房状排列,顶生,花冠唇形,浅粉紫色。在古诗中,它常常与梧、松并提,如"露浴梧楸白"(李白)、"松楸远近千官冢"(许浑)等。

诗人顺手牵羊,借题楸树,以寓深沉寄托。

第一首说的是,这棵楸树历经许多年才长成如此高大;可是,一朝被藤萝缠绕上,就再也不得脱身,从此也就厄运交织,濒临死境了。面对此情此景,诗人慨乎其言:如果有谁能够帮助大树摘除那层层缠绕的"青罗帔"(帔,古代披在肩背上的服饰,此处状写藤萝缠绕大树的形态),那么,我们就会看到大树上高花似锦,叠叠层层。

　　诗的语句通俗,意义却十分深刻。透过这种现象,我们可以联想到,树既如此,那么,人不也像这棵大树一样吗?"几岁"意为多年,言其日生月长之长,"一朝"则言其短,久暂形成强烈对比。言下之意是,经过多年奋发努力,很不容易成长起来,有所建树,可是,如果放松警觉,"害马不除",沉湎于类似藤萝那样奸人的甜言蜜语,受到重重包围,同样也会困顿颓唐下来,直至走上末路。只有帮助其解除这些有害的寄生物,他们才能够摆脱困境,重现异彩。

　　第二首说,楸树的枝干本来能够卓然自立,根本用不着藤萝的枝蔓去缠绕交加。结果是,楸树开花,藤萝也跟着凑趣,导致不懂得寻求根本的人为假象所迷惑,以为藤萝的花胜似楸树的花。诗人因物寄感,讥刺了本末不分、惑于假象的世相,可谓寄怀深远。

　　二诗同是借助客观物象以寄托感慨,从中引申出深刻的哲思理蕴。诗中的"物",带有浓厚的"人"的色彩。但二诗的视角有异,前者的主体是拟人的楸树,始终都是讲它如何遭到困扰、渴望解救;后者却只把楸树作为"由头",着眼点转到真假莫辨、本末倒置的世人上,讥刺他们以假乱真,不得要领,以致闹出笑话。

　　韩诗在表现手法上,比物连类,托物以讽,明显看出受到屈赋中以香草喻美人、以恶草喻宵小的影响。《楸树》亦然,诗人一反世间独贵松柏的传统,视楸树为高大正直的象征,与《橘颂》中以橘树作为"受命不迁"的人格象征一脉相承。(当代学者曹辛华语)

　　有的学者认为,与楸树相似的梓树,花大,黄白色,同诗中之"看吐高花万万层"颇相称。因此,认定"楸"乃"梓"之误。此说非是。韩愈另有一首题为《庭楸》的五古,开头几句是:"庭楸止五株,共生十步间。各有藤绕之,上各相钩联。下叶各垂地,树颠各云连。"可见,他在两首七绝中所描写的,就是自家的庭树,当无弄错树名之理。另外,还有一个旁证。元代诗人段克己有《楸花》诗:"楸树馨香见未曾,墙西翠盖耸孤棱。会须雨洗尘埃尽,看吐高花一万层。"说的正是楸树,显然是在韩诗影响下写成的,此其一;其二,"楸花"一向见重于诗人,先于韩愈的杜甫、后于韩愈的苏轼,都曾有诗咏赞楸花:"未将梅蕊惊愁眼,要取楸花媚远天""楸树高花欲插天,暖风迟日共茫然"。

距离产生美感

早春呈水部张十八员外二首（其一）

韩愈

天街小雨润如酥，草色遥看近却无。
最是一年春好处，绝胜烟柳满皇都。

这首景中寓理的哲理诗，是诗人早春时节写给张籍的。因为张籍任水部员外郎，在兄弟辈中排行十八，故称"水部张十八员外"。

前两句，讲诗人深刻的感受与独到的发现，进而孕育出审美意识与诗性情怀。皇城街道（"天街"）上，飘洒着润泽如酥的纤纤细雨，透过雨丝，远远望着早春草色，满眼一片青痕翠意，朦朦胧胧，淡雅无比，心头顿时产生欣欣然的快感。可是，当你一步步走近了，倒反而看不出来了。这种生活体验，人们都会有的；但又有几人能够以传神的妙笔写得出来？诗人敏锐的观察力和高超的表现力，令人叹服。

"草色遥看近却无"，这一千秋隽句，堪称全诗的眼目与灵魂；而第三句则为全诗的锁钥，起到承前启后作用，既是对前两句的概括，又引领出最后一句结论：初春草色与那满城"杨柳堆烟"的景象比较起来，不知要胜过多少倍。

诗中有情，有景，有形象，有议论，容华隽美，清丽喜人，尤其是在审美方面,富有哲思理趣,耐人寻味。

首先,是远与近的关系。"草色遥看近却无",说明审美需要一定的距离。这使人联想到英国首相丘吉尔。他有一次遇到好莱坞一号女星费雯丽,不禁被她迷人的美貌所吸引,出神地看她。此时,有人提示:与费雯丽更靠近一些。他却说:我在欣赏上帝的艺术品,需要保持距离。看来,丘吉尔不仅是出色的政治家、军事家,在审美方面同样是行家里手。

其次,是虚与实的关系。草色之美,有个设色的背景,就是那落在天街上的如烟如雾的纤纤细雨。透过雨丝遥望草色,所谓"虚中鉴美,空处传神",更增添了一层朦胧美、模糊美。

第三,是整体与个体的关系。走近了,固然可以更清晰地看清一棵棵草的形态,但个体却是微弱而渺小的,显得枯黄暗淡;而当它们聚在一起,就汇成了盈盈绿意,美丽、壮观。这也符合审美直觉的原理。所谓审美直觉,除了对美的形态的直接感知,还有重要一条,是对审美对象从全局整体上而不是支离破碎地感知。

看得见的沧桑

乌衣巷

刘禹锡[①]

朱雀桥边野草花,乌衣巷口夕阳斜。
旧时王谢堂前燕,飞入寻常百姓家。

在这首脍炙人口的怀古名篇中,诗人写了看得见的沧桑。

乌衣巷,在金陵秦淮河南岸,东晋时的开国元勋王导和指挥淝水之战的谢安等豪门望族都居住在这里。朱雀桥,邻近乌衣巷,六朝时为都城正南门朱雀门外的大桥,架在秦淮河上。

怀古、咏古,都需借助史事、胜地,然后由此生发开去,抒怀寄慨。本诗也是如此,诗人围绕着乌衣巷、朱雀桥、王谢旧宅,通过环境烘托、气氛渲染、意象驱遣、场景描写,把苍凉的心境、萧条的物境与感伤的语境统一起来,抚今追昔,怅触无端,抒写其世事沧桑、变化无常、盛极而衰、胜景难再的深沉感慨。

诗人就眼中所见,巧妙地抓住了野草花、夕阳斜、营巢燕三种景象,作为寄情载体,说明朱雀桥昔日的车水马龙、游人如织的繁华不

[①] 刘禹锡(772—842),字梦得,唐贞元年间进士。为监察御史,因参加政治革新,贬朗州司马。能文工诗,善于从民歌中汲取营养,绝句创作有很高成就。

再;而乌衣巷口,斜阳洒下一抹残晖,不仅是时间上的夕阳西下,黄昏逼近,也是旧时王、谢豪宅衰残破落的象征性表现;最突出的还是从前贵族堂前的燕子飞到寻常百姓家去筑巢垒窝,形象地渗透出人世的兴衰、存废、荣枯的无常变化。俞陛云《诗境浅说续编》云:"朱雀桥,乌衣巷,皆当日画舸雕鞍、花月沉醉之地,沧海几经,剩有野草闲花与夕阳相妩媚耳。茅檐白屋中,春来燕子,依旧营巢,怜此红襟俊羽,即昔时王、谢堂前杏梁栖宿者,对语呢喃,当亦有华屋山丘之感矣。"

诗人伤今吊古,即景抒怀,本来景物十分寻常,描写也通俗浅显,但由于运笔奇妙,藏而不露地寄寓了深沉的悲慨,从而创造出一种蕴藉含蓄之美,苍凉隽永,余味无穷。也正是为此吧,他的朋友、大诗人白居易读到这首诗时,曾"掉头苦吟,叹赏良久"。清人施补华赞赏说:"若作燕子他去,便呆。盖燕子仍入此堂,王谢零落,已化作寻常百姓矣。如此,则感慨无穷,用笔极曲。"

燕子作为候鸟,有记忆故地、栖息旧巢的习性,而且,寿命也较长;但是,若说四百年前王谢堂前的旧燕重新回来,却并不符合实际。可是,诗家却不妨作如此想象,偏是让它们作为历史的见证者出现在读者面前。这同"白发三千丈""雪花大如席"之类逾越常识的夸张,同一机杼。也算是诗歌艺术的独家特权吧。

"诗无达诂"之一例

视刀环歌

刘禹锡

常恨言语浅，不如人意深。
今朝两相视，脉脉万重心。

刘禹锡为中唐时期元微之、白居易之外的又一位重要的新乐府诗人。他创作了六十余首不属于乐府旧题的新乐府辞。《旧唐书》本传载，刘氏贬官朗州十年，其地"蛮族好巫"，喜歌俚辞，他"乃依骚人之作，为新辞以教巫祝"。这样，《顺阳歌》《泰娘歌》《百舌吟》《莫徭歌》等大量新乐府辞便产生了，《视刀环歌》就是其中的一首。

诗句浅显，简洁明快，结构也不复杂，应该说是最容易解读而不会发生歧义的了。然而，恰恰相反，关于它的意旨，学术界有完全不同的看法。古人有"诗无达诂"（没有一成不变的解释，往往因时因人而异）的说法，"诗"原本专指《诗经》，后来，鉴于诗歌语言结构的开放性和语句的浓缩性、多义性，遂广泛应用于整个诗歌。所谓"作者未必然，读者何必不然"，这就产生了艺术赏评中的差异性。这首《视刀环歌》即其突出一例。

差异性主要在于诗的意旨，究竟写的是男女之情，还是诗人自戒慎言。而这又直接关系到"刀环"二字究应作何解释。刀环中的"环"与"还"谐音,其原典出自《汉书·李陵传》:汉朝使者任立政到匈奴后,没有机会同李陵单独会面交流,便借单于置酒宴会机会,暗中握了握李陵的脚,又握了握自带的刀环,暗示李陵开步走,返回汉朝。联系到本诗,当是一对恋人面叙衷情,含情脉脉地四目相对,意中有千言万语,却不知从何说起。明末清初的黄生在《唐诗摘抄》中有言:"古乐府以'环'隐'还',此诗不曾翻案。"其后,黄叔灿《唐诗笺注》中则讲得更为明确:"'不如人意深',谓两心相照,两意相期,疑有变更,故曰'今朝两相视,脉脉万重心',因其不还耳。"

钱锺书先生《管锥编》中指出:"语言文字为人生日用之所必需,著书立说尤寓托焉,而不得须臾或离者也。顾求全责善,啧有烦言。作者每病其传情、说理、状物、述事,未能无欠无余,恰如人意中之所欲出。务致密则苦其粗疏,钩深赜又嫌其浮泛;怪其黏着欠灵活者有之,恶其暧昧不清明者有之。立言之人句斟字酌、慎择精研,而受言之人往往不获尽解,且易曲解而滋误解。'常恨言语浅,不如人意深'(刘禹锡《视刀环歌》),岂独男女之情而已哉?"

但是,学术界还有另外一种解释。已故学者、唐诗研究专家、《刘禹锡评传》作者吴汝煜即认为,诗题"视刀环",有自戒之意。作者生性爽直,出言无忌,以致一再受到迫害。为此,曾作《口兵戒》以自警:"口者,兵也……五刃之伤,药之可平;一言成疴,智不能明。"据说,刀上置环,是为了提醒用刀者思虑周遍,慎之又慎,因此,本诗即以刀环比喻慎言。

吴先生还引证清人徐曾《而庵说唐诗》中论述:"夫机贵密,泄由败。世间喜开口者多为不开口者所害,故一切深意人不易开口,鉴言语之为祸而始知不如人意之深也。刀乃利割之器,刀之有环者,寓神武不杀之意。"徐曾又说:"'今朝两相视','两'指刀与环而言。'相视',非梦得视刀环、刀环亦视梦得之谓。"

看得出来,持"以刀环比喻慎言"之说者,也出言有据。本着开放、包容的治学精神,现将两种意见和盘托出,供读者加以鉴别,择善而从。

不是春光　胜似春光

秋词二首

刘禹锡

自古逢秋悲寂寥，我言秋日胜春朝。
晴空一鹤排云上，便引诗情到碧霄。

山明水净夜来霜，数树深红出浅黄。
试上高楼清入骨，岂如春色嗾人狂。

诗人一向是情感丰富，多思善感，又兼少达而多穷，因而，悲秋几乎成了诗人的职业病，"自古逢秋悲寂寥"，说的正是这种情况。

其时，刘禹锡正遭贬于朗州。《旧唐书》本传中记载，"地居西南夷，士风僻陋，举目殊俗，无可与言者"，说明环境凄苦，生活郁闷。一般地讲，情随境迁，自觉不自觉地都会在诗文中流泻出悲凉、凄苦的意绪。可是，他却大异其趣，谪居"朗州十年，唯以文章吟咏，陶冶情性"，为诗未现丝毫愁苦衰飒之气，也没有跟着古人去咏唱悲秋的常调，相反地，倒是通过健翮排空、凌云直上的白鹤意象，来咏赞晴明壮美的秋天，唱出了昂扬奋发的励志高歌，读了令人心胸开阔，意兴盎然。

诗言志,诗情与意趣、志气、情怀同构。在这里,鹤成了不屈志士的化身,也是诗人自己的昂奋精神的形象体现。

作为秋词,二诗都在秋色、秋光上做文章,主旨也基本一样,但写法上却别出心裁,同中有异,各臻其妙。不同的是,前一首开头两句,通过议论,陈述观点;后一首则是描绘秋天的景色:山明水净的夜晚,寒霜降落,几树红叶摇曳在浅黄色的秋林之间。二诗的后两句,均是由景入情,抒写形象化的寓有深刻哲理的诗思。仰望"晴空一鹤",或者登上高楼远眺,一则荡引诗情,心神为之一快,一则面对苍凉萧瑟的秋光,顿觉清爽入骨,思想澄净,心境深沉,精神振奋;而那千娇百媚、姹紫嫣红、繁华浓艳的春色,却只会挑动、促使你沉酣迷乱,浮躁轻狂。

诗人把清澈入骨的秋光和惹人迷乱的春色加以比较,形象地说明了艰难的境遇使人头脑清醒,意志坚强;而处于闲适逸豫的生活,如果缺乏足够的自觉,便很容易壮志消磨,沉湎迷乱。

就艺术表现来说,两首诗都很熟练地运用了即景抒怀技巧与拟人手法,值得很好地赏鉴。诗评家倪其心有言:"这是两首抒发议论的即兴诗。诗人通过鲜明的艺术形象表达深刻的思想,既有哲理意蕴,也有艺术魅力,发人思索,耐人吟咏。法国大作家巴尔扎克说过,艺术是思想的结晶,'艺术作品就是用最小的面积惊人地集中了最大量的思想',因而能唤起人们的想象、形象和深刻的美感。刘禹锡这两首《秋词》给予人们的不只是秋天的生气和素色,更唤醒人们为理想而奋斗的英雄气概和高尚情操,获得深刻的美感和乐趣。"

"梅花"旧话

杨柳枝词(九首之一、四)

刘禹锡

塞北梅花羌笛吹,淮南桂树小山词。
请君莫奏前朝曲,听唱新翻杨柳枝。

金谷园中莺乱飞,铜驼陌上好风吹。
城中桃李须臾尽,争似垂杨无限时!

杨柳枝词,为乐府近代曲辞,原皆五言古体,经白居易、刘禹锡创为新声,成七言绝句体。此九首,当为刘氏晚居洛阳时所作。

在九首之一中,诗人说,无论是流行于塞北的羌笛(中国古代少数民族羌族的一种乐器)吹奏的汉乐府横吹曲《梅花落》,还是盛传在南方的淮南王门客小山创作的"桂树"词——这些产生于前朝西汉的旧曲,尽管都曾有过辉煌的时刻,但毕竟都已成为过去,所以,请您就别再演奏了,还是听一听起源于民间、经过改旧翻新的杨柳枝词吧。诗中反映了作者对民歌的热爱,也含有提倡创新、反对泥旧、呼唤开拓进取的深意。

思想开明的刘禹锡,在充分重视前人这些作品的历史地位及其

唐五代 | 131

深远影响的同时，鲜明地倡导了文学创作上的革新精神。晚年时节，他与好友白居易相互唱和酬答，白氏也有"古歌旧曲君休听，听取新翻杨柳枝"之句。

如果说，前一首谈的是新与旧的问题，那么，九首之四谈的便是久与暂的问题。

诗人从洛阳城里的两处古迹展开话题：金谷园，晋代富豪石崇修建的著名园林，旧址在今洛阳市西北。铜驼陌，也是古代著名的繁华、游乐景区，因为道旁有一对铜驼而得名，旧址在今洛阳的铜驼街。诗人说，昔日著名的金谷园，早已繁华不再，现在，人们所见的唯有群莺乱飞，草木荒芜了；而笙歌彻夜、游人如织的铜驼陌，如今也空旷寥落，只剩有清风吹拂了。城中桃李无情思，全不管这些兴衰、荣悴的往事，说声开，一夜间如霞似锦，无奈为时短暂，须臾散落，怎比得上长年金缕长垂、翠叶扶疏的垂柳（古时杨柳互称）呢！言下之意，就连那风华绝代的金谷名园、铜驼巷陌，都早已繁华荡尽，一例烟消，更不要说旋开旋落、顷刻凋零的艳李夭桃了。

诗人抑桃李而扬垂柳的态度十分鲜明。其间着意于两点审美追求，既欣赏其平民色彩、朴素无华，更重视它的长年拥翠，绵绵无尽，这些恰好都是体现于垂柳身上的品格。有的论者认为，从诗中我们可以作进一步的延伸，看出作者对于争名逐利、风云一时的势利小人的讽刺，对于不求闻达，朴实无华，而能长期造福于人类者的颂扬。

"人心险于山川"

竹枝词（九首选一）

刘禹锡

瞿唐嘈嘈十二滩，此中道路古今难。
长恨人心不如水，等闲平地起波澜。

  瞿塘峡为长江三峡之一，西起白帝城，东至黛溪口，全长八公里，两岸连山，水流急湍，形势最为险要，峡中尤多礁石险滩，峡口有"滟滪堆"，巨大礁石横卧江心，因而自古就有"瞿唐天下险"之说。十二滩，并非确数，也不见得特指某处，不过是概言险滩之多。
  诗人任职夔州，多次路过这里的激流险滩。面对着惊涛拍岸、险阻重重的骇人景象，不禁由江峡之险恶联想到当时朝中人心之险恶，引出对仕途艰危、宦海浮沉的感慨。这在《竹枝词》九首之六、七中，作了专门表述。
  本诗为第七首。开头两句，着眼在一个"难"字，诗人极力说难道险，意在为下文铺垫——瞿塘之险，源于江水为万山所束，中间又有巨石拦阻，形成了道道险滩；而世路人生，却是"等闲平地"，陡起波澜。自然界的急流险滩，即便狰狞可怖，凶恶无比，毕竟摆在眼前，人人尽知，到了它的身旁，都知有所戒惧，预加防范，而那些惯会兴风作浪的小人，专门背后设局，居心叵测，却是防不胜防的，可见人心比瞿塘峡水还要凶险。这是诗人发自内心的感慨之言。《庄子·列御寇》篇记述孔子的话："凡人心险于山川，难于知天。天犹有春秋冬夏旦暮之期，人者厚貌深情。"厚貌，是说外表不显露，善于掩饰；深情，是说内心隐藏得深，难于测度。

《竹枝词》第六首："城西门前滟滪堆，年年波浪不能摧。懊恼人心不如石，少时东去复西来。"诗人以中流挺立、坚不可摧的巨石作为比较对象，愤激地斥责那些见风转舵、朝秦暮楚、投机钻营，"少时东去复西来"的奸佞、市侩之徒与投机分子的无耻行径。"人心不如石"：《诗·邶风·柏舟》：有"我心匪石，不可转也"之句，此乃化用其意。

《柏舟》一诗，历来多有争议，有的认为是写君子怀才不遇、受小人欺侮的内心痛苦；也有的说，是妻子被丈夫遗弃而不甘屈服，发抒忧愤，以示抗争。同样，对这两首竹枝词，也有论者称其意旨为诗人同情遭到遗弃的女子，谓"郎心易变，不如石坚"。

诗中遣词激切，命意警策，善于取譬设喻，使抽象的道理具象化，而且富有理蕴哲思，令人感喟无尽。

双关谐语的妙谛

竹枝词(二首选一)

刘禹锡

杨柳青青江水平,闻郎江上唱歌声。
东边日出西边雨,道是无晴却有晴。

诗中首句,即景起兴。一个春风和煦的日子,江边青青的翠柳,柔条轻拂着水面,江中水流平缓,波平如镜,这是一个多么令人心醉神迷的美好环境啊。

次句叙事。在这动人情思的环境中,女郎听到了江上传来的唱歌声,宛如一块石头投入平静的江水,溅起一圈圈涟漪一般,歌声牵动了她的感情波澜。因为是她所倾心相爱的人唱的,所以听起来感到分外亲切,

三、四两句,诗人巧妙地运用相关隐语(环境的有晴无晴,与心里的有情无情恰相对应),把女郎闻歌时这种喜欢而又疑虑、眷恋而又迷惘的微妙复杂的心理,生动、逼真地状写出来。女郎心中,自然希望对方能及早明确表态,可是,对方却偏偏含而不露,若即若离。在这种情态下,由于歌声不像对话那么意向分明,女郎就只好靠想象来分析、猜度对方的真实意向了——究竟是有情还是无情呢?这倒

有些像阴晴不定的天气,东边太阳出来了,西边还在下雨,说是天没晴,实际上已经晴了。这样,观景闻声,由声而人,由人而情,层层递进,步步延伸,极富情趣,更加引人入胜。

　　沈祖棻先生指出,这种根据汉语语音的特点而形成的表现方式,是历代民间情歌中所习见的。它们是谐声的双关语,同时是基于活跃联想的生动比喻。它们往往取材于眼前习见的景物,明确地但又含蓄地表达了微妙的感情。如南朝的吴声歌曲中就有一些使用了这种谐声双关语来表达恋情。《子夜歌》云:"怜欢好情怀,移居作乡里。桐树生门前,出入见梧子。"("欢"是当时女子对情人的爱称。"梧子"双关"吾子",即我的人。)又:"我念欢的的,子行由豫情。雾露隐芙蓉,见莲不分明。"("的的",明朗貌。"由豫",迟疑貌。"芙蓉"也就是莲花,隐含"夫容"意蕴。"见莲",双关"见怜'。)这类用谐声双关语来表情达意的民间情歌,是源远流长的,自来为人民群众所喜爱。本诗深受广大读者欢迎,这也是原因之一。

　　说到刘禹锡的《竹枝词》,清代诗人王渔洋指出:"《竹枝》咏风土,琐细诙谐皆可入,大抵以风趣为主,与绝句迥别。"(《带经堂诗话》)证之以刘氏现存的十一首《竹枝词》,信然。

自信力的张扬

浪淘沙词(选一)

刘禹锡

莫道谗言如浪深,莫言迁客似沙沉。
千淘万漉虽辛苦,吹尽狂沙始到金。

刘禹锡的仕途,坎坷多故,屡遭谗言诬毁,蒙冤外放,流离颠沛,艰苦备尝;但是,作为唯物主义哲学家,他从未悲观绝望、消极沉沦下去,而是始终坚守信念,不变初心,能够从困境中看到出路,黑暗里寻觅光明。

他九岁从诗僧皎然、灵澈学诗,饱读孔、老、庄、荀之书,又与柳宗元等唯物论者切磋、往还,加之久历艰辛,阅世深广,从而确立了辩证唯物思想。这在本诗中体现得比较充分。

追溯到"永贞革新"失败之后,他一而再、再而三地受到政敌的恶毒攻击,"谗言如浪深",原属写实;而当远谪边荒,却又"逢恩不原",说是"迁客(被贬谪的人)似沙沉",更不为过。可是,他却轻描淡写地以"莫道""莫言"字样,一笔带过,视若等闲,保持着一种豁达大度和坚定无畏的乐观精神。

诗的后两句,运用比喻的手法,说明蒙受谗言的"迁客"是真金,而进谗的政敌却如"狂沙"。诗人坚定地相信,总有一天沉冤会得到洗雪,现出一己清白正直的人格。如同金子埋在沙砾之中,经过千淘万漉,最后必有狂沙荡尽,重现真容之日。反映出他在观察世事、权衡得失、对待客观实际方面的正确态度。

  在中唐诗人中,刘禹锡独有"诗豪"之誉。他那元气淋漓、填胸塞臆的自信力,如同生命的种子,深藏在心底里,遇有适当的机会,便会生根发芽,奇葩怒放。表现在大量诗篇里,豪气峥嵘,乐观向上,令人感发兴起。诸如"莫道桑榆晚,为霞尚满天""马思边草拳毛动,雕盼青云睡眼开""沉舟侧畔千帆过,病树前头万木春""他日卧龙终得雨,今朝放鹤且冲天""芳林新叶催陈叶,流水前波让后波"等传颂千古的名句,展示了诗人的豁达胸襟、开阔视野、高远境界,令人认识到,个人的遭际算不了什么,世界总要向前发展,新陈代谢毕竟是人间正道、客观规律,极富启迪、警喻的积极意义。

刘郎去后

玄都观二绝句

刘禹锡

紫陌红尘拂面来,无人不道看花回。
玄都观里桃千树,尽是刘郎去后栽。

百亩庭中半是苔,桃花净尽菜花开。
种桃道士归何处?前度刘郎今又来。

首先说明两点:前一首原题《元和十年自朗州至京,戏赠看花诸君子》,后一首原题《再游玄都观》,是前诗的续篇。两诗并非同时写出,中间相隔十有四年。

从诗人在《再游玄都观》诗前的小序中,可以清楚地知道:早在贞元二十一年(805年),诗人为屯田员外郎,那时初到此观,还没有什么花木。就在这一年,诗人所参与的"永贞革新"失败,遭贬出任连州刺史,途中又改为朗州司马。经过十年贬谪生涯,被召回京师。当时听人们说,玄都观里道士栽植了千树仙桃,遂前往观看,果真是"红尘拂面",绯霞缀锦,一时感慨丛生,便写下了前一首七绝。"戏赠看花诸君子",是指写给同去的柳宗元、韩泰、韩晔等。表面上看,诗中是描写游人观赏桃花的情景,但其思想深处却是嘲讽当时得势的权贵人物。他把这千树绯桃比作朝中的新贵,极写其声势烜赫、满朝趋奉的情景,对于这群在诗人离开朝廷后才爬上高位的政治暴发户,投以不屑与鄙视。这样一来,那些被刺痛的权贵,便蓄意报复,而宪宗皇帝也是一经挑拨,立即变脸。刘禹锡形容当时的情况是,"一坐飞语,如冲骇机"。于是,再度被贬为连州刺史。

一晃儿,十四年过去了,诗人才又被召回京城任职,做主客郎中。政务之余,重游玄都观,竟是"荡然无复一树,唯兔葵、燕麦动摇于春风耳。因再题二十八字,以俟后游"。诗中最后一句,"前度刘郎今又来",意为世事如云,随风飘散,唯有"刘郎"依然故我,劫后重来,表现出无比的自信和对昙花一现的风云人物的哂笑。

著名词人沈祖棻指出,表面上看,它只是写玄都观中桃花之盛衰存亡,而实际所寄托的则是政治斗争的变迁。诗人以桃花比新贵,以种桃道士暗喻打击当时革新运动的当权者。这些人,经过二十多年,有的死了,有的失势,因而被他们提拔起来的新贵也就跟着改变了他们原有的煊赫声势,而让位于另外一些人,正如"桃花净尽菜花开"一样。诗人想的是:这也就是俗话说的"树倒猢狲散"吧;而这时,我这个被排挤的人,却又回来了,难道是那些人所能预料到的吗?

诗人在这里展示了自己的不屈意志与乐观、幽默的态度,显现了旧时文士难能可贵的不屈不挠的战斗精神。近代学者刘永济在《唐人绝句精华》中,予以高度评价:"考此两诗所关,前后二十余年,禹锡虽被贬斥而终不屈服,其蔑视权贵而轻禄位如此。白居易序其诗,以'诗豪'称之,谓'其锋森然,少敢当者'。语虽论诗,实人格之品题也。"

一诗三解

与歌者米嘉荣

刘禹锡

唱得凉州意外声,旧人唯数米嘉荣。
近来时世轻先辈,好染髭须事后生。

  这首感怀诗,系诗人经历长期贬谪生涯,重回京城任主客郎中后所写。与此类同的还有《与歌者何戡》《听旧宫人穆氏唱歌》等。米嘉荣,唐代中叶元和、长庆年间的著名歌手。"凉州"指《凉州曲》,唐宫调乐曲名,来自西域,与中原固有的音乐格调不同,故称"意外声"。

  诗中说,能够唱出《凉州曲》的意外之声、奇特之调的,在老一辈艺人里,恐怕只有米嘉荣了。对于这种身怀绝技的老艺人,理当视为宝贵的人文财富,予以特殊的尊重。可是,情况恰恰相反,并没有人看重这位硕果仅存的名家。原因在于,近来世俗之见、人情之常,往往缺乏深长的考虑,只是看重新人,而轻忽、冷落先辈,看不起那些年长者,以致影响了整个社会风气。这样一来,有些浅薄的人,就趋时媚俗,干脆把胡须染黑,去俯身奉侍年轻的后生了。

  关于最后一句,有的学者解读为,此乃诗人的愤激之语。意思是，既然"时世轻先辈"，那就索性染黑胡须，去趋奉后生好了。说的全是反话。还有学者解释为，此是诗人从关心老艺术家出发，作善意的解劝：既然时世如此，那您还是迁就点，把白了的胡须染黑了，去顺应那些年轻人吧。三种意见，一一列出，供读者自己去分析、判断。

这里想说明两点：其一，就句式来看，上述歧义的产生，与"好染髭须"的"好"字如何读法有直接关系——如果读作第四声，做"喜好"讲，那就应做前种解法；如果读作第三声，做"只好"讲，那就要做后两种解释了。

其二，取何种解法，关联到作者采取何种态度。第一种解法，属于客观表述，作者说明当时当事的实际状况，虽然里面也透露出不屑、不满的意味，但隐晦曲折，绵里藏针，不予挑开，化峻切为委婉。第二种解法，则诗中显然语含讥刺，牢骚、愤激之情，溢于纸上。第三种解法，介乎二者之间，"这是忍着愤怒的温存，含着泪水的笑意，而自隐藏着讽刺的锋芒"；"化尖锐泼辣为含蓄蕴藉，化急切直率为委婉淳厚，使诗意更加隽永深长"。（当代学者汤贵仁语）

花系离愁

和令狐相公别牡丹

刘禹锡

平章宅里一栏花,临到开时不在家。
莫道两京非远别,春明门外即天涯。

　　诗题中"令狐相公",即令狐楚。元和十五年,被贬谪衡州,大和二年召回京师任户部尚书,同平章事,故其住宅称"平章宅";未及半年,又被调任为东都(洛阳)留守。唐人以京官为重,东都留守实是闲职,而且远离京国,这都使得令狐楚情怀怏怏,遂作《赴东都别牡丹》一诗以自遣:"十年不见小庭花,紫萼临开又别家。上马出门回首望,何时更得到京华。"刘禹锡作此诗,与之唱和。
　　诗人凭借牡丹开放却无人观赏这个话题,用鲜明的对比、叠加的句式、借代夸张的修辞手法,表达了一己的深沉感慨。从一栏花之小,扩展到家国之大,以春明门(长安城东面三门之一)之近,比照天涯之远,平静叙述中夹杂着复杂的人生况味,兼有诗人所悲吟的自身的"巴山楚水凄凉地,二十三年弃置身"的凄怆意蕴。明人敖英评曰:"落句(尾句)遂为千古孤臣去国故实。此即《管子》所谓'君门远于万里'。"

言在牡丹,而意系离愁。前两句,叙写实情,委婉清新;后两句,顺势转身,感喟无限,形成了强度的反差,也使得诗中情感愈加鲜明,更把离京之凄楚眷恋诉说得淋漓尽致。从这个意义来说,无异于"借他人的酒杯浇自己的块垒"。

天涯万里之遥,一般用于离家去国,而在旧时代,交通阻塞,战乱频仍,加上仕途坎坷,人生多故,所以有"一出都门,便成万里"之说;唐人王建就有"长安无旧识,百里是天涯"的诗句。话语间蕴含着凄楚动人的情致。

刘禹锡唱和之作,较之令狐楚诗,意境更为深远,情感更加强烈,既得力于诗学修养的高超,也和他具有长期远离京国、惯历逐放生涯的生命体验,有着直接关系。清人宋顾乐对此诗评价甚高,认为它"从无意味处说出情味,又绝不从题外起意,此等诗真不厌百回读也"。(《唐人万首绝句选评》)

"功臣政治"

韩信庙

刘禹锡

将略兵机命世雄,苍黄钟室叹良弓。
遂令后代登坛者,每一思量怕立功。

　　韩信,西汉开国功臣,中国历史上杰出的军事家,"汉初三杰"之一。去楚归汉后,刘邦曾设坛场,拜为大将。尔后,南征北战,为汉朝立下赫赫战功;由于功高震主,遭到刘邦的疑忌,被绑缚,载后车。韩信曰:"果若人言,'狡兔死,良狗烹;飞鸟尽,良弓藏;敌国灭,谋臣亡'。"最后终以谋反罪,被刘邦妻子吕后于匆忙、迫促("苍黄")中,斩杀于长乐宫钟室,并夷灭三族。韩信死后,后人立庙以祀之,庙在江苏、山西、安徽等地有多处。

　　诗人说,韩信战略超群,善于捕捉、运用兵机而克敌制胜,从而雄才著世,英名远扬。可是,最后却因功高盖世,遭到最高统治者的疑忌,匆促间在长乐宫的钟室惨遭屠戮。为此,他自己也包括别人,同抱"兔死狗烹,鸟尽弓藏"之恨。这样一来,就使得后代的登台拜将之人,引为沉痛的教训,时刻不忘立下赫赫战功会遭致殒身灭族的悲惨结局。

此间包含着两层意蕴：字面可见的是诗人对于韩信的盖世奇功的充分肯定和对于他的蒙冤受戮的悲惨命运的深切同情；而隐藏在文字背后、意在言外的，却是对于刘邦、吕后等人屠戮功臣的狠毒用心和残忍手段的无情鞭挞，并指出了这种非义行为的不良后果。由于前面这层说得非常充分，所以，后面的意蕴也就不言自明了，只是作者并未把它点破。

　　随着视角的变化，问题与结论便会出现差异。如果从哲学角度看，封建帝王与创业功臣，这是相互依存又相互对立的一对矛盾体。一方的存在，是以另一方为依托的。但是，随着形势的发展变化，比如由打天下转为坐天下，由军事斗争转为内政治理，由开疆拓土转为立储交班，这对矛盾也会发生结构性的变化。作为矛盾的主导方面，君主也随之而实施相应的对策。这样，课题内蕴也就由哲学转化为政治学了。比较突出的事例，是汉高祖、明太祖的大肆屠戮功臣，很大程度上是鉴于年事已高，立足于为接班人清理障碍。当然，杀戮之外，也还有采取其他策略的，如汉光武帝和宋太祖，采用"不以功臣任职"，把他们收养起来的办法；而唐太宗则是继续起用。杀、养、用，大体上可以囊括封建王朝的"功臣政治"的策略与手段。

镜子上面有文章

昏镜词

刘禹锡

昏镜非美金,漠然丧其晶。
陋容多自欺,谓若他镜明。
瑕疵既不见,妍态随意生。
一日四五照,自言美倾城。
锦带以纹绣,装匣以琼瑛。
秦宫岂不重,非适乃为轻。

这是一首著名的哲理诗。诗的前面,作者原有一个小引,说磨镜工人摆出十面镜子来,放在妆奁里出售。打开一看,只有一枚明澈,其余九面都是漠漠然、雾蒙蒙的。为什么会是这样呢?镜工解释说,并非他的制镜手艺低劣,乃是为了适应世人的心理需要而有意这样做的。——凡是来买镜子的,必定要仔细观照一番,面容姣好的人自然喜欢明镜了,但这样的人是很少的,仅占十分之一吧?而丑陋、衰老的人,却不愿在镜中看到自己的陋容与衰颜,因而他们都喜欢"漠然丧其晶"的昏镜。

本诗直接对准人性的弱点,意在讽刺那些护短自欺、文过饰非、讳疾忌医的人。他们以昏镜为宝,看不清真实容貌,就可以把自己随意想象成百般妍美,一天照上四五次,自诩有倾城之貌。结果,对昏镜饰以绮绣,宝若琼瑛,珍藏起来。传说中的可以照见人的肝胆的秦宫明镜,并不是不贵重,只是因为不适合陋貌衰容者的心意,便被看得一钱不值了。

晚唐诗人郑谷有一首七绝:"举世何人肯自知?须逢精鉴定妍媸。若教嫫母临明镜,也道不劳红粉施。"诗中说,举世有自知之明的人很少,而更多的人是自我感觉良好,即便有明显的缺陷,也视而不见。为此,必须依赖客观评断,等待那种精于鉴别的人,来判断是非、善恶、贤愚、美丑。反之,如果只靠自我感觉,那么,即使是位居古代"四大丑女"之首的黄帝的妃子嫫母,她在明镜前面照上一照,也会说,我是很漂亮的,根本用不着涂施粉黛,梳妆打扮。

镜子是客观的。它的功能,就是忠实地反映事物的本来面貌,不以人的好恶、喜怒而有所曲顺或更改。所以,古人用镜子来比喻直谏的忠臣、谔谔的诤友,把它看作是自我认识、自我完善的有益工具。但是,大前提是必须具有自知之明。镜子是由人来使用的,如果人缺乏实事求是的精神,再明亮的镜子也难以发挥作用。

老子说:"知人者智,自知者明。"汉代刘向在《新序》一书中,讲了一个赵鞅悲叹无人指斥过失的故事:春秋末年,赵鞅官居卿相要职,执掌赵国的权柄。有个叫周舍的人,在府门前伫立了三个昼夜。赵鞅诚挚地询问他:"先生有何见教?"周舍说:"人贵自知。如今你位高权重,听到的都是一些奉承的话,这对你执政是很不利的。我愿做一个谔谔之臣,随时记下你的过失,及时给你指摘出来。"赵鞅听了很高兴,于是,就把他留在身旁,从而得以随时随地了解自己的缺失,受益良多。可惜没过多久,周舍去世了。赵鞅放声大哭,深情地说:"从前,殷纣王拒谏饰非,昏昏而亡;周武王从善如流,谔谔而昌。自从周舍死了之后,我再也听不到对我的过错的指摘了。一个执政者不能随时听到对他的过失的批评，或者虽然能够听到却不加以改正，最后必然要遭致灭亡的下场。我很担心，这样下去，我非要垮台不可。"

无独有偶，后世的唐太宗李世民也曾对大臣说过：人以铜为镜，可以正衣冠；以古为镜，可以见兴替；以人为镜，可以知得失。魏征死后，我丢失了一面镜子。

镜子上面有文章。这篇文章做得怎样，直接关乎事业的成败、人生的得失、品位的高下，绝对不是一件可以轻忽的细微末节。

辨　伪

放言（五首之一）

白居易①

朝真暮伪何人辨，古往今来底事无！
但爱臧生能诈圣，可知宁子解佯愚？
草萤有耀终非火，荷露虽团岂是珠？
不取燔柴兼照乘，可怜光彩亦何殊。

唐宪宗元和十年，白居易被贬为江州司马。在去江州的船上，他忆起了多年来所经所见的世事，不禁激情涌动，感慨万千，当下写了五首富有哲理的《放言》诗，此为第一首。

"放言"，意为任情而谈，不受拘束。这样来写，易于鲜明地宣达作者的思想，揭示事物的本质。本诗就是运用比喻，借助形象，拓开思路，阐明政治上的辨伪，亦即近世所说的识别以伪装面目出现的两面派的问题。当然这里也包括透过假象识别人才这方面的内容。尽管是以议论为诗，讲了一些哲理，但由于出语纡徐婉曲，行文跌宕有致，读起来还是富有情趣的。

---

① 白居易（772—846），字乐天，号香山居士。唐贞元年间进士。唐代重要诗人，新乐府运动的倡导者。其诗语言通俗，思想性、艺术性都达到很高水平。

人的情况至为复杂，有时本质为现象所遮蔽，假象掩盖着本来面目。诗人颇有感触地写道：古往今来，什么样的怪事都出现过。有的早晨起来还装得道貌岸然，俨然君子；可是，到了晚上就暴露了全部假象。春秋时的臧武仲，被当时的人目为圣人，实际上却是奸人；宁武子本来是贤才智士，却偏偏佯装愚蠢、驽钝。世人为假象所蒙蔽，不辨真伪，混淆贤愚，只爱臧生那样"诈圣"，而不愿赏识宁子式的真贤。实在可慨可叹！草丛间的流萤，尽管也有光亮，但终究不是大火；荷叶上的露水，虽然也呈球状，可是，它绝不是珍珠。

那么，对这类鱼目混珠现象应该如何识别呢？诗人认为，对比是辨伪的最有效方法。有比较才能鉴别。"不怕不识货，就怕货比货。"取来燔柴（借喻大火）和照乘（指明珠）与流萤、露珠一比较，就一切都看得分明了。遗憾的是，许多人往往不从本质上看事物、辨真伪，惯常被流萤般的闪光和露珠样的晶莹所炫惑，结果，不免得出完全颠倒了的结论。

南宋名臣张浚尝与赵鼎在一起论述人才，并极力推荐秦桧。开始时，赵鼎的头脑还比较清醒，说："此人得志，吾辈无所措足矣！"可是，当赵鼎做了宰相之后，看到秦桧先意承旨，唯命是从，觉得张浚之言也有道理，于是，对秦桧由有所警惕变为产生好感，最后竟亲自拔擢他登上高位。秦桧得势后，反过手来，残酷迫害那些主战拒和、坚持正义的忠臣良将，不出几年，赵鼎也死在了他的手下。

回过头来考究一下，张浚根据什么极力推荐秦桧呢？原来他有这样一个理论："人才虽难知，但议论刚正，面目严冷，则其人必不肯为非。"由此，他认定秦桧是一个"不畏死，有力量，可共天下事"的人才，这样，就把一个元凶大憝彻底地看错了。而赵鼎始则戒备，终获好感，结果为这个"千古罪人"搭设了晋身的阶梯。教训是十分深刻的：不能以言取人，必须听其言观其行；不能为假象所迷惑，要善于透过现象看清本质。

白居易在《新乐府序》中,明确地提出作诗的标准:"其辞质而径,欲见之者易谕也;其言直而切,欲闻之者深诚也"。《放言》组诗可说是不折不扣地践行了这一主张。论者指出,白诗尚实、务尽、坦易,"议论痛快,快心露骨,以理为胜","务在分明",组诗更是充分地体现了这些风格特点。

决 疑

放言(五首之三)

白居易

赠君一法决狐疑,不用钻龟与祝蓍。
试玉要烧三日满,辨材须待七年期。
周公恐惧流言日,王莽谦恭未篡时。
向使当年身便死,一生真伪有谁知。

选拔和使用人才,特别是察举、选官,这是一门大学问。鉴于此项工作十分复杂,所以,古人反复强调,要"精察之,审用之"。

如何精察、审用?从这首诗里我们至少可以得到如下三点启示:

——经过一定时间的观察考验,事物的本来面目才会显现出来。"试玉要烧三日满",作者有原注:"真玉烧三日不热。"按古代的传说,玉在火中烧三日三夜,颜色不发生变化,如果是石头就不行了。"辨材须待七年期",作者也有原注:"豫章木生七年而后知。"过去认为,豫与章这两种不同的树木,小时不易辨识,必须长到七年才能区别开。这两个例子都是强调时间的检验作用。"路遥知马力,日久见人心。"同试玉、辨材一样,要准确地识别一个人,也须经过一定时间的权衡、考查,通观其全部历史。草率从事,是要失误的。至于什么"钻龟"（钻刺龟甲，并以火灼，视其裂纹）与"祝蓍"（焚烧蓍草，观察草灰形状）之类判断吉凶的占卜方式，根本不能解决问题。

《坚瓠集》载，杨诚斋题淮阴庙七律，有"少年胯下安无忤，老父圯边愕不平。人物若非观岁暮，淮阴何必减文成"之句。诗中讲了两个典故，涉及两个历史人物：一个是淮阴侯韩信，少时曾受胯下之辱，人皆以为怯，而他有大的抱负，不同无赖少年一般见识，因而安然忍受，没有发作。可是，当他建功立业、兵权在握之后，却没能坚持"学道谦让，不伐己功，不矜其能"，而是"以市井之志利其身"。像司马光所批评的那样，"失职怏怏，遂陷悖逆"。另一个是刘邦的重要谋臣张良，年轻时在下邳的桥边遇到黄石公，这个老人故意把鞋丢在桥下让他去拾，他曾"愕然不平"，"欲殴之，为其老，乃强忍"。年少负气，似乎不够成熟。但在后来能够"运筹帷幄之中，决胜千里之外"，为刘邦出了好多重要的主意，屡建奇勋，死后被谥为文成侯。诗的结论是，如果不看他们二人的晚年（"岁暮"），就无法做出韩信不如张良的正确判断。

——必须正确对待周围的不同反映。人才崭露头角之后，有时毁誉不一。如何准确地加以辨识，这里面是大有文章的。即使各方面的反映是一致的，也需要在实践中认真地予以检验。

两千多年前的孟轲说过："左右皆曰贤，未可也；诸大夫皆曰贤，未可也；国人皆曰贤，然后察之，见贤焉，然后用之。"如果其间不含有求全责备、人要完人的因素，那么，这种选拔人才上的群众观点，是很有借鉴意义的。

正确对待周围的不同反映，一个重要问题是敢于摒弃那些无根据的流言蜚语和闲言碎语。周公是武王的弟弟、成王的叔父，被封建时代的史学家尊为圣贤，但他也曾受到流言困扰。武王死后，成王年幼，周公摄政，大权独揽。他的兄弟管叔、蔡叔等人不满，制造流言，说周公将干出不利于成王的事，意思是他有篡权的野心。周公听了以后十分恐惧,赶紧避难"居东三年"。后来,成王通过实际考查,了解到周公果是一片忠贞,便亲自接他回来辅佐朝政。谗言足以误国,忌妒倾陷贤才。关键在于当政者善于识别真伪,敢于为贤才撑腰。

——要善于透过现象认清本质。诸葛亮在《将苑》一书中说过:"夫知人之性,莫难察焉。美恶既殊,情貌不一:有温良而为诈者,有外恭而内欺者,有外勇而内怯者,有尽力而不忠者。"西汉末年的王莽可算是一个"貌恭而内欺""温良而为诈"的典型。他在篡位之前,为了骗取皇帝和群臣的信任,长期装作仁爱待人,谦恭下士,以致"公卿咸叹公德,皆以周公为比"。但历史证明,他的"谦恭下士"是假象,而篡汉谋国才是他的本来面目。

为了能够透过现象认清本质,诸葛亮曾提出七条"知人之术":向他提出矛盾的理论、观点,看他的辨别力和坚定性;同他反复辩论,看他对付驳诘的辩才和应变能力;请他出谋划策,看他分析问题和审时度势的能力;告之以危险情境,看他的勇敢、牺牲精神;在纵情饮宴的情况下,看他的自持力和醉后显露的本性;给他提供有利可图的机会,看他能否做到廉洁公正;与他约定公务活动,看他能否不负所托。今天看来,这种考查方法和考查内容,不见得很科学,很完善;但有一点可以肯定,在矛盾复杂的环境中进行多方面的实践检验,对于甄别人才,辨识本质,确有不容忽视的作用。

诗人谈老

醉中对红叶

白居易

临风杪秋树,对酒长年人。
醉貌如霜叶,虽红不是春。

由于韵律上的要求,诗人在首联创作了两个倒装句,实际是:杪秋树临风,长年人对酒。意思是说,自己长年嗜酒,犹如晚秋临风的霜叶,脸上总是红扑扑的。说过了这些,很自然地就过渡到了后面两句:霜叶虽然也是一色艳红,但毕竟不是春色、春光;人的醉貌呈现酡颜,尽管也现红色,但终究失去了少年心性与情致。清人刘宏煦在《唐人真趣编》中评论:"言老迈之迥非少年也。感慨欲绝。奇情至理,得之眼前。此所谓'会心处初不在远'也。"

说是"醉中",实际上诗人是清醒的,话说得明白而实在。有人考证,白傅此诗写于贬谪江州期间。那么,诗人仅用二十个字,便把政治上失意之后,情怀悒郁,借酒浇愁的境况与心态,借助形象,活灵活现地反映出来。与此类似,苏东坡贬谪中也曾作诗云:"儿童误喜朱颜在,一笑那(哪)知是酒红。"当然,也不只有贬谪中的白乐天与苏长公,许多唐宋诗人都喜欢以醉酒、红叶为题,抒发情感。比如郑谷和陈无己,也都有"衰鬓霜供白,愁颜借酒红""发短愁催白,颜衰酒借红"之句。

  其实,红叶原本是今古诗人展示胸襟、怀抱的一种惯用题材,只是,随着身份的不同而展示的内蕴呈现差异。"荆溪白石出,天寒红叶稀。山路元无雨,空翠湿人衣。"王维是诗人而兼画家,诗中所展现的乃是诗中有画、画中有诗的艺术境界。而宋代僧人梵琮的诗:"欲出未出,似归不归。秋山呈锦绣,红叶满林飞。"读来即有一种禅味。至于"白首看秋叶,徂颜(往日的容颜)复几何。空惭棠树下,不见政成歌",则是以事功不显而愧赧自责,不问可知,作者当是一位富有担当意识的传统士大夫。是的,他是唐代政治家张说。那么,无产阶级革命家陈毅元帅的诗:"西山红叶好,霜重色愈浓。革命亦如此,斗争见英雄。"读了自然使人昂扬奋发,斗志旺盛。这一切,都雄辩地证明了鲁迅先生的那句名言:"水管里流出来的是水,血管里流出来的是血。"

境由心造

恒寂师禅苦热题室

白居易

人人避暑走如狂,独有禅师不出房。
可是禅房无热到?但能心静即身凉。

诗中从眼前所见出发,描述了一个充满哲思理蕴的有趣现象:时值炎夏酷热,人们都纷纷四出避暑,奔走如狂;唯独诗友恒寂禅师却独处屋中,静坐不动。那么,是不是这间禅房构造独特,具有天然的防暑功能,滔天的热浪根本进不来呢?非也。只是因为禅师心定如冰,所以也就有身凉似水的感觉。

香山居士还有一首题为《消暑》的五律:"何以消烦暑?端居一室中。眼前无长物(长物,佛学词汇。原指多余的东西,后来也指像样的物品),窗下有清风。热散由心静,凉生为室空。此时身自保,难更与人同。"两首诗中阐释了心境与环境、心态与感觉的辩证关系,寄寓着一种深刻的哲理。一般情况下,往往是"心随境转",客观环境直接影响着主观的心态、情绪;而诗中所阐释的却是"境由心造":"热散由心静","心静即身凉"。这种境界显然是提升了一个档次。

与"心静即身凉"相对应,还有一种情况是"心远地自偏"。东晋时的大诗人陶渊明,就有"结庐在人境,而无车马喧。问君何能尔?心远地自偏"的诗句。既云"人境",就不会没有车马喧嚣,红尘扰攘;之所以感觉不到,乃心境使然。这同白居易所讲的不是"禅房无热到",只缘"心静即身凉",属同一机杼。

从"境由心造"得到启发,我们可以引申到社会现实生活中去。如果能够以淡定从容的态度面对人生,远离物欲诱惑,淡泊名利,忘怀得失,谢绝繁华,回归简朴,那么,就可以进入"人淡如菊,心素如简"的境界,从而实现中外哲人所追求的"诗意地栖居"的愿望。

怒其不争

禽虫十二章（之六）

白居易

兽中刀枪多怒吼，鸟遭罗弋尽哀鸣。
羔羊口在缘何事，暗死屠门无一声？

诗人提出了一个严肃的关于生命本能的问题：野兽如果被刀砍枪刺，大多都咆哮怒吼，飞鸟若是遭到网捕或者箭射（"罗弋"），也都要痛叫哀鸣；唯独羔羊进了宰杀场，即便是屠刀架在脖子上，它也逆来顺受，虽然有口却暗不作声。——这究竟是怎么回事呢？

诗人有个自注："有所悲也。"悲什么？悲叹羔羊的惨境，悲哀羔羊的下场，悲悯羔羊的怯懦，悲愤羔羊的驯服。"缘何事"呢？只能说，本性使然。"待宰羔羊"，"沉默羔羊"，已经成了一种堪叹、堪怜亦堪鄙的奴性象征。

这使人想到鲁迅先生评论英国诗人拜伦时的那番话："（诗人）重独立而爱自由，苟奴隶立其前，必哀悲而疾视，哀悲所以哀其不幸，疾视所以怒其不争……"（《摩罗诗力说》）这里所评论的是拜伦在《哀希腊》一诗中对于逆来顺受的不觉悟的人群的愤激态度。拜伦坚决地主张革命，他说："如果可能，我要教会顽石，起来反抗人世的暴君;并且随时准备去当战士,不仅靠文字,也靠行动。"同样,鲁迅对于国人也是大声疾呼:面对剥削阶级的压迫,面对黑暗的社会现状,必须奋起反抗,绝不能做"沉默的羔羊",坐以待毙。先生尖锐地指出,没有愤怒,没有反抗的民族,是没有前途的,"沉默呵,沉默呵,不在沉默中爆发,就在沉默中灭亡"。(《记念刘和珍君》)

　　拜伦也好,鲁迅也好,他们所倡导的抗争思想,这种"哀其不幸,怒其不争"的观念,应该说是一种现代意识。而在一千三百年前的中古时代,白居易竟能提出尖锐的质问,发出愤激的呼唤,不啻空谷足音,实属难能可贵。记得小时候读的《千字文》中,曾有"诗赞羔羊"之语,说的是《诗经》里面有《羔羊》一篇,赞美了小羊羔毛皮的洁白,感叹人的本性像羔羊的皮毛一样洁白柔软,认为人应该永远保持这种纯善的、没有污染的本性才好。今天看来,提倡保持纯洁的本性,是正确、可取的;但若赞美羔羊的柔弱、驯顺,就失之偏颇了。

眼　界

禽虫十二章（之七）

白居易

焦螟杀敌蚊巢上，蛮触交争蜗角中。
应似诸天观下界，一微尘内斗英雄。

蚊子已经是够小的了，可是，焦螟（古代传说中最小的虫类）竟然在蚊子的巢穴里开战；蜗牛也不过手指般大，蜗牛角里居然居住着蛮和触这两个小国，而且还刀兵相见，大动干戈。诗人用十四个字讲了两个动物童话，用意在于针砭时弊，讥刺一种堪笑亦堪怜的社会现象——有些人为一些极末微的细事争斗不已，所谓"锱铢必较，睚眦必报"。这同焦螟在蚊巢里杀敌，蛮、触在蜗角中交争，实在没有多少差别。

诗人讲的这两个动物童话，实际上都各有所本。前者见于《列子·汤问》篇："江浦之间生幺（小）虫，其名曰焦螟。群飞而集于蚊睫，弗相触也；栖宿去来，蚊弗觉也。"后者见于《庄子·则阳》篇："有国于蜗之左角者，曰触氏；有国于蜗之右角者，曰蛮氏。时相与争地而战，伏尸数万，逐北旬有五日而后反。"

诗人并非就故事说故事，他的着眼点在于阐释一番哲理：这种行为的可笑,反映了胸襟的狭小,而胸襟是和眼界直接联系在一起的。如果能够站得高些,看得远些,把这些人和事放在茫茫宇宙、大千世界("诸天")里来观察,就会发现,人间("下界")这些对于"丝恩发怨"的抵死纠缠,实无异于在一粒微尘里争雄斗胜——而这又和焦螟开战、蛮触交争有多大区别呢?应该说是太没有意思了。

说到眼界,白居易还曾写过一首题为《登灵应台北望》的七绝:"临高始见人寰小,对远方知色界空。回首却看朝市去,一稊米落太仓中。"讲的都是同一道理。世界首个登上月球的美国航天员阿姆斯特朗,回到地球之后,写了一篇回忆录。他说,当我们踏上月球之路的时候,眼看着地球越来越小,第一天还像圆桌面那么大,第二天就变得像个篮球了,第三天站在月球上看地球,只有乒乓球那么大。其实,这类景况,中国的古人也早就注意到了。孟子有言:"孔子登东山而小鲁,登泰山而小天下,故观于海者难为水,游于圣人之门者难为言。"说明眼界越开阔,视野便越扩展,那么,所见到的客观事物的范围,便会越加宽广了;而随着视点、视角的变化,客观对象则会随之而发生变化,人们的认识也会有新的领悟、新的提高。

弱者避世之言

林下樗

白居易

香檀文桂苦雕镌，生理何曾得自全。
知有无材老樗否？一枝不损尽天年。

《庄子》有言："山木自寇也，膏火自煎也。桂可食，故伐之；漆可用，故割之"。与此相对应，书中还讲到，商丘有一棵栎树，长得出奇地高大，可是，由于主干木心裂开，枝丫弯曲，没有什么用处，结果谁也不去砍伐，栎树以其不材得以尽其天年。而白额之牛，鼻孔上翻之猪，身患痔疮之人，都被巫师看作是不祥之物，因而，在向河神献祭的时候，都被摈弃而不用。这样，他（它）们的生命也就得以延续下来。

深受道家与佛禅影响的香山居士，承袭《庄子》中这一深邃的哲学思想，以诗的形式阐发了相同的道理。他说，香檀、文桂由于身价高、用途广，受到人们重视，因而备受雕镌之苦，生理不能得以自全；而老樗（臭椿）以其没有成材，无所可用，也就没有人关注它、利用它，从而得以逃脱刀斧的砍伐，结果一枝不损地尽享天年。

宋代禅师慈受怀深有诗云："万事无如退步眠，放教痴钝却安然。漆因有用遭人割，膏为能明彻底煎。"与此同一机理。

上述思想观念，体现了庄子逍遥游世、"不为物役""不做牺牛"的价值取向，同时，也是为弱势群体应对当时险恶社会现实指出一种自我保护和精神解脱的途径。尽管有其消极的一面，但从保护弱者的角度，面对人生的无奈与悲哀，我们应该予以理解与同情。

　　就是说，在对此做出价值判断时，如果考虑到下面三种情况，也就会觉得庄子有其"不得不然"之处。一是，生逢乱世、衰世与浊世，暴君昏相无恶不作，而首当其冲者正是那些读书士子；二是，在读书士子中，庄子所代表的是弱者，所持退避观点，出于自我保护意识，立足于全身免祸；三是，虽然同为读书士人，但如同著名美学家李泽厚所言，儒者是从人际关系中来确定个体的价值，而庄子则从摆脱人际关系中来寻求个体的价值，这样说来，要"免乎累"，也就不能不采取规避态度了。

说给鱼儿的话

放鱼

白居易

香饵见来须闭口,大江归去好藏身。
盘涡峻激多倾险,莫学长鲸拟害人!

白居易是一位同情弱者、关注民生疾苦的现实主义诗人。他"栖心释氏(佛家)",乐善好施。这天,以一副慈悲心肠,特意从鲜鱼肆上买来一些活鱼,投入放生池里。照常理说,放鱼投生,也就了却心愿,可以放心地离开了;而多情善感的诗人,却在挥手再见之际,别出心裁,另有文章,对鱼作了一番郑重的嘱咐。

他满带着感情地对鱼儿说:你们一路上可要提防香饵的诱惑啊!见到它悬垂在那里,一定要闭口逃离。再者,回到长江大河里,虽然天地广阔,可以纵横洄游,但面对那惊涛怒湍,浊浪排空,也应该善自藏身,警惕那旋涡激浪造成的倾覆之险;不过,最要紧的还是保持善良的本性,决不可像凶恶无比的长鲸那样,总是盘算着张口害人!

其实,我也够书生气了。诗人"三致意焉",我也就真的以为他是在对鱼讲话,又煞有介事地作了上面那番解说。可是,回过头来一忖量,觉得未必实有其事,诗人才不会天真地"对鱼弹琴"呢!那不过是一种假托——四句箴言,都是说给世人听的。其态度之恳挚,语意之深沉,令人警醒,有着强烈的现实针对性。

　　诗人被贬江州之后,曾写过一首同题的五言诗,通过拯救白鱼于困厄之中,寄托一种感喟身世、同病相怜的感慨。由此联想到,本诗可能也有与此相同的意蕴。

返本还初

点额鱼

白居易

龙门点额意何如？红尾青鳍却返初。
见说在天行雨苦，为龙未必胜为鱼。

古有"鲤鱼跃龙门"的传说：大鱼群集龙门（即禹门口，其地在今山西河津县西北和陕西韩城县东北）之下，跃过者化为龙；否则，点额（头额触撞石壁）而还。李白诗："点额不成龙，归来伴凡鱼。"后因以"点额"喻古代士子仕途失意或应试落第。白居易《醉别程秀才》诗，即有"五度龙门点额回"之句。

在这首七绝里，诗人借助"点额鱼"这一物象，展开他的话题，申述其相关的理念、观点与价值取向。头两句是叙事，说没有跃过龙门的鱼，额触石壁，败退而回。那么，它们又将如何想呢？无非是照样的青鳍（鱼类的运动器官）红尾，返本还初而已。

前人讲究"读书得间"，"别有会心"，我们要注意诗中带有转折语气的这个"却"字——字里行间，暗藏着一种深意："返本还初"，绝对不是坏事，因此，无须为此而懊丧、愧悔。

为什么这么说呢？后两句作了明确的答复：如果有幸跃过龙门，

那么,这些鱼就化而为龙了,换来的将是在天上不停地嘘云行雨。那样,实在是辛苦不堪,还真不如"点额"而为鱼,像现在这样嬉戏江中,自由自在呢!"卒章显其志",压轴的这句断语,为全诗之要旨。联系到诗人另一首诗《马上作》:"一列朝士籍,遂为世网拘。高有矰缴忧,下有陷阱虞。每觉宇宙窄,未尝心体舒。"这和本诗中所表达的宁可做一条普通自在的鱼,而不愿去跃龙门、受辛苦、担风险的衷曲,是恰相契合的。

当然,面对点额鱼,还可以做其他联想,诸如仕途失意、应试落第者,固可以从中得到慰藉;而屈居下位或者处身平凡之人,也不妨作"退一步"想。宋·葛立方《韵语阳秋》载:唐代窦常、窦牟、窦群、窦庠、窦巩兄弟五人,唯独窦群作诗水平稍差,又未得举进士,而位反居上。窦巩有《放鱼》诗云:"金钱赎得免刀痕,闻道禽鱼亦感恩。好去长江千万里,不须辛苦上龙门!"此诗显然为其兄窦群而作。"上龙门",指科举应试,其间寓有慰藉之意;但是,同时也可能别有寄托,说明为官与作诗毕竟是两回事。古有"高才无贵士""才命两相妨"之说。唐人徐凝亦有句云:"风清月冷水边宿,诗好官高有几人?"

少年登科的警示

送考功崔郎中赴阙

白居易

称意新官又少年，秋凉身健好朝天。
青云上了无多路，却要徐驱稳著鞭。

这位崔郎中即将上朝赴任考功郎之职，掌管官吏考课事宜。临行前，可能是向老诗人辞行。这样，就有了这首赠别的七绝。

老诗人真情规劝，语重心长。说，你年少登科，新官上任，一切都称心如意，正可趁此身体壮健，又值天气凉爽之际，上朝赴任，大展宏图。应该说，当此青云得步之时，上了这一层，再往高处攀升，也不会走更多的路程了。说到这里，诗人停顿一下，特意用了一个"却"字，陡然转入箴规劝诫，说定须行事稳重，小心谨慎。策马驰行是必需的，但是，一定要缓辔徐驱，谨慎行事，稳字当头。

读书士子皆以贫困落魄、久试不第、没身草泽为不幸，而北宋著名理学家、教育家程颐却耸人听闻地做出另一类的警示，他把少年登科列为"人生三大不幸"的首项。这是建立在深刻的人生体验和对世事认知的基础之上的悟道之言。从人性的惯常表现看，人当年少，不谙世情，缺乏历练，既受不了挫折、失败的打击，也经受不起成功成名的顺利考验。一夜成名，一朝得志，很容易产生骄纵、浮躁、懒惰的心理，往往忘乎所以，不知天高地厚，"愣头青式"地乱闯，直至撞得头破血流，才知痛悔；而客观的形势尤为严峻，"一峰突起群山妒"，一当出人头地，立刻就会成为众矢之的，成为众目睽睽、"十手所指"的对立面；即便是没有横遭嫉妒，不是面对"棒杀"，反过来面对"捧杀"，成了公众追逐的偶像，周围一片赞扬声，最后的结局也是很不妙的。

当然，人生之幸与不幸，归根结底，主动权还是掌握在自己手里。如果能够保持清醒的头脑，具有足够的自知之明，或者经过长者点拨、指引，严谨自持，早知防范，那么，不幸就可以转化为有幸，获得继续攀升的有利条件。

正是基于这个道理，作为一位德高望重的长者，老诗人本着爱心诚意，发出肺腑之言，予以深切关怀，这对少年得志的崔考功，无疑会有直接的帮助；而因其所讲述的道理、指陈的要害，具有普遍意义，里面又蕴含着深刻的哲理，这样，广大读者看了肯定也能深获教益，引发沉思。

自感乏味

自感

白居易

宴游寝食渐无味，杯酒管弦徒绕身。
宾客欢娱童仆饱，始知官职为他人。

　　宋代诗人姜夔有"老去无心听管弦，病来杯酒不相便"之句。为什么"不相便"？指向十分清楚，一为老，二为病。那么，词人柳永的"都门帐饮无绪"呢？则是缘于秋晚伤别，愁肠郁结。而前朝的白居易，对于这类"杯酒管弦"的宴游活动，居然也觉得索然无味，却是别有因由，另具怀抱。

　　香山居士所说的"自感"，用一个现代语词来诠释，大体上相当于"生命体验"。诗人真切地感受到，宴游、歌舞、吃喝，般般享受，在他来说，已经渐渐地变得十分乏味了，什么酒肉入肠啊，管弦盈耳啊，无非是俗务缠身，就更是毫无兴致，根本提不起来精神了。到头来，只博得宾客欢颜，童仆饱腹，而于己毫无裨益。——这个时候才悟解，高官厚禄，原来只是为了他人！

　　这番议论，看似坦露衷怀的一般的家常絮话，实际上却是不同凡响，甚至可以说惊世骇俗。

在中国文化传统中，宴饮、歌舞、出游都是礼仪的重要组成部分。《诗经》中就有许多宴飨诗，以及"驾言出游""鼓瑟吹笙"之类的句子。《礼记》中讲："夫礼之初，始诸饮食。"自始，权贵、望族就把宴饮、弦歌纳入礼仪、政治、交纳之中；到今天更成了社会上谈生意、交朋友、结权贵、拉关系普遍应用的手段。白老先生的感觉，是绝对准确的。因为这些活动如果把握得不好，就不止于"渐无味""徒绕身"，而将成为滋长腐败的温床，势必给正风肃纪、警世励俗带来严峻的挑战。

从切身经历和实际体验中，写出关乎世道人心、发人深省、振聋发聩的人生感悟，这是这首七绝的一个显著特点。

桃源人也

涧中鱼

白居易

海水桑田欲度时,风涛翻覆沸天池。
鲸吞蛟斗波成血,深涧游鱼乐不知。

  这是一首十分典型的运用形象与比喻手法来抒怀咏志、寄意达情的喻体诗。

  喻体诗滥觞于《诗经》《楚辞》,已有两三千年的历史,诸如《青蝇》《硕鼠》《鸱鸮》《橘颂》等标本、典范式的诗篇,至今仍传诵不绝。在唐代诗人中,白居易堪称写作喻体诗的高手。他通过对本体与喻体本质特征的有效把握与刻意修饰,抓住二者相似之点,展开精巧构思与比附、联想,或讽喻,或讥诮,或针砭,或规劝,借题发挥,言出于此而意归于彼。诗中多是以物喻人,有时就是自身形象的写照。

  在白居易的喻体诗中,鱼是一个突出的意象。诗人喜欢以鱼自况,或者借助鱼的形象来抒怀论事。尤其是晚年诗作中,更多地写到了逍遥适性的鱼之乐,如"龙蛇隐大泽,麋鹿游丰草。栖凤安于梧,潜鱼乐于藻""梦游信意宁殊蝶,心乐身闲便是鱼"。一方面,看得出他的思想深处的庄学渊源,同时也映衬出中晚唐时期社会动荡、政局艰危、仕途多舛的险恶处境。

本诗一开始,就作了形象的写照——眼前正历经着一场沧桑巨变,海上风涛大作,沸反盈天,里面鲸吞蛟斗,血花翻滚。诗中借用《庄子·逍遥游》中"南冥者,天池也"的典故,以"天池"(沧海)的"风涛翻覆"这一意象,暗喻封建朝廷内部血火交迸的残酷斗争。而"桃源中人",置身山林,远离魏阙,像那深涧游鱼一样,潜伏不出,得以免遭斗争之祸而优哉游哉,自在安然。诗句最后的"深涧游鱼乐不知"为全篇之要领。一个"乐"字道尽了诗人的自在心态与逍遥境界。

通篇都是用比喻手法,以形象说话,揭示出一种深刻的意蕴,深得理趣诗之妙。

美色的悖论

王昭君二首（其二）

白居易

汉使却回凭寄语，黄金何日赎蛾眉？
君王若问妾颜色，莫道不如宫里时。

　　王昭君为汉元帝妃子。当时后宫嫔妃很多，元帝让画工把她们一一绘出影像，然后按图召幸，昭君因不肯贿赂画工，而未得受宠于君王；后来被作为和亲角色远嫁给匈奴单于。临行前，元帝见到昭君容貌动人，后悔不及。诗人以"昭君出塞"后怀思乡国、眷恋君王为题材，咏怀史事。

　　诗中以精妙的构思展开话题，通篇模拟昭君的口吻，对前来匈奴的汉朝使者说：你们回去后，请代我向皇帝捎个话，问问什么时候能够用黄金把我赎回去？可以想象出来，由于久居胡地，困于风沙冰雪，历尽颠折之苦，当年的美女必然已是憔悴不堪了。因而，昭君特意加上一句：如果皇帝问到我的容貌，千万不要说比不上原在宫里的时候。

　　诗人自注，此诗写在十七岁时。到了四十八岁时，他路过昭君故里，又写了一首五言古诗，中有"白黑既可变，丹青何足论？竟埋代北骨,不返巴东魂"之句,说来也是很感伤的。

咏史诗须在叙事之外能表达出诗人自己的情感和思想;否则,"但叙事而不出己意,则史也,非诗也。出己意,发议论,而斧凿铮铮,又落宋人之病",唯"用意隐然,最为得体"(清人吴乔语)。此诗的妙处,就在于"用意隐然",而并非"斧凿铮铮"——只是表达当事人渴望回归汉朝的迫切愿望,而不着一字议论,却蕴含着发人深思、引人遐想、耐人寻味的理致。后世诗人对此诗推崇备至。《王直方诗话》云:"古今人作昭君诗多矣,余独爱白乐天一绝","盖其意优游而不迫也"。胡应麟《诗薮》中也说:"语浅意深,语近意远,则最上一乘","'汉使却回凭寄语……',《三百篇》《十九首》,不远过也。"

当代学者朱金城认为,诗人立意和语言运用的功力只是一个方面,作品成功的关键,还在于作者对昭君心理的准确把握,和对昭君外貌、神情的捕捉与细致入微的描摹。昭君归心似箭,但又担忧汉使泄露了她已不能以容貌取悦君王的实情,只得哀告信使,替她隐秘,以实现其十分渺茫的希望。诗歌紧紧扣住这个中心,用昭君的口吻写成,寥寥数语,显示出这位任人摆布的妇人难以明喻的痛苦,字里行间,蕴藏着万种悲愁、百般委屈。

说到旧时代妇女任人摆布的痛苦,应该指出这样一个悖论:美色,左右了昭君一生的命运,而屈辱困顿之余,念念思归故国、眷恋君王的唯一凭借,竟然还是美色,不能不说是一个悲剧。

何苦出山

白云泉

白居易

天平山上白云泉,云自无心水自闲。
何必奔冲山下去,更添波浪向人间?

淡荡常思水,逍遥只羡云。诗人在苏州刺史任上,政务繁忙累身,官事冗杂恼人,深感"心为形役、厚违初衷"之苦。曾多次写诗自诉:"清旦方堆案,黄昏始退公。可怜朝暮景,消在两衙中";"公私颇多事,衰惫殊少欢。迎送宾客懒,鞭笞黎庶难"。因而十分向往"云自无心水自闲"那样自在自如的淡泊生活。

本诗运用象征手法,借景抒怀,写泉寓志,"兴发于此而义归于彼",言近旨远,意在象外,且又理趣盎然,形象鲜明。诗人以行云、流水的悠闲自在、恬淡从容,暗喻闲适、清静的心情;以泉水出山涌起层层波浪的自然景象,象征社会生活、人生际遇的波滚云翻、变幻莫测。这样,就引出了对泉水的质问:你既然在这里如此闲适惬意,自在逍遥,为什么非得要奔冲到山下去,给原本就纷扰多事的人间推波助澜呢?

而诗的风格,则表现为平淡自如,清新流转,浑朴无华。正如诗评家何国治所指出的："这首七绝犹如一幅线条明快简洁的淡墨山水图。诗人并不注重用浓墨重彩描绘天平山上的风光，而是着意摹画白云与泉水的神态，将它人格化，使它充满生机、活力，点染着诗人自己闲逸的感情，给人一种饶有风趣的清新感。"

在中国古代诗歌史上，白傅为诗尽管也曾遭致"妥帖布置，寸步不遗"之讥，但赞誉还是广泛普遍的："乐天之诗，情致曲尽，入人肝脾，随物赋形，所在充满"（金·王若虚《滹南诗话》）；"乐天诗极清浅可爱，往往以眼前事为见得语，皆他人所未发"（清·田雯《古欢堂集》）。本诗鲜明地体现了这两方面的艺术特色，为理蕴诗中之上品。

诗中所题咏的天平山，地处苏州城西二十里，巍然耸峙。山上有白云泉，素有"吴中第一泉"之盛誉，自白居易题此绝句后，声名益显。

不作"闲云"

岭上云

白居易

岭上白云朝未散,田中青麦旱将枯。
自生自灭成何事,能逐东风作雨无?

　　诗人巧作铺排,把漫布晴空、悠闲自在的"岭上白云"和苦于干旱、行将焦枯的"田中青麦"掇合到一起,作鲜明醒目的对比。按照常规,应该是"云腾致雨",可是,偏偏这些高聚岭端、凌晨不散的云朵,却悠闲自在地飘浮着,若无其事,无所事事。面对这种状态,诗人忍不住愤怒地诘问:你们飘飘荡荡,自生自灭,到底有什么用处(成何事)?俗话说:"风是雨头",现在东风骤起了,你们能不能趁着风势,降下一阵雨来?

　　无独有偶,晚唐诗人来鹄也写过一首类似的七绝:"千形万象竟还空,映水藏山片复重。无限旱苗枯欲尽,悠悠闲处作奇峰。"他从庄田中辛苦劳作的农民的视角,抱着焦灼而急切的心情,仰首眺望空中。当看到那千形万态、变化无穷的云彩,忽而一片片地倒映水中,忽而层层叠叠地藏身山坳,心中充满了期望——这回干枯欲死的遍地禾苗总算有救了。可是,看着看着,发现那里的浮云,不过是悠闲自在地幻作奇峰,故作姿态,根本无意于成霖化雨,拯急救难。这样,就由热切希望而转化为嗒然失望,直至彻底绝望了;"悠悠闲处"字样,带有一种对于"无补生民,见死不救"的愤懑与怨恨。

作为讨伐"闲云"的檄文,两首诗视角不尽相同,表现手法有异,但其作者热爱劳动人民、同情民间疾苦、关心民瘼,则并无二致。他们看到田间苦旱,而云朵却"自生自灭","悠悠闲处",当即动了肝火,狠狠地把它们呵斥一顿。这类诗,由于有血性,有锋芒,读起来感到很解渴。

不过,静下神来,细加琢磨,却又觉得,两位诗人都像是"话里有话",旁敲侧击,另有所指。那么,实际上究竟是指向什么?敲击什么?原来他们是指桑骂槐,借着批评山云而讥刺那些空吃俸禄、无所作为、"食饱心自若",尸位素餐,不恤民艰的"酒囊饭袋",以及花拳绣腿,摆"花架子"的"弄景"官员。作为生活在公元九世纪的古代诗人,他们能有这种精神境界和思想作风,实在是难能可贵的。

过来人语

寄潮州杨继之

白居易

相府潮阳俱梦中,梦中何者是穷通?
他时事过方应悟,不独荣空辱亦空。

九世纪前半叶,白居易生命中的后半期,正值朝廷内部朋党争斗十分激烈。以牛僧孺等为领袖的"牛党"和以李德裕(一说李宗闵)等为领袖的"李党"之间,相互倾轧,势同水火。斗争始于宪宗时期,中经穆宗、敬宗、文宗、武宗,到宣宗时结束,持续近四十年。

杨继之属于代表进士出身的新官僚集团的"牛党"一派,文宗时,官至宰相;文宗死后,继位的武宗起用"李党",遂被贬为潮州刺史,前后达七年之久。白居易深知个中风涛险恶,因而远离朋党斗争旋涡,为了免祸消灾,投闲置散,无意仕进;但终因其妻兄为"牛党"中重要成员,便也同样遭到了疑忌。细细玩味此诗,带有一点情同此心、"物伤其类"的味道,估计是在杨继之遭贬之后寄发的。

诗中说,从官居相位到贬谪边州,朝荣夕悴,瞬息芳华,无异于经历一场梦境。既然是梦境,也就谈不上何者为困穷,何者为荣达了。待到他年事过境迁,回头却看,就会悟解到,不独荣华富贵是空空如也,即便是屈辱困穷,又何尝不是幻梦一场!

　　诗人这样说,无疑是出于至诚,表达对友人的同情与安慰;当然,也可以看作是"夫子自道",借机发抒一番深沉的感慨。香山居士一生,经常处在宦海蹉跌之中,屡遭贬谪,跋前踬后,动辄得咎;而由于精通释典、道藏,"常以忘怀处顺为事,都不以迁谪介事"(《旧唐书·白居易传》),因而能够看得开,放得下。对此,宋代诗人苏辙有过剖析:"乐天少年知读佛书,习禅定,既涉世,履忧患,胸中了然照诸幻之空也",可说是恰中肯綮。

　　繁华似梦,万缘皆空,因而彻悟红尘,宠辱皆忘。这是从佛禅顿悟的角度讲的。其实,也还有另外一种思路。记得有这样一首宋诗:"几年鏖战历沙场,汗马功高孰可量?四海狼烟今已熄,踏花归去马蹄香。"同样也是看淡、看空了过去的荣华、功业,但落脚点却是另一种依托,心安理得,泰然自若。过来人语,读来同样令人宽慰。

瞬息浮生

对酒五首（之二）

白居易

蜗牛角上争何事，石火光中寄此身。
随富随贫且随喜，不开口笑是痴人。

童年读明代学者洪应明所著《菜根谭》，记住了这样两句话："石火光中争长竞短，几何光阴？蜗牛角上较雌论雄，许大世界！"深深叹服作者之见识与文采。后来披览《白氏长庆集》，见到了这首七绝，方知洪氏之言，原是蹈袭前人。

香山居士身当中晚唐的动乱之世，面对"犹入火宅，众生怖畏"的朝廷中无止无休的明争暗斗，联系到自身的贬谪生涯，鉴之以古圣先贤的哲思明训，从中深刻地悟解出种种人生智慧与应时处世之理。本诗就是在这种背景下写成的。

首句从空间上讲，极言局面之狭小。《庄子·则阳》篇中讲了一则荒诞可笑的寓言故事：蛮、触两个族群分别在蜗牛的左右角上建立了国家。这实在是小得可怜，可是，它们竟然经常为了争夺地盘而发生战争，死伤数万，血流漂杵。诗人说，我们经常看到的许许多多人事纷争、相互仇杀，如果从宏观的视角去看，实无异于古书上所讲的可笑已极的蜗角之战,究竟有什么意义、有什么价值呢?

次句从时间上讲,极言为时之短暂。晋人潘岳有诗云:"人生天地间,百岁孰能要?颎(意为明亮)如槁石火,瞥若截道飙。"香山居士就此生发开去,说寄身于电光石火之中,这比曹操说的"譬如朝露"还要短暂。在这瞬息浮生中,不知黾勉奋进,却整天陷到那毫无意义的斗争旋涡中去,实在是太不值得了。

作此诗时,诗人大约是七十岁上下,早已步入老境了。他在诗中融入一己酸甜苦辣的生命体悟,诚挚地劝告世人:人生极为短暂,宛如石头撞击所发出的一点火光,一眨眼就熄灭了,实在没有必要为那些蜗角虚名、蝇头微利拼争不已。那么,究竟应该怎么办呢?三、四两句作了答复:凡事要看得开,放得下,一切顺应自然,乐天知命,笑口常开,不论是贫是富,都应该快乐地过日子;否则,那可就成了痴人!"随喜",为佛教用语,意为见人做善事而乐意参加,泛指随着众人参禅礼佛等。在这里,诗人引申为人我无间,随缘随分。

当然,运用辩证思维,面对有限的时空,我们还可以做出更加富有积极意义的悟解。中国古人有"观古今于须臾,抚四海于一瞬"的说法。十八世纪英国浪漫主义诗人威廉·布莱克也有一首诗:"一粒沙里有一个世界,一朵花里有一座天堂,把无穷世界握于手掌,永恒不过是刹那时光。"抓紧眼前的现实存在,不因其渺小与短暂而轻抛虚掷,同样可以有所作为,实现"瞬间永恒"。

昔梦重温

临水坐

白居易

昔为东掖垣中客,今作西方社内人。
手把杨枝临水坐,闲思往事似前身。

白居易被贬为江州司马之后,经常前往佛教净土宗的发源地——庐山西麓的东林寺,访问慧远大师的道场。这首著名的《临水坐》七绝,就是在那里留下来的。

水与诗人有着天然的亲和力。有水,便有诗人眷顾,便有临水之叹。水中,有他们的温情与理想,也有他们的憾恨与哀愁。水,让他们回望凄美的儿时岁月,联想起旅程中的渡口与帆影。水与诗人的闲适淡泊,往往是异质而同构的。白居易在《临池闲卧》一诗中,就曾说过:"闲多临水坐,老爱向阳眠。营役(百计营求之事)抛身外,幽奇送枕前。"

现在,诗人正在东林寺中临水而坐。开篇先讲他的出处变化。"昔为东掖垣中客",是说他过去身为朝廷命官。唐代称门下、中书两省为掖垣,类似后世的中央部门。白居易曾任左拾遗,属门下省,称为东掖。而今摇身一变,成为西方社里的方外之人。"西方社"代指僧门道场。接下来,他说,于是我便仿效着观世音菩萨,手里拿着杨枝,回思起悠悠往事,居然获得重温昔梦,回返前生的感觉。那么,他的前生是怎样一种情况呢?诗人在另外一个场合曾经说过:"坐倚绳床闲自念,前生应是一诗僧。"

过了二百七八十年,宋代一位官员而兼诗人的陈师道,还仍然记怀着这件事,他写了一首《读白乐天〈临水坐〉诗》,对于这位先贤的心境与修为赞颂有加:"西方社里收身早,白发人中得计长。不作北门东掖客,更无闲事可思量。"

经白居易写入诗中,"临水坐"一词遂成为一种象征性的意象。结果,后世诗人纷纷步其后尘,写下了许多以此为话题的诗。

好生之德

鸟

白居易

谁道群生性命微,一般骨肉一般皮。
劝君莫打枝头鸟,子在巢中望母归。

白居易在唐代即被尊为"广大教化主",一向主张以诗"救济人病,裨补时缺"(《与元九书》)。他不仅特别关怀劳苦大众,高度同情辛勤的生活资料生产者,而且将其仁爱之心施及同样具有生命的家畜禽鸟。本诗便是其中一例。

诗中语意深沉地告诫人们:谁说禽鸟的生命低微渺小呢?它们同号称"万物之灵"的人类一样,都是具有灵性、具有情感的血肉之躯啊!我们怎能忍心去杀害它们!应该知道,巢中那些齐刷刷地伸出小脑袋的雏鸟,同嗷嗷待哺、眼巴巴地静待母亲归来的婴儿一样,也在急切地等候母鸟来喂食呀!因而绝对不能捕杀为了寻觅食物而往来奔波于枝间的禽鸟——那样做,可是残忍至极的罪恶行径啊。

语句通俗,字面清浅,但是,寄怀悠远,一往情深。我们应该深刻理解诗人心怀恻隐、爱惜生命,保护环境、尊重自然的真知灼见与善良、仁爱之心。

《易经》有言:"天地之大德曰生。"上天有好生之德,大地有载物之厚。反过来说,嗜杀、伤生,灭绝人家后代,又何德之有?所以,杜甫有"暴殄天物圣所哀"之句。比这种从伦理道德角度更进一层的,是立足于顺应自然规律、保护生态平衡的高度来爱护鸟类。古代诗人有"好鸟枝头亦朋友"之句,鸟是人类的近邻,是自然生物链中不可或缺的部分。而人类只是大自然中的一个普通成员。无论植物、动物、山川、河流,都有其固有的存在价值与生存权利。即便从人类自身利益出发,爱惜鸟类,保护生态,也是爱惜人类自身。为此,也应尊重自然,善待生命。

字字皆心苦

悯农二首(选一)

李绅[①]

锄禾日当午,汗滴禾下土。
谁知盘中餐,粒粒皆辛苦。

史载,李绅幼年丧父,由母亲教以经义。青年时期,目睹农民终日劳作而不得温饱,遂以同情和哀悯的心情,写出了历代传诵不衰的两首《悯农》诗,从而被誉为"悯农诗人"。其一云:"春种一粒粟,秋收万颗子。四海无闲田,农夫犹饿死。"本诗为第二首。现代著名学者刘永济有言:"此二诗说尽农民遭剥削之苦,与剥削阶级不知稼穑艰难之事","不特命意甚高,而笔力之简劲,论述之精密,亦自绝伦,宜其深入人心,为千载传诵也"。

诗缘情。本诗的成功,首先在于诗人怀有对农民大众的深切同情和对于田家作苦、稼穑艰难的感同身受。诗的前两句,形象地描绘午日当空,烈焰喷火,农民在田间挥汗劳作的场景,意在状写劳动的艰辛,劳动果实来之不易,以为下文张本。因为这样一写,后两句

[①] 李绅(772—846),唐元和年间进士,宰相,诗人。与元稹、白居易交游甚密,为新乐府运动的参与者。

"谁知盘中餐,粒粒皆辛苦"的感叹和告诫,就有了着落,有所依凭,更加令人信服,而成为有血有肉、感人肺腑的传世箴言。

清人马鲁在《南苑一知集》中指出:"李绅《悯农》诗,无一句用'青畴''紫陌''杏雨''蓼风'等语,只是田家真挚语,然言锄禾苦矣,日当午又苦矣,汗滴更苦矣。胼手胝足尚不保其岁和年丰,获此盘中之粒,而苗而秀而实,成此一粒也,已难矣。则观此盘中之餐,想见锄禾之苦,粒粒皆自盛暑烈日、汗流满面中得来,有谁知之乎?享之者得毋视之同秕糠,弃之如泥沙哉!此所以为伤也。不过眼前景致家常饭耳,写此无限深味,观诗者不可以其平易忽之。"

在表现形式上,本诗亦有突出特点:

一是,靠形象说话,感人至深。抓住农夫弯腰铲除杂草,汗水滴落在禾苗下的土里这一细节,阐明粮食来之不易的道理,给人留下鲜明、强烈的印象。

二是,不同于一般诗章选取典型人、事进行刻画、描摹,反映的也不是个别人的遭遇,而是抓住旧时代整个农民阶层的劳苦生活和艰难处境来做文章,正所谓"纯以意胜"。这样,就力重千钧,具有很强的概括性与震撼力。

三是,作为一首题材普通、道理也是尽人皆知的诗作,能够设法避免概念化的说教方式,生动地表现了"盘中餐"乃是农民含辛茹苦创造出来的人间至理,着笔十分不易。足见作者构思的精巧、功力的深厚。吴乔《围炉诗话》中指出:"诗苦于无意,有意矣又苦于无辞。如'锄禾日当午'云云,诗之所以难得也。"

莫做高心空腹人

答章孝标

李绅

假金方用真金镀,若是真金不镀金。
十载长安得一第,何须空腹用高心。

据五代时王定保所辑《唐摭言》记载:"章孝标及第后,寄淮南李相(即李绅)曰:'及第全胜十政官(考取进士抵得上十个掌军政之官),金鞍镀了(像是镀了一层黄金,金光闪闪)出长安。马头渐入扬州路,为报时人洗眼看'(时人应把眼睛洗一洗,好好看一看是谁回来了)。"这使人联想到诗人孟郊当年登科后所写的那首七绝:"昔日龌龊不足夸,今朝放荡思无涯。春风得意马蹄疾,一日看遍长安花。"何其相似乃尔!

志得意满之情,骄矜狂妄之态,二诗均暴露无余。人们看后,肯定都有想法,但后者似乎未见有人直面批评;而章氏此诗刚一寄出,"(李)绅亟以一绝箴之,曰:'假金方用真金镀'云云。"(同前)

那么,章孝标又是何许人也?当初他是怎么与李绅相识的呢?有资料记载,李绅镇淮东时,有一年初春大雪,举办宴会。之前素闻章八元之子章孝标,虽八试未第,但诗才十分敏捷,于是便也邀他赴宴。席间,李绅要他以"春雪"为题赋诗。孝标稍假思索,挥笔而就:"六出花飞处处飘,粘窗拂砌上寒条。朱门到晓难盈尺,尽是三军喜气消。"李绅大为称赏,劝他不必灰心,继续苦读应试。章孝标回去后,便更加努力研习,果然进士及第,授校书郎。

李绅针对章诗中"金鞍镀了"字样,予以严肃的批驳。诗中说,只有假的金子才需要镀以真金,若是真金还用得着镀吗?接着,就更不客气了,劈头揭了老底——有什么值得炫耀的?十年辛苦才博取个进士!"空腹"与"高心",恰成鲜明的对照。腹中空空如也,却高自标榜,自视不凡,实在浅薄至极。东汉·王充在《论衡》中有言:"不通者,空腹无一牍之诵。"比喻无才。

李绅比章孝标年长近二十岁,作为一位长者,他在诗中严肃地告诫说:无须装潢门面,做人要真,做事要实;不能忘乎所以,应该谦卑自抑,显现出关爱后进、恪守原则的高贵品格。而诗句简捷明快,一针见血,亦为李诗的一贯风格。《唐才子传》记载,见此诗后,"孝标惭谢"。

此则纪事,传播得比较广泛,除被辑入《唐摭言》外,宋人计有功和元人辛文房也分别记载到《唐诗纪事》和《唐才子传》中。但有的学者对于相关史实提出质疑。笔者主要是着眼于诗歌本身的哲思理蕴及其诫勉意义,还是将它录下,提供读者研究、借鉴。

遗世独立

江雪

柳宗元[①]

千山鸟飞绝,万径人踪灭。
孤舟蓑笠翁,独钓寒江雪。

唐顺宗永贞元年,柳宗元参加了王叔文为首的政治革新运动。由于遭到朝中保守势力与宦官联手反攻,革新仅仅半年即告失败,他也为此被贬谪到蛮荒、瘴疠之乡永州,时年三十三岁。

本诗即作于谪居永州期间。诗中以烈雪寒江寂静、清冷的客观世界(也可说是艺术境界),衬托并象征诗人那种遗世独立、峻洁孤高甚至不带一点烟火气的主观世界(亦即人生境界)。

全诗紧扣题目"江雪"二字。前两句写雪,千山雪漫,触目皆白,既无鸟迹,更无人踪。一"绝"一"灭",把大自然中最常见的行人飞鸟景观,一笔抹去,这就使得客观世界冷清到了极点。后两句写江,着眼点却是凸显"孤舟蓑笠翁",这是全诗描绘的中心,在整个画面上居于主体地位。而一"孤"一"独",则是彰显其遗世独立、一尘不

[①] 柳宗元(773—819),字子厚。唐贞元年间进士。著名文学家、哲学家、政治家,"唐宋八大家"之一。与韩愈同为中唐古文运动的领导人物,并称"韩柳"。

染、卓尔不群的凄冷心境与高洁品格。

为了加深对本诗的理解,可以参阅诗人同一时空所作的另外两首诗——《渔翁》:"渔翁夜傍西岩宿,晓汲清湘燃楚竹。烟销日出不见人,欸乃一声山水绿。回看天际下中流,岩上无心云相逐。"《溪居》:"久为簪组累,幸此南夷谪。闲依农圃邻,偶似山林客。晓耕翻露草,夜榜响溪石。来往不逢人,长歌楚天碧。"通过书写与世俗的疏离和同自然的亲近,渲染一种桃花源般的情境,同时以"反话正说"的方式,发抒了对于朝廷与官场的怨怼情绪。三诗的共同特点,都是以幽冷寂静的客观环境,衬托诗人主观心境的寂寞、孤独,两相映照,"清峭已绝"(沈德潜语),富有"奇趣"(苏东坡语)。

诗人盛年贬谪蛮荒,壮志难酬,情怀抑郁,遂以山水景物作为发泄满腔闷气的突破口,抒怀寄慨。当然,也可以说,寄情山水,耗壮心,遣余年,徜徉其间,用审美的眼光和豁达的心态来看待政治上的失意,达到一种顺乎自然、宠辱皆忘的超然境界。

关于《江雪》一诗的意蕴、理趣,清人多有论列。持"诗人自寓说"者有之,王尧衢云:"置孤舟于千山万径之间,而以一老翁披蓑戴笠,兀坐于鸟不飞、人不行之际,真所谓寄蜉蝣于天地、渺沧海之一粟矣,何足为重轻哉?江寒而鱼伏,岂钓之可得?彼老翁独何为稳坐孤舟风雪中乎?世态寒凉,宦情孤冷,如钓寒江之鱼,终无所得。子厚以自寓也。"(《古唐诗合解》)徐增也说:"此乃子厚在贬所以自寓也。当此途穷日短,可以归矣,而犹依泊于此,岂非一官所系耶?一官无味,如钓寒江之鱼,终亦无所得而已矣。余岂效此渔翁哉!"(《而庵说唐诗》)持"待价而沽说"者亦有之。吴烶云:"千山万径,人鸟绝迹,则雪之深可知。然当此之时,乃有蓑笠孤舟、寒江独钓者出焉。噫!非若傲世之严光,则为待聘之吕尚(直钩钓鱼的姜子牙)。赋中有比,大堪讽咏。"(《唐诗选胜直解》)

窃以为,"自寓"犹可说也,即借寒江独钓的渔翁意象,来寄托孤高傲世的情怀；而"待沽"之说，恐失原意。要之，诗人身处凄苦的逆境之中，回思惨烈的革新败绩，心灵承受着巨大的痛楚，只有孤居索处，独自咀嚼着伤痛，把心里的煎熬埋藏在最深层，像鲁迅先生所说的，"总如野兽一样，受了伤，就回头钻入草莽，舐掉血迹，至多也不过呻吟几声的"；"我以为这境遇，是可怕的。我倒没有什么灰心，大抵休息一会，就仍然站起来"。

　　诗的格调是高亢而静穆的，尽管忧愤填膺，却不作"金刚怒目"状。如同作者在一篇文章中所说的："嘻笑之怒，甚于裂眦；长歌之哀，过于痛哭。庸讵知吾之浩浩，非戚戚之大者乎！"

见证时间

古树

徐凝[①]

古树欹斜临古道,枝不生花腹生草。
行人不见树少时,树见行人几番老。

诗人表述时间的流逝,忌讳直来直去,而是借助周边的事物、景色来加以衬托、渲染,比如"未觉池塘春草梦,阶前梧叶已秋声",这就是诗;反之,若是说"春天到秋天,过得也太快了",那就成了叙事文,甚至是大白话了。当然,即便是写文章,也应该像现代著名作家沈从文所说的:"要说明时间的存在,还得回头从事事物物去取证,从日月来去,到草木荣枯,从生命存在找证据。"

《世说新语》记载:"桓公(温)北征,经金城,见前为琅邪(见自己以前在琅琊任职)时种柳,皆已十围,慨然曰:'木犹如此,人何以堪!'攀枝执条,泫然流泪。"其实,也不只是桓大司马,面对"生意尽矣"的婆娑老树,由物及人,蓦然兴起岁月无情,英雄迟暮之感,从而怆然泪下者,正不知凡几也。

[①] 徐凝,唐元和年间进士,官至侍郎。有诗名。

徐凝此诗，同样是做老树的文章。从诗人描述的形态可知，这棵树可真是"盖有年矣"。你看它，倾欹歪斜在古道旁边，枝叶枯干，了无生气，粗大的树干已经刳空，里面竟然生长着杂草。诗人说过了老树，接下来又说老人，"树见行人几番老"。可是，他却避开"树犹如此，人何以堪"的熟路，不袭故常，另辟蹊径，走了一条全新的、未经人道语的新路。

诗中在描述过老树形态之后，便拈出两句耐人寻味、颇富哲思的话语：再老的树也有初生、年少之时，只是过往行人没有见到，或者没有注意到；可是，历尽沧桑的古树立在那里，却年复一年地看见人去人来，人少人老，人在人无。"几番老"，既指一个人由少壮而老迈，又指一代一代的人，轮番出生，轮番老去。

古道两旁长着形形色色的古树，这并非什么特异新奇的事物，许多人都曾遇见过，而且是反复多次。但是，能够平中见奇，发人所未发，从中挖掘出诗性智慧、人生感慨，却很少有人能够做到。徐凝以敏锐的眼光、独特的视角，发现了个中奥蕴。——通过个体的行人与积年的古树之间时序上的反差，感悟到、并能以极简练的文字表达出其中深刻的哲理：时间永恒而人生易老，哀吾生之须臾，羡宇宙之无穷。而从另一个角度，套用苏轼的说法："自其不变者而观之"，作为物的古树与代代相传的整体的人，则"物与我皆无尽也"。

空门之悟

蜂子投窗偈

神赞[①]

空门不肯出,投窗也太痴。
百年钻故纸,何日出头时。

　　佛学典籍记载:神赞禅师,幼年行脚,亲近百丈祖师开悟,后回受业本师处。一日,本师在窗下看经,有一蜂子投向纸窗,外撞求出。神赞见之,曰:"世界如许广阔,不肯出,钻他故纸驴年去!"并说偈曰云云。本师问曰:"汝出外行脚如许时间,遇到何人?学到些什么?有这么多话说!"神赞曰:"徒自叩别,在百丈会下,已蒙百丈和尚指个歇处。因念师父年老,今特回来欲报慈德耳。"本师于是告众,请神赞说法。这是诗的本事。
　　空门,一般用它代指佛门,因佛教阐扬空的道理,并以空法作为进入涅槃之门。这里说的是开着的房门,可以引申为由自心去求悟。
　　就蜂子不从空门飞出,却偏偏乱撞窗纸,结果频频碰壁的现象,可以阐释修行求道之理——如果只是死读经书,不从内心求悟,也就

---

　　① 神赞,唐代禅师。初于福州大中寺受业,后遇百丈怀海禅师,始开悟得法。

和蜂子乱钻窗纸一样,那就遥遥无期,难觅出头之日。佛禅认为,人的自性、自心至为广阔,能够包容一切,即心即佛,无须外求。

诗句形象鲜明,设喻准确,寓意深刻。它的开悟意义比较深广,比如用于读书治学、求知研理,都可以从中获得启发。

星云法师讲解这首诗时指出,它为我们揭示了两个世界:一个是向前的世界,一个是向后的世界。向前的世界虽然积极,向后的世界却也更加辽阔。我们唯有看清这两个世界,当向前时就向前,当向后时就向后,才真正拥有了世界。

心性触事而明

开悟诗

灵云志勤[①]

三十年来寻剑客,几回落叶又抽枝。
自从一见桃花后,直至如今更不疑。

这是一首非常著名的见道诗。关于诗的本事,大体是:灵云志勤初在湖南沩山学道,久未开悟,一日出行见桃花灼灼,因而悟道,平生疑处,一时消歇,遂有此作。

诗中形象地叙写了他求道、开悟的历程。诗僧说,三十年间,我像古籍中记载的寻觅神器干将、莫邪那样,一直扮演着"寻剑客"的角色,不知见过多少次"落叶"(秋)、"抽枝"(春),节序交替的情景了。直到有一天,蓦然见到桃花怒放,灼灼其华,佛性禅心,随缘而起,这才得以开悟,达到了所谓"直显心性,触事而明"的境界。这个时候,也只有这个时候,才真正感到像宝剑在握那种的实实在在,再毋庸置疑了。

禅悟是心性的感受,它并非哲学,并非思想、学术,也不是思辨的

[①] 灵云志勤禅师,约九世纪时在世,沩山灵祐禅师的弟子。

推理认识;而是个体的直觉体验,所谓"如鱼饮水,冷暖自知"。就是说,要靠日常行事来体现,由生命体验来提升。当代著名哲学家李泽厚先生指出,禅宗的"悟道","不离现实生活,可以在日常经验中,通过飞跃获'悟',所以,它是在感性自身中获得超越,既超越又不离感性。一方面,它不同于一般的感性,因为它已是一种获得精神超越的感性;另方面,它又不同于一般的精神超越,因为这种超越常常要求舍弃、脱离感性。禅宗不要求某种特定的幽静环境,或特定的仪式规矩去坐禅修炼,就是认为任何执着于外在事物去追求精神超越,反而不可能超越,远不如'无所住心'"。

佛学专家指出:历代高僧大德开悟的途径、开悟的契机,因人而异,千差万别。"有言下荐得,有从缘悟得,有读经明得。就中以从缘悟得,得力最大。因为从缘悟得,需要有长期的修行作基础,是量变到一定的程度而发生的质变,而且完全是无心而得。因此,一旦悟得便永不退失。"

比如,香严智闲禅师,锄田时偶然拾起一块瓦片,随手一掷,瓦片落到竹子上,发出声响,他遂从中悟道。还有,无尽藏比丘到各地遍参,回来后,在庭院中笑拈梅花,终于开悟。而灵云禅师则是目睹桃花盛开,即得悟道。他们开悟的契机差异很大,但有一点相同,就是长时间的修行为一朝开悟打下了底子。看似偶然,实有必然。这里揭示了平日积累与一时开悟的辩证关系,所谓"得之在俄顷,积之在平日"。

灵云禅师正是有了三十年的苦修基础,才能从花开花落、自然界盛衰更替中,领悟到世事变迁和色空、有无的关系:色即是空,空即是色。从而对过去所学得的"空非真空,空为妙有,色非实有,色为空无"的禅理,有了真切的理解。

诗中理趣、意蕴丰富,而且诗情浓郁,意象超拔,形象鲜明。

莫负韶光

金缕衣

无名氏

劝君莫惜金缕衣,劝君须惜少年时。
花开堪折直须折,莫待无花空折枝。

  这是一首流行于中唐时期的歌词,作者已不可考。歌女杜秋娘曾演唱过,有的选本遂把她题为作者,是不确的。金缕衣:古曲调名,一说指歌舞名,这里指金线织成的贵重衣服。
  诗的意蕴在于劝人莫辜负大好时光。《唐诗三百首》编者孙洙认为:"即圣贤惜阴之意,言近旨远。"就是说,它是着眼于说理的,但用的却是形象性的语言和艺术手法。开头两句,一否定,一肯定,直抵诗中主旨。奉劝各位不必珍惜那华贵的金缕衣,而应该珍视少年时代的金色年华。后两句,是以比兴手法,紧接前面话题,继续劝人珍爱生命,怜惜青春。如同鲜花盛开之时就应该撷取,不能等到叶落花飞,才去折撷空枝。
  诗的表现手法,颇具特点。清人陆昶在《历代名媛诗词》中评点:"(《金缕衣》)词气明爽,手口相应。其'莫惜''须惜''堪折''须折''空折',层层宕跌,读之不厌,可称能事。"当代学者周啸天也指出,此诗特色在于修辞的别致新颖。一般情况下,旧诗中比兴手法往往合一,用在诗的发端;而绝句往往先景语后情语。此诗一反常例,它赋中有兴,先赋后比,先情语后景语,殊属别致。"劝君莫惜金缕衣"一句是赋,而以物起情,又有兴的作用。诗的下联是比喻,也是对上句"须惜少年时"诗意的继续生发。不用"人生几何"式直截的感慨,用花(青春、欢爱的象征)来比喻少年好时光,用折花来比喻莫负大好青春,既形象又优美,因此远远大于"及时行乐"这一庸俗思想本身,创造出一个意象世界。

诗话沧桑

浪淘沙（二首选一）

皇甫松[①]

滩头细草接疏林,浪恶罾船半欲沉。
宿鹭眠鸥非旧浦,去年沙嘴是江心。

  开头两句写诗人所见:江岸滩头蒙茸的细草,遥接岸上一派淡淡的疏林,说明大水冲刷江岸非常厉害,也暗示这一带是新的沙地。而江中,水浑流急,风高浪恶,捕鱼的罾(用竹竿做支架的渔网)船,晃晃摇摇,时时有倾覆的危险。三、四两句,由眼前景物描述转为诗人的感慨——浦口沙头,乃水鸟栖息之所,可是,由于洪水暴涨,堤岸冲刷,江边已经发生了出乎臆想的惊人变化。这鸥眠鹭宿之地,根本不是往日的江滨,去年的沙嘴现在已经成了江心。当然,也可以反过来说,这沙嘴去年还在江心,今年却已经移到江边了。因为从协韵考虑,诗人有可能把"江嘴去年是江心"的"去年"移到了前面。
  诗中因小见大,由事入理,寄慨遥深,不胜今昔之感。妙处在于前三句全是形象描写,在读者面前摊开三张画面,直到末了一句,才

[①] 皇甫松,唐代诗人,擅竹枝小令,能自制新声。绝句有民歌风味,清新可喜。

作"画龙点睛"式的点染——通过沙嘴、江心的相互更迭、前后变化,揭示世事无常、沧桑变易的道理;却又是隐而不露,全无议论痕迹,手法着实高妙,称得上是"不着一字,尽得风流"。

明代诗人、剧作家汤显祖,以一颗易感的心灵,对此有一番动情的议论:"桑田沧海,一语破尽。红颜变为白发,美少年化为鸡皮老翁,感慨系之矣!"而伟大的革命导师恩格斯,更是从辨证法意义上,讲了两句十分警策的格言:"只有变化是不变的,只有不固定是固定的。"

种蒺藜者得刺

题兴化园亭

贾岛①

破却千家作一池,不栽桃李种蔷薇。
蔷薇花落秋风起,荆棘满亭君自知。

兴化园亭,为唐文宗时中书令裴度所建。一朝升迁,便大兴土木,劳民伤财,贾岛为诗以讥刺之。

诗中说,达官贵人为怡悦耳目于一时,不惜令千家荡产,凿池养花,却又不栽春华秋实的桃李,只种多刺的蔷薇,结果,秋风起处,花叶凋零,剩下了满亭棘刺。——这种后果,你这个园主是应该晓得的。所谓后果,也就是俗话说的:"种瓜得瓜,种豆得豆","种蒺藜者得刺",反映了事物间的因果关系。

诗人从家常语、眼前事中,提炼出嘲讽权贵、抨击聚敛、讥刺奢靡的重大题旨。而且,构思精妙,独具匠心,几乎每句里都有深刻寓意。"破却千家"句中反映了中唐时期"富者兼地万亩,贫者无容足之居"的社会现实。"不种桃李",虽属日常细事,却也看出豪门与平民的

---

① 贾岛(779—843),唐代诗人。初落拓为僧,后还俗,屡试进士不第。其诗喜写枯寂之境,多寒苦之辞。

心理殊异。民众在审美的同时，总会顾及实用，所以喜爱春华秋实的桃李，豪门贵族却没有这种观念。诗人聂夷中嘲讽那些公子哥："种花满西园，花发青楼道。花下一禾生，去之为恶草。"正以此也。

裴相爷园亭里种植蔷薇，也许只是兴之所至，诗人却抓住这个碴儿，演绎出深刻的题旨，表面是写秋后所呈现的园景，实则揭橥聚敛盘剥定要产生恶劣后果的道理。古籍《韩诗外传》中说，春种桃李者，夏得荫其下，秋得其实；春种蒺藜者，夏不可采其叶，秋得其刺。此诗摄取其深邃意蕴，自然贴切，蕴藉含蓄，讽喻之意溢于言表。

旧籍中记载：某官员《寄家书》七绝："南轩北牖又东扉，取次园林待我归。当路莫栽荆棘草，他年免挂子孙衣。"作者罗列家中的亭园楼舍，说各种条件都有了，就等待着他挂冠归里了。后两句，表述作者的深心：不栽带刺的各种杂草，免得日后挂破子孙的衣衫。可以引申为不要无端结怨，以免给子孙带来祸患。

两诗言近旨远，于浅淡中见深意，有异曲同工之妙。

爱菊一解

菊花

元稹①

秋丛绕舍似陶家,遍绕篱边日渐斜。
不是花中偏爱菊,此花开后更无花。

因为人们都知道,陶渊明是自古以来爱菊、赏菊、写菊的名家,所以,诗人一亮出"似陶家"三个字,便把读者带进一种浓烈的诗的氛围里。接下来,状写自己种菊、赏菊的实景,讲他怎样在屋舍周围栽种下丛丛菊花,如何每日里都是绕篱观赏,流连忘返,直到红日西斜,渲染其无限痴迷、全身心地投入的爱菊心理,这样就十分自然,而且更加引人入胜了。

铺陈、渲染的结果,是创造出一种悬念:陶渊明爱菊,是因为"秋菊有佳色";那么,你元稹爱菊,又是为了什么?读者就会猜想了:是因为菊花的丰神特异吧——"萧疏篱畔""淡浓神会风前影"?是因为形象迷人吧——"金钩挂月""攒花染出几痕霜"?全都不是。关于菊花的形象,诗人竟然一个字也没有涉及,简直是惜墨如金。最后

---

① 元稹(779—831),字微之。曾任监察御史、同中书门下平章事(宰相)。唐代著名诗人,为新乐府运动积极支持者,与白居易齐名。

却出人意外地、以否定的句式陡然一转，一语破的，写出了自己独特的爱菊理由，只缘于"此花开后更无花"。运思巧妙，别具一格，新颖自然，不落俗套。

中国古典诗歌常常借助物象咏怀喻志，如屈原的《橘颂》、骆宾王的《在狱咏蝉》、杜甫的《房兵曹胡马》，都是成功范例。元稹《菊花》一诗赞菊花高洁的操守、坚强的品格，与此同一机杼。但在写法上，又能创辟新途，不蹈前人窠臼。"此花开后更无花"，从审美的角度看，美好的事物，越是"惊鸿一瞥"，瞬将逝去，便越是招人怜爱，被人珍视；而就意蕴方面分析，诗人之独赏秋菊，着眼于它的超凡脱俗，自甘寥落，不逐荣华，历尽风霜而后凋的坚贞品格。此其一。其二，他能从人们说惯了的题材入手，发掘出不寻常的意蕴，见解新颖，卓尔不群。其三，以喃喃自语的述说方式，讲述爱菊缘由，却又一波三折，留下足够的想象空间，供读者咀嚼、臆想，从而增强其艺术魅力。其四，诗人爱菊，却不作正面描写，而是从侧面加以烘托，显现其优秀品格，同样意趣盎然。

千古悼亡绝唱

离思五首(选一)

元稹

曾经沧海难为水,除却巫山不是云。
取次花丛懒回顾,半缘修道半缘君。

　　本诗为悼念亡妻而作。元稹妻子韦丛美貌贤惠,夫妻感情深厚,但好景不长,彩云易散,结褵刚刚六载,韦丛即故去,年仅二十七岁,留下一个四岁的孩子,瞬息间,这个幸福的家庭就破碎了。寥寥四句,痛赋悼亡,取譬极高,抒尽哀伤、悼惜之情,实在是把人世间夫妻生死之恋的刻骨铭心写绝了。

　　开篇两句,用了"水""云"两种美丽而苍茫的意象,而且,都有深邃的人文内涵,有着古老的文化渊源。《孟子·尽心》篇"观于海者难为水",是首句的出处。意思是,对于水来说,沧海是至广至深、无以复加的,所以,经历过大海之后,一般的水也就不在话下了。次句中的"巫山",作为山脉名称,主要指四川盆地东部,湖北、重庆、湖南交界一带。而"巫山云""巫山神女"则源于古代神话传说。战国时宋玉《高唐赋·序》说,巫山的云为神女所化,茂如松榯,美似瑶姬。此后,"巫山神女"常用以比喻美女。与首句同样,都是强调事物的至上性、唯一性。意思是，巫山云为世间至美的形象，其他任何云彩都比不上。两句用来隐喻妻子的至美至善，同时，反映出他们夫妻之间的感情至深。

　　第三句接下来说，正由于夫妻关系是这样美好，因此，对其他女色绝无顾盼之意。对此，诗人予以形象化的展现，说自己草草地、仓促地（"取次"）走过花丛，总是懒于顾盼。第四句，承上进一步说明"懒回顾"的原因——尊佛奉道也好，正心修身也好，都不过是用以缓解、摆脱失去爱侣（"君"）的悲痛，求得感情上的寄托，所以，它和追念亡妻是一致的。

　　诗的艺术手法高超，用笔精妙。宋人李仲蒙有言："索物以托情，谓之比，情附物者也。触物以起情，谓之兴，物动情者也。"诗人运用比兴手法，叙写夫妻间的恩爱，表达他对于亡妻的忠贞不贰与怀念、悼惜之情。

　　理解本诗，应与元稹同时写的悼亡诗《遣悲怀》一起读，可说是异曲同工。前者笔力遒劲，语重千钧；后者由于是三首七律，容量较大，因而以情感细腻、心理刻画逼真见长。诗人像是同已故妻子面对面地娓娓话着家常，真情灼灼，尽倾积愫，纯然出自肺腑，至为亲切感人。其二云："昔日戏言身后事，今朝都到眼前来。衣裳已施行看尽，针线犹存未忍开。尚想旧情怜婢仆，也曾因梦送钱财。诚知此恨人人有，贫贱夫妻百事哀。"还有其三的后四句："同穴窅冥何所望？他生缘会更难期。惟将终夜长开眼，报答平生未展眉。"都是语浅情深，催人泪下，极具感染力，堪称千古绝唱。

美哉,"说项"

赠项斯

杨敬之[①]

几度见诗诗总好,及观标格过于诗。
平生不解藏人善,到处逢人说项斯。

从《唐诗纪事》中记载的:项斯"谒杨敬之,杨苦爱之,赠诗"云云,可知这首诗是直接写给项斯本人的。原来,项斯虽然文品、人品俱佳,但初始未为人知,经过杨敬之赠诗推荐,诗达长安,次年即擢上第。

诗人说:几次看到你的诗篇,总都觉得很好;待到同你本人实际接触,才发现你的品格、气度更要超过卓异的诗才。我这一辈子,从来不会隐藏别人的优点、长处,因此,我将尽力把你推介出去。"到处逢人"云云,是希望有更多的人都能赏识和器重这个尚未成名的青年才俊。"说项"这一成语典故,即源于此。

全诗语言朴实,感情真挚,反映出诗人从内心喜爱、欣赏发展到行动上出面推荐的完整过程,看了令人感动。

---

① 杨敬之,唐元和年间进士,爱赏文士诗文。

杨敬之当时为国子祭酒,是主管国子监或太学的教育行政长官,身份与地位是很高的。可贵之处在于,他既有怜才惜士之意,又具备识才的慧眼,特别是能够发现并热心拔擢尚未崭露头角的"潜人才",且又"到处逢人"为之推毂,大力揄扬,体现出正直无私、扬人之善的精神境界和古道热肠、奖掖后进的优良作风。

"平生不解藏人善",这是全诗的要领,集中地反映了诗人的高风亮节和超迈常人的襟怀识见。宜其流传百世,令后人赞赏不绝也。宋人曾由基就曾感慨系之地题诗称颂:"今古销沉几项斯,由来作者不祈知。看渠一片怜才意,合把黄金铸敬之。"竟要用黄金铸像,足见其仰慕之深、崇拜之极!

清人于源在《灯窗琐话》中评曰:"赠人之诗,有因其人之姓借用古人,时出巧思;若直呼其姓名,似径直无味矣。不知唐人诗有因此而入妙者,如'桃花潭水深千尺,不及汪伦送我情''旧人惟有何戡在,更与殷勤唱渭城''平生不解藏人善,到处逢人说项斯',皆脍炙人口。"

动人春色不须多

蜀葵

陈标[①]

眼前无奈蜀葵何,浅紫深红数百窠。
能共牡丹争几许,得人嫌处只缘多。

　　蜀葵,亦称一丈红、大蜀季、戎葵。《花镜》上说:"蜀葵,阳草也……来自西蜀。今皆有之。"它的花其实是很有魅力的。我就曾看到过一篇文章,对它深情赞许:"当枝梢的花颜色绝佳时,枝干的花已容颜疲惫。花株之间,接力赛一般,密匝匝开满一路。它不惧目光,毫无收敛,安安静静开满自己的花,愿意在哪落脚,就在哪生长下去,高兴开成什么颜色,就开成什么颜色。这份肆无忌惮绽放的勇气,让人不注意都不行。"

　　可是,在一千多年前,晚唐诗人陈标却说,蜀葵开起花来,浅紫深红,足足有几百窠,多得让人无奈;本来,它是可以和牡丹相比美的,只是因为开得太多,反而倒令人讨嫌了。我想,在这里,诗人不过是抓住喻体的某一侧面来表达一种审美观点,所谓咏物寄兴,至于喻体

[①] 陈标,唐长庆年间进士。《全唐诗》存诗十二首。

整体如何评价,往往不在思考之列。即以牡丹而论,陈标予以赞扬,可是,不也有人说:"堪笑牡丹如斗大,不成一事又空枝"吗?诗人不同于科学家,此为一显例。

　　就本诗的审美取向来说,还是切理餍心,令人服膺的。诗人的看法建立在两个美学基点上:其一,人情之常,"物以少者为贵,多者为贱"(语出《抱朴子》)。白居易在《白牡丹》诗中作了同样的表述:"唐昌玉蕊花,攀玩众所争。折来比颜色,一树如瑶琼。彼因稀见贵,此以多为轻。"王安石咏石榴花,也有"浓绿万枝红一点,动人春色不须多"之句。其二,过犹不及。中国艺术传统在审美方面,特别讲究含蓄、适度,有余不尽,不到顶点;强调"象外之旨""弦外之音""言外之意"。其中奥秘,在于以不全求全,以少少许胜多多许,给观众和读者留下更多的想象余地。唐人张彦远说:"夫画物,特忌形象彩章历历具足,甚谨甚细,而外露巧密。所以,不患不了,而患于了。"后人把这种"了"与"不了"的辩证法奉为绘事秘宝。白石老人画虾,寥寥数笔,不是纤细无遗地将大虾腹下的节足一一描出。从外表上看,似乎形体不全,朦胧不显,可是,虾的动态、虾的神韵,却栩栩如生地展现出来。

净扫山云

讽山云

施肩吾[①]

闲云生叶不生根,常被重重蔽石门。
赖有风帘能扫荡,满山晴日照乾坤。

题目中"山云"前面冠个"讽"字,顾名思义,就是要拿它来做靶子说事的。

悠悠荡荡,滚滚腾腾,浮游聚散,有叶无根。说的是"闲云",实际上是剑指那些混淆真相、无事生非的闲云一般的流言蜚语,说得天花乱坠,却是全无根柢的;这里的"闲云",也可以理解为搬弄是非,造谣生事的奸邪小人。

奸邪之人惯于兴风作浪,就像叠叠重重的山云那样,动辄把石门给掩蔽起来。"常被重重掩(蔽)石门",应为"石门常被重重掩",为协韵起见,这里设置一个倒装句式。说的是,尽管流言无根,但常常也能肆虐于一时,由于邪谗得势,正当的言路往往为之蔽塞,遭致遮掩。

[①] 施肩吾,唐元和年间进士,后隐居洪州西山,世称华阳真人。

那么,最终的结局呢？多亏"大风起兮云飞扬",什么"闲云"呀、"山云"呀,统统被刮得一干二净,眼前现出满山晴日,朗照乾坤。诗中表达了彻底铲除害贤妒能、蒙蔽视听的奸人的深切期望和谗言终会被揭穿、是非真相总能得以廓清的坚定信念。

走笔至此,记起了初唐时期的诗人郭震,他也写过一首讥刺浮云的七绝:"聚散虚空去复还,野人闲处倚筇看。不知身是无根物,蔽月遮星作万端。"两首诗在意蕴与写法上大体一致:

一是,都是从浮云的特性写起,虚空聚散,浮荡无根,幻化出各种各样的形状,蓄意造作事端,直至遮星蔽月,拥掩石门。

二是,都是运用咏物的形式、拟人的手法,感物而发,由物及人。借助讥刺浮云,痛斥那类惯于搬弄是非、推波鼓浪的奸邪之徒。在这种比兴方法中,本体是直接描写的事物,喻体是本体所比附、诗人所寄寓的事物,是对本体特征的有效的、形象的修饰;但其意义却往往不在本体自身,而是体现在喻体之中。喻体与本体,两相对应,并具有可比性。

三是,妙还妙在,二诗遥相应对。一个说:"野人闲处倚筇看",看什么？等着看浮云的最终下场。另一个应声作答:"赖有风帘能扫荡,满山晴日照乾坤。"十分有趣。

立乎其大

姚秀才爱予小剑因赠

刘叉[①]

一条古时水,向我手心流。
临行泻赠君,勿薄细碎仇。

诗的表现手法,堪称绝妙。通篇都是以水比剑,诗人本来是手托着一把古老的宝剑,却说成一条古时候的秋水向着我的手心流淌;本来是临行时脱手相赠,却说成"泻赠",仿佛由诗人手上流泻到朋友掌中。一个"流"字与一个"泻"字,使得原来处于静态中的事物获得了一种奇妙的动感。这种写法,较之平铺直叙多了一层曲折。艺术表现上,别开生面,颇为形象,更体现诗性,饶有情趣。

同样是五绝,同样是向友人赠剑,孟浩然《送朱大入秦》:"游人五陵去,宝剑值千金;分手脱相赠,平生一片心。"就显得平淡、直白了。两诗的"压舱石",都放在最后一句,而侧重点不一样。孟诗着眼于友情相重,千金宝剑,分手脱赠,彰显其疏财重义的慷慨、豪爽之风。而刘诗侧重于最后的郑重嘱咐:"勿薄细碎仇。""薄",迫近之

[①] 刘叉,唐代诗人。少任侠,因酒杀人,赦出后折节读书,能为歌诗。

意。说，要立乎其大，不应为了细碎的私仇微怨而仗剑泄愤，言下之意是要用它去建立奇功伟业。

白居易在《李都尉古剑》诗中写道："愿快直士心，将断佞臣头。不愿报小怨，夜半刺私仇。劝君慎所用，无作神兵羞。"而与刘叉大约同时代的张祜，在《书愤》五绝中，亦有"平生莫邪剑，不报小人仇"之句，其意蕴与白、刘二诗大体相似。

四首诗，都是说剑，都是五言，都是通过简短的文字，把诗人心中各自的复杂情绪，侠义、刚烈的个性和灼灼真情，鲜明地表现出来。就奇妙的构思和警辟的比喻来说，应该说，刘叉的诗更有特色。

刘叉还有一首题为《冰柱》的篇幅很长的古诗，描绘了冰柱的奇丽景色。一夜大雪之后，房檐间的冰柱垂挂下来，大大小小，高高低低，"始疑玉龙下界来人世，齐向茅檐布爪牙"，尤显奇谲奔放，大气磅礴。就连眼空四海、横绝一世的东坡居士也要说："老病自嗟诗力退，寒吟《冰柱》忆刘叉。"

"雨露翻相误"

长门怨

刘得仁[①]

争得一人闻此怨,长门深夜有妍姝。
早知雨露翻相误,只插荆钗嫁匹夫。

"长门",这是一个古老的话题。原本是一座宫殿的名字,后因得宠于汉武帝的陈皇后失宠,退居长门宫,便与愁闷悲怨挂上了钩。诗题《长门怨》,源出司马相如《长门赋》,这里属于借用。

诗中以失宠后妃的口吻,说:怎样才能使皇帝听到我的这种愁思怨语,晓得在深夜的长门宫中还有一个身陷苦痛深渊的失宠女子呢?咳!原本是想沾濡圣上雨露,入宫邀宠,结果,却落到这种可悲的境地。早知如此,当初真不如荆钗布裙(贫家女性的装束),嫁给一个普通的农夫了!

通篇贯穿着警策的悔悟,核心在"雨露翻(反)相误"一语。这里的"雨露",特指皇帝的恩泽。白居易有一首《后宫词》:"雨露由来一点恩,争(怎)能遍布及千门。三千宫女胭脂面,几个春来无泪痕。"

[①] 刘得仁(800?—859?),唐代诗人。傲骨嶙峋,苦战科场三十年,终未得中进士。

诗人所感叹的,正在于此。

其实,何止宫廷中幽居的怨女弃妇,普通社会人群中,这种"雨露翻相误"的悲剧也不在少数。即便是刘得仁自己,肯定也会从久困科场、蹭蹬终生的痛苦遭际中有所悔悟。试看他的《省试日上崔侍郎》:"如病如痴三十秋,求名难得又难休。回看骨肉须堪耻,一著麻衣便白头。"表达了功名难得、终生自误的愧悔之情。也许正是在无穷的悔恨之中,他把汉代久闭长门宫的陈阿娇,引为"命运的共同体"。"在这种'人与我'的双重对象化吟咏中,可以感到他的悔悟之情,恨憾当年的书生意气的自负,换来的竟是这样的结果"。(当代学者王向峰语)

说到"雨露翻相误",清代还有一个典型的事例。康熙皇帝对于著名词人纳兰性德非常赏识,特别信任,以其出身于勋戚之家,又有超人的姿质、盖世的才华,一照面便对他倍垂青盼,把他留在自己身旁,视同心腹,擢为侍卫。而且,一任就是十年,直至公子病逝。对一般人来说,有幸成为天子宠臣,目睹龙颜之近,时亲天语之温,真是无比荣耀,无尚尊贵,求之不得。可是,纳兰公子却大大不以为然。他十分清楚这种职务的实质:努尔哈赤崛起之初,大汗的侍卫由其家丁或奴仆充任,担负保安、警卫事务;后来虽然改由宗室、勋戚子弟担任,但其性质仍是司隶般的听差,在皇帝左右随时听候调遣,直接供皇帝驱使,具体负责宫廷宿卫,随驾扈从。在纳兰心目中,当侍卫,入禁庭,实无异于囚禁雕笼,陷身网罟。而他自幼就胸怀大志,想要干出一番惊人事业,因而痛苦异常,整天悒郁寡欢。那么,他为何不主动请辞呢?这就和"雨露翻相误"扣得紧了。由于圣上垂顾,"天恩"荫覆,势难推却(其实他也不敢推却),最终酿成一场英年早逝的悲剧。

白发说公亦不公

送隐者一绝

杜牧[①]

无媒径路草萧萧,自古云林远市朝。
公道世间惟白发,贵人头上不曾饶。

  前两句从隐者的居住环境与生活境遇着墨,说由于没有人汲引,只好遁迹云林,远离追名逐利、争权夺势的市场、官场,结果门庭冷落,径路上杂草丛生,一色荒凉、寂寞。表达了诗人同情隐者和慨叹世情的鲜明态度。诗人充分理解也十分认同隐者的胸襟怀抱,彼此灵犀相通,命运与共,对人世、对社会有着相同的见解。正是在此基础上,才引申出后两句议论,也可以说是发自内心的不平之鸣。
  三、四两句,慨乎其言。诗人说,人世间根本就不存在公道,如果硬要去寻找的话,那就只有头上的白发了——到了老年,任何人都要生长白发(可以扩展为生老病死),贩夫走卒也好,王侯将相也好,谁都没有例外。这里的关键,也可以说是机锋,是这个"惟(唯)"字。唯独、唯一,独此一样,别无其他。就是说,除了白发,人间万事万物,

---

[①] 杜牧(803—853),晚唐著名诗人。太和年间进士,历任监察御史、黄州、池州、睦州刺史,终为中书舍人。以济世之才自负,诗文中多指陈时政之作。

再没有任何公道可言了。含蓄蕴藉,却冷峻而痛彻。对于社会的不合理、人世的不公正,诗人作了深刻的揭露和有力的批判,无异于对当时整个社会现实的无情鞭挞。

不过,即便如此,此论一出,仍然招来后世许多诗人的批驳,声言"此身自断天休问,白发年来渐不公"者有之,哀叹"白发不公欺老我,偏于闲处引风霜"者有之,倾诉"近来白发无公道,偏向愁人顶上生"者亦有之。其中最卖力气的,要算明代的丘濬了,《感事》诗云:"白发年来也不公,春风亦与世情同。而今燕子如蝴蝶,不入寻常矮屋中。"不仅批驳了杜牧,由于罗邺、刘禹锡诗中有"唯有春风不世情"和"旧时王谢堂前燕,飞入寻常百姓家"之句,便连带着他们也来个"挂角一将"。其实,那些唱反调的,诸如上引诗句的作者苏东坡、郑清之、王威宁,也包括这位丘琼山,他们并不是同杜牧有什么过不去,只是因为所处社会现实根本没有公道可言,于是,便牢骚万端,不能不迁怒于前代诗人了。

生命潜消的感慨

汴河阻冻

杜牧

千里长河初冻时,玉珂瑶珮响参差。
浮生恰似冰底水,日夜东流人不知。

唐宣宗大中二年秋,时任睦州刺史的杜牧,远赴京师长安担任从六品的司勋员外郎,所谓"七年弃逐,再复官荣"。冬月,他从偏远的浙西赶到了豫东宋州宁陵一带,路过汴河(即隋炀帝时开凿的通济渠),正值河水初冻,舟楫不通,行程受阻。在那冰凌重叠的河道上,由于冰块挤压、冰水相击,传出一种参差作响的"叮咚"声,如振玉珂,如鸣珮环。见此情景,诗人忘记了旅途的劳顿和行程的阻塞,一时百感中来,诗兴勃发,口占了这首七绝。

诗的前两句,是眼前景况的实写。后两句由景入情,抒发感慨。诗人想到自己,多年来,一直出守在外,黄州、池州、睦州;那无影无形的锦样年华,不知不觉间飞速地溜走了,转眼间已经四十六岁了;宛如冰下流淌的汴河水一样,每时每刻,都在悄没声地滚滚东流,实在是令人惊悚。

现代著名学者顾随激赏此诗,许之以"有分量,沉重"。那么,我们又如何理解这个"有分量,沉重"呢?

原来,这里说的是时间。从古代开始,时间便是一个充满哲思,却又难于索解的话题。奥古斯丁关于时间有个经典的说法:"假如没有人问我,我知道;当有人问我而我应该向他说清楚的时候,我反而不知道了。"中国古代哲人显得更加聪明,他们避开做结论、下定义的表述方法,而是通过比兴、借喻来加以描述:(孔)子在川上曰:"逝者如斯夫,不舍昼夜。"老夫子从形态上,说明时光似水,永不间歇地流逝。庄子则把时光比作日影,着眼于它的飞速,说:"人生天地之间,若白驹之过郤(通"隙",缝隙),忽然而已。"白驹,原指少壮的小白马,后借喻为日影。到了现代,散文家朱自清紧贴着生活实际来写岁月的"匆匆":"于是——洗手的时候,日子从水盆里过去;吃饭的时候,日子从饭碗里过去;默默时,便从凝然的双眼前过去。我觉察他去的匆匆了,伸出手遮挽时,他又从遮挽着的手边过去,天黑时,我躺在床上,他便伶伶俐俐地从我身上跨过,从我脚边飞去了。"而杜牧则是以诗的形式,至为凝练地刻画了时光的潜消暗逝——人之内在的细微变化,外表上往往显现不出来,不知不觉中就由少而老、由壮而衰了;恰如冰底之水悄悄流淌。这里的潜台词是:人不知者,我独知也。说来既有分量,又感心情沉重。

仁者之言

赠猎骑

杜牧

已落双雕血尚新,鸣鞭走马又翻身。
凭君莫射南来雁,恐有家书寄远人。

　　双雕原本在天空中自在翱翔,可是,射猎者为了满足口腹之欲,硬是鲜血淋漓地把它们射杀了。这还不止,眼看他再次翻身走马,转过身来,准备再觅空中新的猎物。这时,诗人忍不住发话了:请你("凭君")手下留情吧,再不要这么射下去了。那南来的鸿雁,说不定就带着寄给远方亲人的书信啊!

　　情辞恳挚、激切,感人肺腑。这里含蕴着深沉的护生观念与恻隐之心,以及佛禅所提倡的众生平等思想。用我们今天的话语来表达,就是环境保护、生态平衡意识。其实,与其说保护自然生态,莫如说保护人类自身。人类号称"万物之灵",实际上是相当脆弱的。如果脱离开身旁的植物、动物、空气、土壤和水这个"生物圈""生命链",单靠人类自身,根本无法存活下去,遑论发展!

　　应该说,这种护生观念与恻隐之心,属于善良人性超越时空的共有因子。记忆中,苏俄当代著名作家阿斯塔菲耶夫有一篇《羽毛留下的思念》的短文:"雪,融化了,湿漉漉的。玻璃窗上残留着一片羽毛。鸟羽揉皱了,没有光泽,无精打采,令人心痛。可能是一只小鸟儿夜里用喙啄我的窗户,哀求我给它些温暖,而我这个人听力不济,没有发现,因此没有把它放进屋里来。于是,这片洁白的羽毛就贴在了玻璃窗上,像是在责怪我。后来,阳光晒干了玻璃,小鸟的羽毛不知飘落到何处去了。可是,却给我留下了痛苦的思念。也许,这只雏儿终于没有找到栖身之处,没有活到春暖花开的日子。我心中有一种莫名的忧伤。无疑,是这片小小的羽毛飞进了我的胸中,粘在了我的心上。"

而在中华优秀文化传统中,无论是儒家还是道家,孔孟也好,老庄也好,都积极倡导天人合一、物我一体,尊重自然,保护自然,许多有识之士,包括那些视野开阔、具有远见卓识的诗人,留下了大量宝贵的诗文。我手头就有一幅弘一法师书写的条幅:"我肉众生肉,名殊体不殊,原同一种性,只是别形躯。苦恼从他受,甘肥为我须(需),莫教阎老断,自揣应何如。"这是宋代诗人黄山谷的《戒杀诗》。与此相近,苏东坡讲得就更实在了:"口腹贪饕岂有穷,咽喉一过总成空。何如惜福留余地,养得清虚乐在中。"

本来讲过了护生观念,这首七绝也就完成使命了。但诗人杜牧并未就此停笔,这样,又有了"恐有家书寄远人"的牵挂。在环保意识之外,又增添了亲情、乡情、友情的意蕴。特别是在古代,关山阻隔,交通不便,一轮明月,两行归雁,几枝折柳,甚至数缕炊烟,都联结着万种离思、千般挂念,而"驿寄梅花,鱼传尺素",尤其是系于雁足的"上言加餐食,下言长相忆"的书信,就确确实实"抵万金"了。诗人的这一请托,或曰警示,无疑更进一步深化了保护自然生态的意蕴。

明心见志

瀑布联句

香严智闲禅师　李忱[①]

千岩万壑不辞劳,远看方知出处高。
溪涧岂能留得住,终归大海作波涛。

　　有关史籍记载,李忱早年为光王时,受到文宗、武宗的欺侮,为避祸而假装痴呆,流落民间,曾在庐山拜香严智闲禅师为师。

　　这天,两人闲游,见一瀑布,飞流直下,智闲禅师即景吟诗两句,说:"我得此一联,而下韵不接。"李忱会意,说:"当为续成之。"遂吟出后面二句,智闲听了点了点头。其后,武宗病逝,李忱承继大统,则其夙志已先见于此诗矣。

　　诗句中,智闲禅师对于李忱寄寓着深切的期望。首句通过叙述涓涓细流形成瀑布的曲折过程,借喻李忱不辞劳苦,不避艰难,励志笃行,积蓄实力;次句状写瀑布的居高临下,气象非凡。"远看方知出处高",一语双关,从瀑布说到人,隐含着李忱的"龙潜于渊"的身世、处境,以及对他的深重寄托。李忱诗句中的"留不住""归大海"

[①] 香严智闲禅师,晚唐名僧。性格严谨,言语简洁,聪敏过人。李忱(810—859),即唐宣宗。

"作波涛"云云,都是宣示他的迥异寻常的宏伟抱负,寄寓其蓄势待发、行将大有作为的勃勃雄心。

本诗饱含着丰富的哲思理蕴,我们可以从中领悟到多方面的教益:一是"艰难困苦,玉汝于成",不经磨难,难成大业;二是艰难曲折的生活阅历与生命体验,最能磨炼坚强意志、锻铸非凡品格;三是有为者一定要怀瑾握瑜,志存高远,"弃燕雀之小志,慕鸿鹄以高翔"。

南怀瑾先生说过,皇帝有两种,一种是职业皇帝,天生就是当皇帝,"生于深宫之中,长于妇人之手",是由宫女、太监培养大的;再一种起自民间,从小吃过苦头,了解民间疾苦,他们往往有作为,体恤民情。可以说,凡是政治清明的时代,领导人都起自民间,从社会底层上来的。验之以李忱,《资治通鉴》赞其"明察沉断,用法无私,从谏如流,重惜官赏,恭谨节俭,惠爱民物"。《旧唐书·本纪》中,也说他"器识深远,久历艰难,备知民间疾苦"。

所谓"联句",是指两人(也可以是多人)共作一诗,依次出句,连缀而成,本诗就是这样。一般情况下,很容易呈现堆砌凑泊、敷衍成篇的现象。而本诗却显得章法谨严,丝丝入扣,妙合天成。诗中先写涓涓细流形成瀑布的曲折过程;次写瀑布的气象不凡,立身高远;第三句返回溪涧,以照应首句,并为尾句进行铺垫,这在诗情上构成一个小小的回旋;尾句一锤定音,铿锵有力。全诗通过状写瀑布发生、发展的完整过程,塑造一个胸怀大志、刚健有为的人物形象。其方法是拟人化,赋予无生命之瀑布以鲜活跃动的人的个性、品格,句句都是说瀑布,却又句句彰显出人的思想、个性、修为,形象生动,富有情思理趣,在古代咏物诗以及联句诗中,堪称难得的上品。

泪洒孤坟

蔡中郎坟

温庭筠①

古坟零落野花春,闻说中郎有后身。
今日爱才非昔日,莫抛心力作词人!

诗人吊古伤今,慨叹生不逢时,怀才不遇,借题发挥,情见乎辞。

蔡中郎,东汉末年著名文学家蔡邕,曾官左中郎将。死后葬在毗陵(今江苏省常州市)尚宜乡。诗人首先从蔡中郎的坟说起。中经数百年的沧桑,现今孤坟零落,野花丛生。次句自然地转到墓主。古人迷信说法,人死后能够转世投胎,寻找后身,传说东汉文学家张衡的后身是蔡邕,因为他辞世之日,恰巧是蔡母怀孕之时。这里却荡开一笔,不说中郎是后身,而说他也有后身了。第三句为上下文之枢纽,像拉扯线团似的,从"有后身",连带着拽出"今日",并就此生发开去,彰显全诗的主旨——现在已经不像过去那样爱惜人才了。

史载,蔡邕曾经赏识王粲,欲以所藏典籍赠之。诗人哀叹自己不为人知,感伤今日再无识才、爱才如蔡邕者。因此说,即便是蔡中郎

---

① 温庭筠(812? —870?),屡试进士不第。晚唐重要诗人、词人。

也有后身,那么,这个后身可千万不要"枉抛心力作词人"了。尾句感伤无尽,寄慨遥深。

  诗人创作,往往不拘泥于具体史实,不过是借题说事,重在发挥一己的见解。蔡邕何尝生当爱才惜士之日,东汉末年,社会政治腐朽黑暗,他因上书议政,横遭诬陷,流放朔方,后又亡命江湖,最终死于狱中,下场十分凄惨。而温庭筠却说今非昔比,意在阐明晚唐比东汉末年还要糟糕,还要黑暗。其心中之悲凉、愤懑与绝望,确是无以复加了。

  当代学者王达津、萧占鹏指出,温庭筠喜欢借古讽今,除了这一首,还有七律《过陈琳墓》,同样是抒发他怀才不遇的感慨的。中有"词客有灵应识我,霸才无主始怜君"之句。上句讲,陈琳有灵一定会认识我,成为异代相知;下句讲,陈琳是霸才,而有曹操做他的主人,就不需要怜悯了。言外之意是自己虽有称霸的文才,却没有可依托的主人。两首诗写法虽不同,用意却一致,都是通过今古对比,讽刺当今不用人才,思想感情十分沉郁哀痛。

人间重晚晴

乐游原

李商隐[①]

向晚意不适,驱车登古原。
夕阳无限好,只是近黄昏。

乐游原,在长安东南,地势高敞,可俯瞰全城,创建于汉宣帝时,后来成为一处游观胜地。唐代诗人在这里留下了数十首脍炙人口的绝句,就中以李商隐的这一首传播最广,享誉最高。全诗语言明白如话,毫无雕饰,节奏明快;且感喟深沉,意蕴丰富,具有很高的美学价值。

诗的前两句,点明登上古原的时间与起因。诗人说,傍晚时分,心情悒郁,为着消烦解闷,驾着车子登上这地势高爽的古原来眺望风景。后两句接着写登临所见,以及所思所感。面对夕晖朗照,余霞散绮,烈焰升腾,气象万千的美好景观,诗人自是感喟无限,最后拈出"只是"二字,笔锋一转,进入深沉的感伤之中。说是:夕阳下的景色无限美好,只可惜为时短暂,已近黄昏,因而,应须珍惜眼前光景,在

[①] 李商隐(813—858),号玉谿生。唐开成年间进士。因受"牛李党争"影响,终身潦倒。晚唐重要诗人,擅长律、绝,富于文采。其诗善用比兴,华美精工,想象丰富。

丝丝怅惋中表达了对美好晚景的深情眷恋。

诗人在另一首七言绝句中写道："万树鸣蝉隔断虹,乐游原上有西风。羲和自趁虞泉（渊）宿,不放斜阳更向东。"同样发抒了对时光流逝、胜景无常的感慨。当然,从更深意蕴上解析,这不仅仅是针对夕阳西下的自然景象,也是对自己、对人生、对家国、对时代所发出的感叹。清代学者纪昀评论说："百感苍茫,一时交集,谓之怨身世可,谓之忧时事亦可。"

而当代著名学者周汝昌则认为,此诗久被前人误解,他们把"只是"解成了后世的"只不过""但是"之义,以为玉谿生是感伤哀叹好景无多,是一种"没落消极的心境的反映"。殊不知,古代"只是",原无此义,它本来写作"祗是",意即"止是""仅是",因而乃有"就是""正是"之意。比如,李商隐自己在《锦瑟》篇中写道："此情可待（义即何待）成追忆,只是当时已惘然!"其意正谓:就是（正是）在那当时之下,已然是怅惘难名了。周先生在论述中,还征引诗人"天意怜幽草,人间重晚晴"之句,说明"此二语乃玉谿生一生心境之写照"。

借桃抒愤

嘲桃

李商隐

无赖夭桃面,平明露井东。
春风为开了,却拟笑春风。

题目中一个"嘲"字,为全诗定下了调子。桃之夭夭,灼灼其华,本来是非常美丽、令人愉悦的。可是,诗人却兜头罩上了"无赖"二字,立刻就把桃花拟人化,赋予它以品性,令人感到讨厌了。接下来说,在天大亮的时候,它在露井东边肆意地开放。露井,上无遮蔽,更有利于接受暖风时雨的滋润。这些描写,是铺垫,是造势。真正要说的话还在下面:它本来是依靠温煦的春风吹拂才开出绚丽花朵的,谁曾料,却反转过来要嘲笑春风了。"笑"是一篇诗眼,属于画龙点睛之笔,也是给"嘲"和"无赖"作注脚。

读后,人们会立刻想到,诗人落笔如此尖刻,肯定是有所寄托,亦即意在讥刺那类得意后忘情负义的小人的。至于诗人所讥刺者为谁,由于不了解诗的本事、背景,就无从索解了。

五代时的孙光宪在《北梦琐言》中记载:重阳节这天,李商隐前往令狐绹府邸拜访,适值主人外出。此前,李商隐已曾多次向身居高

唐五代 | 235

位的令狐绹陈诉旧情,希望得到提携,都遭到对方冷遇。感慨之余,遂题写一首七律,书写在客厅里,中有"十年泉下无消息(追忆令狐楚),九日樽前有所思""郎君(指令狐绹)官贵施行马,东阁无因再得窥"之句,委婉地发抒了心中的怨望情绪,令狐"相国睹之,惭怅而已,乃扃闭此厅,终身不处也"。

据此,有的论者认为,《嘲桃》亦是剑指令狐绹。李商隐青年时期,曾经得到令狐绹之父令狐楚的赏识,并接纳为幕僚。尔后,又由令狐绹帮助,得中进士。"牛李党争"中,令狐父子属于"牛党"。但在令狐楚去世后,李商隐成为泾原节度使王茂元的幕僚,并成为上门女婿,而王被视为"李党"成员。李商隐原本无意参与党争,设想保持中立,结果是两边都不讨好。由此,遭致令狐绹的鄙视,目之为无义之徒。李商隐虽然有意剖辩,包括奉上许多诗,希望顾念旧情,获得理解,但令狐绹终不理睬,因而有"郎君官贵施行马,东阁无因再得窥"之句。

耿耿赤诚寄后昆

初食笋呈座中

李商隐

嫩箨香苞初出林，於陵论价重如金。
皇都陆海应无数，忍剪凌云一寸心？

竹子生长很快，嫩笋常常一夜就从地面上蹿出很高。诗人怀有浓烈的怜才惜士之情，特别是对于青年人才更是加倍爱惜，适值筵席上有新钻出地面即被采摘佐餐的鲜嫩竹笋，有动于中，感发兴起，遂即席向在座朋友献上这首七绝。

首句，嫩箨为竹笋外层一片一片的皮，也就是笋壳；香苞，壳中笋心，状如花苞。诗人以竹笋初出喻指广大有才识的年轻人崭露头角，意在劝喻为政者不要扼杀发展中的有用之材。

次句，学界有两种解释：一者认为，诗人说的是，於陵（今属山东淄博）这个地方，竹笋稀缺，更显贵重，所以论价如金。另者认为，因为战国时齐国贤士陈仲子隐居于此，称"於陵仲子"，因而它是喻指古代贤士，同时也隐喻诗人自己。如果属于前者，那应是诗人在崔戎幕中（地在兖海）所作，而本诗为早期京中作品，因而可以断定："於陵"一词应是指称陈仲子。

后两句是说，京城陆海珍膳，应有尽有，难道你们就忍心剪掉"於陵仲子"一般的稀缺品味、这志在凌云的小小笋心？竹笋能很快成长为高高的翠竹，因而诗中以径寸竹笋之心关合青少年的凌云壮志。清初朱鹤龄注本，认为"皇都陆海"是指具体地点，引《汉书》："秦地有鄠、杜竹林，南山檀、柘，号陆海。"但学界多认为，从前后语气看，其说似是而非。

寻常一饭情犹注，耿耿赤诚爱后昆。诗人因物寄兴，从食笋这件生活小事出发，通过"初出林""重如金"的烘托、比较，书写其珍惜美好事物、爱护初露头角的拔尖人才的拳拳之心。艺术手法高妙，充满了理蕴，却不露形迹，颇得哲理诗之真髓。

一篇精彩的史论

题汉祖庙

李商隐

乘运应须宅八荒,男儿安在恋池隍。
君王自起新丰后,项羽何曾在故乡!

汉高祖庙,在江苏沛县东泗水亭中。诗题曰《汉祖庙》,实际上是就刘邦与项羽关于故乡问题的不同观点与做法,作出卓有见地的分析与评判。

刘邦建都长安后,随往的老父日夜思恋故乡沛县丰邑,于是,刘邦便仿照丰邑的样式,在长安附近找块地方另建街坊,并将丰邑经营饮食服务业的商贩们迁徙过来,取名新丰。西楚霸王项羽故乡在今江苏宿迁县西。攻进咸阳后,项羽火烧阿房宫,见秦宫室已失去利用价值,同时又心怀故里,亟欲东归,说:"富贵不归故乡,如衣绣夜行,谁知之者!"结果率众东归,建都彭城(今江苏徐州),从而在战略上造成了重大失误,给政敌刘邦占据关中、夺取全国,提供了便利条件。

诗的前两句,就是针对项羽的这番举措讲的。说他应该胸襟宽广,志在四方,因时乘势,统一全国。"宅八荒",意为以天下为家,志在寰宇,而不该眷恋故乡的城池。后两句,把刘邦、项羽不同的观念、目光、志趣、举措加以对比：有"宅八荒"之志的刘邦，在完成了统一大业之后，可以按照自己的意愿，另建与家乡一样的新丰；而"恋池隍"的项羽，到头来兵败身亡，又何尝能在故乡"昼行衣锦"、夸耀富贵呢！

这是一首优秀的咏史诗，也可以看作是一篇简明精要的史论。前两句是论点，后两句是论据。所见者高明，所论者深刻；而且，论点新颖，论据充分，可说是"板上钉钉"，极具说服力。

雏凤声清

韩冬郎即席为诗相送寄酬二首(选一)

李商隐

十岁裁诗走马成,冷灰残烛动离情。
桐花万里丹山路,雏凤清于老凤声。

  本诗原有一字数很多、相当于一篇小序的长长的题目:《韩冬郎即席为诗相送,一座尽惊。他日余方追吟"连宵侍坐徘徊久"之句,有老成之风,因成二绝寄酬,兼呈畏之员外》。说的是,诗人当年赴梓州任职,其时年仅十岁、小名"冬郎"的韩偓曾即席赋诗相送,熠耀的才华令满座皆惊。五年后,诗人由梓州返回长安,重吟冬郎题赠的诗句,追忆前尘旧事,写了此诗以为酬答。"畏之员外",即韩瞻,曾官司勋员外郎,是冬郎的父亲。
  诗的前两句是忆往,追记当年才高早慧的韩冬郎赋诗赠别的情景,分别状写他的诗思敏捷和富于情感。"走马成",说他作诗走马成章,形容才思敏捷;"冷灰残烛",形容夜已深沉,送别宴会已经进入尾声,此刻吟诗,更助长了惜别的气氛。第三句,以"桐花"(传说凤凰栖于梧桐,以桐实为食)与"丹山"(传说中的凤凰集聚之地)两种意象,形象地状写冬郎具有良好的生长环境;"万里丹山",暗喻其不可限量的远大前程,寄厚望于未来。第四句为全诗点睛之笔,说冬郎(喻为"雏凤")才思清越,超迈了他的父亲(喻为"老凤")。"雏凤声清",因而成为传诵千古的成语。

　　一般情况下,酬赠诗极易写成缺乏特点的套话,可是,到了玉谿生这个高手笔下,却能点石成金,平中见奇。运用拟人化手法,把抽象的道理转化为生机盎然的形象;通过想象与联想,将现实的场景转化为虚拟的情境。这样,以一场普通宴饮为平台的酬赠之作,竟被描绘成一幅诗情浓郁的瑰丽图景,声情并茂,意境优美,令人神驰意往,拍案叫绝。

　　而且,诗中寓有深刻的哲理。诗人在表达对后辈的真挚情意,赞扬其峥嵘年少,后生可畏,寄予深切厚望的同时,还揭示出新陈代谢,后来居上,"长江后浪推前浪,一代新人胜旧人"这一客观世界发展的普遍规律。

因象寄兴

月

李商隐

过水穿楼触处明,藏人带树远含清。
初生欲缺虚惆怅,未必圆时即有情!

前两句为写景。首句说,月华如练,穿楼过水,洒遍人间,到处都是一片光明;次句由近及远,从身旁的月光转升到高天的月轮,"藏人带树"——月中藏有吴刚与桂树,意为热闹处却饱含着凄清寒冷。这令人记起诗人另一首咏月的诗句:"青女素娥俱耐冷,月中霜里斗婵娟。"

三、四两句,是抒怀、议论,由景物铺叙升华到哲思美蕴的境界。诗人说,一轮满月自是令人欣然色喜,即便是面对初生暂缺的新月,我们也不必为之怅惋,因为并不是圆即有情而缺则无情。这么说的道理在于,圆、缺都在互相转换,新月总有变圆之时,而且,缺也有缺的情致,此即所谓"缺陷之美"吧。

清人屈复《玉谿生诗意》中指出:"月缺而人愁,月圆而人未必不愁也。"这又是一层意蕴。苏东坡不就曾慨叹过"何事偏向别时圆"吗?而在此处,诗人则是暗寓人当团聚之时亦未必有情,或许是惆怅

更深。说来说去,可能最终还要落到欧阳修所设定的"框范"之中:"人生自是有情痴,此恨不关风与月。"(《玉楼春》词句)

好的诗歌,总是长于即景寓情,因象寄兴。作为杰出的诗人,李商隐不仅是随物赋形的写生妙手,而且是即物寄兴、咳唾成珠的高人。正如宋人范元实所指出的:"义山(李商隐字)诗,世人但称其巧丽,至与温庭筠齐名。盖俗学只见其皮肤,其高情远意,皆不识也。"

悔

嫦娥

李商隐

云母屏风烛影深,长河渐落晓星沉。
嫦娥应悔偷灵药,碧海青天夜夜心。

在多思善感的青少年时代,我曾想过,"嫦娥奔月"这个神话传说,美则美矣;只是那个月殿仙姝,实在是太狠心了,她完全不顾念家庭,也不怜惜儿女,结果偷吃了丈夫后羿从西王母处得来的不死仙丹之后,便逃离人世,飞入月宫,终朝每日,过着清虚、寂寞的生活。后来,读了李商隐的这首七绝,觉得他所说的"悔偷灵药",实获我心。

当然,我也知道:虽然题为《嫦娥》,但实际上,诗人不过是借嫦娥来说事。从开头两句即可看出,作为被感知的对象,嫦娥身后还隐藏着一个大活人。室内,以云母装饰的屏风后面,烛影深深;窗外,银汉与晓星一道,隐入浩渺的苍穹,显然,这位主人公是幽居独处,彻夜未眠的。那么,这个人究竟是谁呢?久思而不得其解。

及至年华老大,读书渐多,才发现关于本诗的意旨,原来诗评家的意见也并不一致。概言之,大体有三:

清人纪昀持"悼亡"说,认为是诗人悼念其爱妻王氏。已故诗词名家沈祖棻也说,是写"作者的死别之恨,相思之情。前半从自己着笔,后半从王氏着笔";"说'碧海青天',见空间之无限,说'夜夜',见时间之无穷。这种无边无际的凄凉,无穷无尽的寂寞,本是生者即自己所感,却推而用于死者"。

清人程梦星指出,此诗为"刺女道士"也,"首句言其洞房曲室之景,次句言其夜会晓离之情。下二句言其不为女冠,尽堪求偶,无端入道,何日上升也?盖孤处既所不能,而放诞又恐获谤,然则心如悬旌,未免悔恨于天长海阔矣。"当代学者刘学锴亦认为,唐代道教盛行,女子入道成为风气,入道后,才体验到宗教清规对正常爱情生活的束缚而产生精神苦闷,此诗乃其处境与心情的真实写照。李商隐也曾有诗把女道士比作"月娥霜独"。

清人何焯则认为,此诗乃"自比有才调翻致流落不遇也"。当代学者叶葱奇指出,"诗人自慨以才华遭嫉,反致流落不偶"。在我看来,当以此说为是。诗人是"借他人的酒杯,浇自己的块垒"。就是说,借咏叹嫦娥以感喟一己的身世、出处。"世人都说神仙好",可是,无论是诗人还是嫦娥自己,却都认为,她不该离开人间,去过那种凄清孤寂的生活。可见,诗人是通过抒写嫦娥的悔恨,来表达其自伤自怨之情。嫦娥偷药,本望成仙,结果造成终身独处,孤苦难言;诗人自己也曾冀求,在政治上有所作为,却反而闹得进退失据,左右为难,潦倒流离,千般落寞。

生命体验

放鱼

李群玉[①]

早觅为龙去,江湖莫漫游。
须知香饵下,触口是铦钩!

诗人给我们描绘了这样一个场景:他一面往水中放生鱼儿,一面恳挚地嘱咐说:你们从此可要遨游四海,游得远远的,以便早日觅得跃登龙门之路;千万不要纵情任性,随意在江湖里漫游。要知道,那里可不是好玩的地方——随处都设置着隐藏在香饵下面的锋利铦钩,简直触口皆是,你们可要分外警觉,切莫吞钩上当啊!

语重心长,情辞恳切,良谋善意,跃然可见。诗人所谆谆告诫的,"早觅""须知""为龙去""莫漫游"的语句,都属于呼告式的金玉良言,指向鲜明,十分警策,却又平易自然,亲切感人,体现了殷切关怀,更寄寓着深刻的人生体验。其实,漫游原本是鱼的生活习性,觅食更为鱼儿生存所必需,寄语者正是从常情常态出发,讲述求生避险的常知常理。这样,可信度、感染力就更强了。

---

① 李群玉(?—862?),晚唐诗人,善写羁旅之情。举进士不第,曾官弘文馆校书郎。

当然，显而易见，诗人此语应是别有寄托。说的是鱼，其意原本在人。"须知香饵下，触口是铦钩"，所揭示的分明是人世间特别是官场里的险情。在这里，"江湖"对应着波翻浪涌的宦海，"香饵"对应着险恶莫测的机心。我们应该顺着诗人的目光，跳过题材的表面，由小见大，由近及远，透视到社会人生中去。当代学者周寅宾认为，李群玉这首诗，正是晚唐险恶政治的缩影。联系其本人身世来看，他曾至长安任弘文馆校书郎，这正是本诗"早觅为龙去"的写照。从诗人方干《过李群玉故居》诗中"讦直上书难遇主，衔冤下世未成翁"之句，可知李到长安后，似曾遭谗蒙冤。

作为寓言体的咏物诗，其艺术特点比较鲜明，一是以物喻人，借题发挥，寓意深刻；二是运用比喻、比较、衬托、暗示手法，"本诗所寓托的忧患意识和危机意识，不是用抽象的说教方式表达，而是通过香饵、铦钩等具体事物来曲折表现，因而全诗充满理趣而不流于概念化"。（周寅宾语）三是本体与喻体巧妙衔接。近人陶明浚在《说诗札记》中指出："咏物之作，非专求用典也，必求其婉言而讽，小中见大，因此及彼，生人妙语，乃为上乘也。"可说是抓住了这一诗体的要领。

春风反衬人间世

赏春

罗邺[①]

芳草如烟暖更青,闲门要路一时生。
年年检点人间事,惟有春风不世情。

　　这是一首咏物诗,借助芳草、春风来讽喻世态人情。头两句说,芳草如烟,遇到暖风煦日,就更是青葱一片。不管是贫家陋巷,还是权门要路,它们都不早不迟,一视同仁地生发繁衍,托举出一色芳菲世界。后两句,荡开一笔,由青草转入春风,点明主旨。诗人运用拟人手法,描写春风年复一年都来查点人间万事,对谁都同等对待,在春风身上看不出人间世的机事、机心,以及人情的冷暖与世态的炎凉。

　　俗谚云:"世情看冷暖,人面逐高低。"诗人久经沦落,屈居下僚,看惯了权门高第宾客杂逐,趋炎附势,而寒士运蹇,哭告无门的景象,遂通过咏赞春风来抨击世故,针砭俗情,发泄一腔愤懑不平之气。

　　当代学者田耕宇指出:"用自然人化之笔,活画出冰冷的世情画

[①] 罗邺(825—?),约唐僖宗乾符年间在世。屡试不第,以诗名世。与罗隐、罗虬比肩,号称"江东三罗"。

卷,是本诗匠心独运之处。芳草对春风的礼赞,诗人对芳草的歌颂,这种对物的首肯和对人类的否定,表现了诗人愤世嫉俗之情,在冷峻的批判和辛辣的讽刺中,不难让人感受到作者的满腔酸楚和他对人间温暖的渴求,而这一切渴求,都是从芳草崭新的形象中传达出来的。"

在遣词造句上,本诗也比较讲究。"暖更青"反映自然景象,表现了环境、条件的作用,也看得出诗人观察的细致。这里,讲自然景象只是铺垫,着眼点还是"人间事"——用"春风不世情"来反衬人间世的机心、机事。在写法上,与清人潘耒《马当山》七绝中的"好风肯与王郎便,世上唯君不妒才",同都体现了特殊、例外与唯一性,使语气加重,指向明晰,分量陡增。

为求仙者击一猛掌

望仙

罗邺

千金垒土望三山,云鹤无踪羽卫还。
若说神仙求便得,茂陵何事在人间?

神仙信奉,远古时代就已经出现了,但当时的出发点,只是先民对自然神的崇拜,对祖先灵魂的崇拜,以及对天界、对不可知的自然现象的解释,纯属民俗性质。后来为统治者接收与利用,所谓"圣人以神道设教,而天下服矣"(《周易》),演变成了一种政治统治工具。这种"神道设教",历经秦皇、汉武,达到了极致,不只是用来统治民众,为了实现长生不老的迷信追求,连他们自己也拳拳服膺了。"千金垒土",说的就是汉武帝晚年迷信方士神仙,追求长生不老,不惜耗费重金筑蓬莱城,东巡求仙。

罗邺的这首七绝,就是辛辣地讽刺汉武帝的。诗人说,当年那些刻意求仙的帝王,不惜耗费巨资垒土筑城,企图望到传说中的海上三山这洞天福地,想象着有朝一日乘云驾鹤,得道成仙,长生不老。结果是,莫说遇到仙人,甚至连云鹤的踪影也没有见到,皇帝本人最终也"龙驭宾天",只留下皇家的仪仗队("羽卫")威威赫赫地回来了。

看来这一切都只是空想。如果真的能够像传说的那样羽化而登仙，那么，地面上又怎么会有埋葬汉武帝尸体的茂陵呢？

　　唐代诗人思想比较开放，见解通脱，多有讽刺迷信方士神仙之作，直至点出秦皇、汉武的大名。张籍的《求仙行》，有"汉皇欲作飞仙子，年年采药东海里。蓬莱无路海无边，方士舟中相枕死"之句。白居易也紧相配合："徐福文成多诳诞，上元太一虚祈祷。君看骊山顶上茂陵头，毕竟悲风吹蔓草"。而最辛辣的莫过于李贺所嘲弄的："刘彻茂陵多滞骨，嬴政梓棺费鲍鱼。"可谓"剥皮见骨"，一语破的，为痴迷者击一猛掌。

"功"在杀人多

己亥岁（二首选一）

曹松[①]

泽国江山入战图，生民无计乐樵苏。
凭君莫话封侯事，一将功成万骨枯！

"己亥岁"，为唐僖宗乾符六年（879年）。这一年，镇海节度使高骈镇压黄巢起义，获取军功，诗当为此而作。

诗的前两句是叙事，讲述江汉流域富饶的水乡，全都燃烧起战火，老百姓无法得以安生，连日常生活起码的需要都无法保证，至于安居乐业就更谈不到了。三、四两句笔锋一转，很自然地过渡到直接的呼号（实际是直白的控诉）：高高在上的大员们，你们行行好吧，可别再提什么封侯佩印之事了！你们可知道"一将功成"的代价吗？那可是万堆平民的骷髅造就的！

"安史之乱"以后，战乱由河北延伸到中原大地，待到唐代末年，遍地燃起农民起义的烽火，朝廷疯狂镇压，遂使战祸连绵，江南也未能幸免。不仅此也，由于古代战争，一向以斩获首级之数计功，这样，

---

① 曹松（828—903），唐光化年间进士。毕生苦读不辍，刻意铸字炼句，"平生五字句，一夕满头丝"，为其自我写照。

就造成了更多的无辜生民的残酷受戮。所以，唐代宗大历年间诗人刘商有"万姓厌干戈，三边尚未和。将军夸宝剑，功在杀人多"的诗句。谢枋得《唐诗绝句注解》云："'一将功成万骨枯'，即孟子所谓'争城以战，杀人盈城；争地以战，杀人盈野。'率土地而食人肉。仁人君子闻此诗者，必不以干戈立功名也。"

晚唐诗人曹松，由于处境坎坷，功名失意，对现实严重不满，加上生活在社会底层，身历并同情劳动人民的苦难，因而极端憎恶残民以逞的战争。除了《己亥岁》，他还写过《商山》七绝："垂白商於原下住，儿孙共死一身忙。木弓未得长离手，犹与官家射麝香。"

《己亥岁》一诗实现了形象思维与理性判断、典型性与概括性的巧妙结合，具有很强的感染力与震撼力。词苦声酸，骇心刺目，无情地揭露了封建时代的将军们攻城夺寨、追奔逐北、斩将搴旗、封侯佩印的实质，具有很深刻的意蕴。

当代学者周啸天指出，末句为一篇之警策。"一句之中运用了强烈对比手法：'一'与'万'、'荣'与'枯'的对照，令人触目惊心。'骨'字极形象骇目。这里的对比手法和'骨'字的运用，都很接近'朱门酒肉臭，路有冻死骨'的惊人之句。它们从不同侧面揭示了封建社会历史的本质，具有很强的典型性。前三句只用意三分，词气委婉，而此句十分刻意，掷地有声，相形之下更觉字字千钧。"

椎心泣血之问

蜂

罗隐[①]

不论平地与山尖,无限风光尽被占。
采得百花成蜜后,为谁辛苦为谁甜?

诗中先是描写,塑造了可爱亦复可怜的蜜蜂的感人形象——形体那么娇小,却勤于劳作,终朝每日飞去飞来,片刻不闲,不分平原旷野还是峻岭层峦,到处采花酿蜜,可说是占尽了无限风光。在做出这个有效的铺垫之后,紧接着,便以强烈的抗争意识与不满情绪,提出了椎心泣血之问:采集得再多的甜蜜,自己也一无所获;那么,它们究竟是为谁辛苦,为谁提供甜蜜呢?

诗的艺术表现力很强,具有鲜明的特点。从尾句"为谁辛苦为谁甜"的诘问中,读者首先就会联想到劳动者不能享受自己的劳动成果这一极不公平、极不合理的社会现象。唐代另一位诗人张碧,写过一首《农父》七绝:"运锄耕劚侵星起,垄亩丰盈满家喜。到头禾黍属他人,不知何处抛妻子。"《蜂》诗与此意蕴相同,但在表现手法方

[①] 罗隐(833—909),因好讥讽世事,得罪权贵。十次应进士第,均不得中。

面,却有明显的差异。它不像《农父》那样,以犀利的笔锋进行直接控诉,而是采取托喻的形式、形象的手法,曲折道出。它也是夹叙夹议,前两句主叙,后两句主议,但议论并不明确发出,而是以设问形式、反诘语气出之。这样,就给读者留下了回想的余地,提供了想象的空间。其间通过强烈、鲜明的对比,形成巨大的反差:有与无——终生忙忙碌碌,看似占尽无限风光,到头来,却是一无所有;甜与苦——采得百花琼浆,酿成甜美无比的蜂蜜,其代价,亦即所付出的,却是终生的劳苦。

　　这是一首典型的咏物诗,却又似一篇诗体寓言。诗也好,寓言也好,往往都是言有尽而意无尽,其意蕴可作多种解读。本诗就可有三解:一是,蜜蜂作为艺术创作中的一种美好意象,作为现实生活中劳苦终生的物质财富创造者,体现了毫不利己、专门利人的优秀品德,值得赞美、值得尊敬;二是,虽然没有挑明,但通过诘问,实际上收取了鞭挞不劳而获、占据他人劳动成果的剥削者和"终朝聚敛苦无多"的贪婪无度之徒的效果;三是,"借他人的酒杯,浇自己的块垒",诗人以蜜蜂自况,慨叹自己劳苦终生,枉抛心力,抒写痛苦而失望的情怀。

自 警

鹦鹉

罗 隐

莫恨雕笼翠羽残,江南地暖陇西寒。
劝君不用分明语,语得分明出转难。

对于鹦鹉来说,最堪憾恨的莫过于被人剪了翅膀、关进雕笼了。可是,诗人却偏要正话反说,劝它想开一点:江南这里毕竟比你的老家陇西要暖和一些,生活上要舒服得多。实际上,这不过是个铺垫,是个引子。诗人所着意的在于后面——既然被人关进了笼子,已经完全失去了自由,那就不比从前逍遥野外,所以我要奉劝你:说话可要特别小心,多加注意;须知,过于明白的话容易招灾惹祸,因此,反而是难以出口的。

我们一眼就能看出,这是假托劝诫鹦鹉,而实际上是在警诫自己,莫要率意直言,以免招灾贾祸;当然也可以说,是在发泄牢骚,倾吐久积于心的愤懑不平的情愫。史载,罗隐虽然才华出众,但由于试卷里的讽刺意味太强,人也很狂妄,招致考官反感,因而屡试不第;乃自编其文为《谗书》(几乎全部都是抗争和愤激之谈),益为统治阶级所憎恶,友人赠诗有"《谗书》虽胜一名休"之句;又值大旱,皇帝下诏

唐五代 | 257

求雨,他便上书进谏,也遭到忌恨;最后实在混不下去,只好在五十五岁时,回到江南故乡,投靠到镇海节度使钱镠帐下,历任钱塘令等职。对照这番经历,我们就能够深入理解诗人的曲衷了。"江南地暖"云云,其实是对于以丧失自由为代价换取的寄人篱下、苟且偷生生活的自我嘲讽。

以上是从个人经历角度剖解诗的意蕴;其实,还应进一步从他的思想方面进行分析。罗隐尊崇道家,皈依老庄思想。诗中的"劝君不用分明语,语得分明出转难",会使人想到庄子的"道不可言,言而非也"的论述。在庄子看来,用言语表达出来的,都会使原意大打折扣("言辩而不及"),从而引申出"言尽悖"的结论。

稍后于罗隐,还有一位诗人来鹄,同样写了一首《鹦鹉》七绝:"色白还应及雪衣,嘴红毛绿语仍奇。年年锁在金笼里,何似陇山闲处飞。"讲得更为痛切。相对地看,罗诗"正言若反",较为隐晦曲折;而来诗则直言不讳,痛快淋漓——已经完全丧失了自由,还有什么温暖舒适之可言!两诗参看,很有意味。

雄辩有据　嘲讽无情

焚书坑

章碣[①]

竹帛烟消帝业虚，关河空锁祖龙居。
坑灰未冷山东乱，刘项原来不读书。

这是一首以咏史为题材的政治讽刺诗。诗人借助凭吊陕西临潼骊山脚下"焚书坑"的遗迹，对秦始皇（祖龙）焚书坑儒的暴行，进行了辛辣的嘲讽。

诗章劈头就讲，烧书的烟尘消散了，秦皇的帝业也跟着空虚了。始皇帝焚书原本是为了巩固秦王朝的统治，结果却适得其反，恰恰加速了自身的灭亡。接下来，就"帝业虚"展开来说，尽管有"一夫当关，万夫莫开"的函谷关和黄河天险作为屏障，但是，最终也未能保住帝都咸阳的豪华宫殿，"楚人一炬，可怜焦土"（杜牧语）。

最后，诗人以调侃的口吻，对焚书这一荒唐的罪恶举措，进行了无情的嘲讽，说没等到坑灰冷却，山东那边就揭竿而起了。你秦始皇不是害怕读书人横生谤议，危害朝廷吗？哪里料到，那带头造反的刘

[①] 章碣（836—905），唐乾符年间进士。诗中多泼辣字句，颇有愤激之音。

唐五代　259

邦、项羽，一为市井的无赖汉，一个出身行伍，他们根本就不读书！关于"山东"一词，历来说法不一：有的认为是崤函以东，有的说是华山以东、太行山以东，不论哪种说法，所指都是战国时期秦以外的六国所在。

咏史诗自以议论为主，而此诗妙处，在于展开议论、剖析义理中能够显现意象，有宛然如见之感；揭橥矛盾，采用喜剧手法，以调侃口吻出之，令人忍俊不禁；就连开头结尾都能接转如环，从代表书籍的竹帛领起，最后又以读书作结，具见匠心。

另据《历代诗话》记载：焚书坑即坑儒谷。昔人题云："焚书只是要人愚，人未愚时国已墟。惟有一人愚不得，又从黄石读兵书。"与章诗有异曲同工之妙。诗中的"一人"指的是张良。他在博浪沙狙击秦始皇，未中，逃亡至下邳，遇黄石公，得传授《太公兵法》，从而深明韬略，足智多谋，成为刘邦主要"智囊"之一，为灭秦谋项、建立西汉王朝立下了汗马功劳。

伤春　惜春　望春

退居漫题（七首选一）

司空图[①]

燕语曾来客，花催欲别人。
莫愁春已过，看着又新春。

从"退居漫题"四字看，本诗应是诗人归隐中条山王官谷后所作。诗中写的是暮春光景，中心内容可以"伤春、惜春、望春"六字概之。

前两句说，燕语呢喃，栖居梁上，它们是曾经来过的熟悉过客；而春光烂漫，催着百花盛开，转眼间又将纷纷谢去，告别赏花之人。无论是似曾相识的匆匆过客，还是转眼间亦要归去、即将告别的花事，都会给人带来一种追怀，一种感伤；而追怀与感伤之余，便是对于尚在眼前的春色、春光加倍地珍惜了。

其实，诗章如果就此为止，尽管调子稍显低沉一些，也还堪称完整。《红楼梦》中象征性的"元、迎、探、惜"，不也是到此为止吗？不过，诗人毕竟不同凡俗，接下来便在三、四两句，陡然路转峰回，别开

[①] 司空图（837—908），唐咸通年间进士。所撰《诗品》颇有影响。

生面,诗情也随之而蓦地振起。诗人叮嘱说:对于春光易逝,韶华不再,不要哀伤、惋惜,一年四季,原本是寒来暑往、周而复始的,眼看着新的春天就将到来了。这样,望春、盼春就成了主旋律,使人眼睛为之一亮,心胸豁然开朗。体现了诗人在《诗品》中提出的"生气远出,不着死灰"的理念。

　　与西方传统以理性文化为主导不同,中华文化传统偏重于悟性与情性。这首抒情诗从自然节序的更新来抒写生命感知与情感变化,虽然也是讲理,但并非直白的说教,而是给庄严的理性披上一袭情怀的锦裳,既有意思,又富情趣。

还需"制度伯乐"

虞坂

胡曾①

悠悠虞坂路欹斜,迟日和风簇野花。
未省孙阳身没后,几多骐骥困盐车!

胡曾以咏史著称,曾经一口气写了一百五十首七绝,均以地名为题,咏叹当地历史人物和历史事件。《虞坂》是其中一首。虞坂,为古虞国出山坡道,亦为千年运盐的古道。其地在今山西平陆县张店镇虞坂村。

《战国策》中记载:秦穆公时有个孙阳,善于相马,因此,人们都以神话中掌管天马的星宿"伯乐"来称呼他。一天,他在晋南虞坂这个地方,见到一匹良马正拉着盐车攀登太行山坡,累得伸开了蹄子,弯屈着膝盖,垂散着尾巴,压伤了内腑,口涎洒地,白汗交流,到了山的半坡,怎么也拉不上去。孙阳走过去扶住了良马,痛惜地哭了,并解开身上的麻衣给马披覆在身上。结果,这匹马低着头喷气,又仰起头长鸣,声达于天,非常响亮,可能它感到遇见了知己吧。就此,唐代

---

① 胡曾(约840—?),唐咸通年间进士。《唐才子传》赞其"天分高爽,意度不凡"。

诗人汪遵写了一首七绝："蜷曲盐车万里蹄,忽逢良鉴始能嘶。不缘伯乐称奇骨,几与驽骀价一齐。"说的是,如果不是伯乐慧眼识良驹,这匹千里马几乎要与驽马等同身价了。

而与汪遵大体同时的诗人胡曾,则就着这一故事,作了进一步的发挥,看来也是对汪诗的反诘。意思是:得遇孙阳,困顿于盐车之下的千里马受到赏识,得以解脱,这只是偶然性的机遇。古往今来,"服盐车而上太行"的良马是无量数的,它们又都怎么样呢？诗人最后怅惘地感叹:不知（"未省"）孙阳死去以后,将会有多少良骐骏骥在虞坂上受困哩！这就使得诗的主题大大地深化了一步。

汪遵也好,胡曾也好,名为写马,其实都是在写人。马之幸与不幸,乃士之遇与不遇的映衬。在这方面,清代诗人洪亮吉的诗,就显得更为直截、显露一些:"烈士伤心古道旁,一生曾未值孙阳。却看老骥还千里,正服盐车上太行。"诗中同样写了一匹千里马"服盐车而上太行"的艰难情境,但不是直接写,而是从一个终生怀才未遇,在古道西风中伤心垂涕的志士眼中观察到的。千里马逢千里马,畸零人叹畸零人。把命运相似的志士同良骥联结在一起来描写,"惺惺惜惺惺",感染力就更强了。

用伯乐与千里马的故事来反映识才、选人问题,是一个老题目,"前人之述备矣"。最有代表性的,要数大文豪韩愈的论断:"世有伯乐,而后有千里马。然千里马常有,而伯乐不常有";"伯乐一过,冀北之群遂空。非无马也,无良马也"。文章强调了识才之眼在人才发掘中的作用,无疑是正确的。直到今天,我们也还习惯地沿用这个典故,来阐明识才与选才问题,而且经常可以听到"伯乐太少"的慨叹。"杨意不逢,抚凌云而自惜;钟期既遇,奏流水以何惭！"——《滕王阁序》中的这些名句,不知倾倒了多少英雄才俊！

可是,细细揣摩一番,又觉得并不尽然。世上的良马多得很,并且常常与平庸的凡马、驽钝的劣马混杂在一起,单靠几位伯乐先生的青睐,又怎能适应多方面的需要呢!"未省孙阳身没后,几多骐骥困盐车!"早在一千多年前,胡曾就已揭示了这种矛盾。

另外,伯乐相马还有其自身的局限性。相马者伯乐只具有此一方面的专长,而社会上的人才,百式百样,其"术业专攻"表现得异彩纷呈,星光灿烂。对于自己专业范围内的千里马,伯乐是能够发现、识别的,而在非其所长的领域里,恐怕就难以做到发现及时、识别准确了。加之,伯乐在识才、选才过程中,难免会夹杂一些个人的情感因素,有时也会造成种种悲剧性的后果。

解决这类矛盾的根本途径,是实现伯乐功能的社会化、制度化。就是说,一方面坚持选才、识才上的群众路线,使领导与群众结合起来,大家都来做伯乐,都做识别人才、开发智力资源的工作。历史是群众创造的。人才生活在群众之中,群众最有能力也最有资格,选拔、鉴别带领自己从事创造历史活动的人。另一方面,也是更重要的,是建立一套能够适应现代化建设需要的、有利于人才成长与发展的人才管理制度。只有从"个体伯乐"过渡到"群体伯乐""制度伯乐",才有可能做到大规模地发掘人才资源,既实现"野无遗贤",又能够才尽其用。

境遇能够改变人

感事

王镣

击石易得火,扣人难动心。
今日朱门者,曾恨朱门深。

诗人运思巧妙,开头两句将击石取火与求人相助("扣人")两样生活中常见却并不相关的事相提并论:一得光热,一遭冷遇,一似难实易,一似易实难(俗话中也有"上山擒虎易,开口告人难"的说法),用以阐明冷硬的人心竟然超过冷硬的石头,极写世态炎凉,人心不古,可谓情怀凄苦,入木三分。后面两句,层层递进,揭示一种更是耐人寻味的社会现象:那些豪门新贵,当他们处于鲜花着锦、烈火烹油一般的兴旺发达时刻,缺乏恻隐之心,冷酷无情;可是,在他们处于困穷、落拓之中,生活在社会最底层的时候,也曾经同下层民众一样,深深憎恨过"侯门似海"、权贵难求啊!出语平常,却对准时弊,痛加针砭,颇具警世俗、挽颓风、正人心的现实意义。

这里反映出很深邃的带有规律性的哲思理蕴:人是环境的产物,境遇能够造就人,也能够改变人;存在决定意识,社会等级差异以及随着地位的改变,人的感情、心态也往往会发生变化。《孟子·尽心》章有言:"居移气,养移体,大哉居乎!"说的就是地位、处境以至环境可以改变人的气质,奉养可以改变人的体质,人总是随着地位、境遇的变化而变化,看来,境遇对于人的影响真是太大了!

《太平广记》记载:王镣才华毕具,但数次参加科举考试都未能得中。他的门生卢肇等,一齐在春试考官面前举荐王镣,发泄对社会种种不合理现象的不满,并朗诵了王镣的这首五绝。考官听了,态度有所改变,春试过后,王镣卒登高第。

物不得其平则鸣

下第后上永崇高侍郎

高蟾[①]

天上碧桃和露种,日边红杏倚云栽。
芙蓉生在秋江上,不向东风怨未开。

关于高蟾,元人辛文房《唐才子传》有所记载:家贫,工诗,性倜傥,然尚气节,"人与千金,无故,身死亦不受"。久困科场,应试十年,未得一第,自伤运蹇,有"颜色如花命如叶"之句。本诗是他多次落第后写给礼部侍郎高湜的。永崇,唐时长安坊名,为高湜居处。

这是一首借物咏怀的诗。前两句,从字面上看,是讲自然界中植物的生长、发育现象,说碧桃、红杏靠着甘露滋润、太阳煦照,开出娇美艳丽的花朵。不过,细加琢磨,就会发现,原是针对晚唐时期科举场中的腐败弊端,以"和露种""倚云栽"比喻一些人凭恃着靠山、依赖走门子,才获此殊荣宠遇。

说过了别人,诗人又回过头来说自己——这应该是"上高侍郎"的基本出发点。于是,三、四两句就讲了,江上的芙蓉却不具备这些

[①] 高蟾,晚唐诗人。本为寒士,工五、七言律绝,多感时愤世之作。

优越条件,无所凭恃,只能在秋风中默默地等待,迟迟地绽放;但它清冷自甘,绝不肯趋炎附势。同前两句一样,也是以象征性、形象化的语言出之,既对自己的才具表现出足够的自信,又委婉而明晰地向主考官发出不平之鸣。

五代·王定保《唐摭言》中有一则纪事,可以帮助我们了解晚唐科举中营私舞弊的现象:"邵安石,连州人也。高湘侍郎南迁归阙(还朝),途次连江,安石以所业投献遇知,遂挈至辇下(借机向老朋友拉关系)。湘主文(主考),安石擢第(中了进士)。诗人章碣赋《东都望幸》诗刺之。"诗为七绝:"懒修珠翠上高台,眉月连娟恨不开。纵使东巡也无益,君王自领美人来。"同高蟾诗一样,也是借物咏怀。大意是说,东都洛阳的宫女(比喻准备应试的士子)盼望皇帝(比喻主考官)临幸,却不料皇帝自带美人来到,她们的希望完全落空了。

宋、明以来,一些论者对高蟾赏誉有加。有的说他"守寒素之分,无躁进之心";有的说:"高蟾一绝,为知时守分,无所怨慕,斯可贵也。"有的赞其"时命自安,绝无怨尤,唐人下第诗以此为最"。应该说,这类评说,都是一种误读,甚至曲解,无非是受到所谓"温柔敦厚"诗教的影响所致。当代学者张志春指出:沈德潜之说:"存得此心,化悲愤为和平矣",看似有理,实是皮相之论。从诗境看,除却不正常的位置和攀附借助的条件,颜色俗艳的碧桃红杏,岂能与风神清逸的芙蓉相比,然而不仅凌驾其上,而且是霄壤之别。诗歌意象相对并出,不就是和左思诗歌"郁郁涧底松,亭亭山上苗。以彼径寸茎,荫此百尺条"一样郁结着深广的忧愤吗?唯以比兴出之,措辞较为含蓄,理解起来就须再三斟酌了。

"物不得其平则鸣"(韩愈语),信然。

时间冲淡一切

仲山

唐彦谦[①]

千载遗踪寄薜萝,沛中乡里旧山河。
长陵亦是闲丘陇,异日谁知与仲多!

诗题"仲山",地在陕西泾阳西北,为汉高祖刘邦之兄刘仲居住之所。

作为咏史诗,必然要涉及史事,也就是诗中立论的背景,一般称为本事。史载:刘邦登极的第九个年头,未央宫建成之日,大宴群臣。席间,他趁着向身为太上皇的父亲敬酒祝寿的机会,问道:"当年,你常常骂我为无赖,说我不知道治理家业,不如我二哥得力。今天你看到了吧,我置下的产业与二哥相比,到底是谁多呀?"原话是:"始大人常以臣亡(无)赖,不能治产业,不如仲力。今某之业所就,孰与仲多?"快意之情,溢于言表。群臣高呼万岁,"大笑为乐"。而刘太公则极度难堪,面红耳赤,尴尬无言。宋代诗人张方平,对此颇不以为然,写诗加以讥讽:"纵酒疏狂不治生,中阳有土不归耕。偶因世乱

[①] 唐彦谦,才高负气,能诗,以博学多艺闻名乡里。唐咸通年间进士。

成功业,更向翁前与仲争!"中阳,是刘邦的故里。诗人指斥刘邦:酗酒疏狂,有地不种,不事生产;只是趁着乱世,浑水摸鱼,才夺得了天下,有什么值得夸耀的?

而唐彦谦的诗,却是远瞩高瞻,放开眼光,别辟新境,跳出此多彼少的世俗争竞、计较,从更高层次上做出评断。诗中冷冷地说:岁月无情,时间冲淡一切。一千年前归耕于此的刘仲的遗踪已经没入薜荔、女萝的荒烟蔓草之中;刘氏兄弟的故里沛县,连同整个汉家山河,也都成了旧时月色;至于汉高祖的坟墓长陵,当年那可是神圣无比的,谁若是动了那上面的一抔土,就要治以杀头之罪,而今也照样成了闲丘废陇,没有人在意它了。那么,过后来看,究竟是谁高谁下,谁多谁少,怎么去说呢?

明末清初学者唐汝询在《唐诗解》中说:"汉高以天下骄其兄,殊不知千载以下同一荒丘,未必多于仲也。"南宋末年诗人谢枋得说得更为警策:"观此诗,则贫富贵贱,等是空花。有道者不以此累灵台,尧让天下而许由不受,亦见此理。"(《唐诗绝句注解》)

为"小字辈"鼓与呼

小松

杜荀鹤[①]

自小刺头深草里,而今渐觉出蓬蒿。
时人不识凌云木,直待凌云始道高。

诗人年轻时即才华毕具,但由于家世清寒,"帝里无人识",以致屡试不中,经年潦倒。本诗显然是有感而发。

诗中意蕴,是指斥时人只关注那些功成业就的名家,而不重视新生事物,不积极发现和热心培植尚未崭露头角的"隐性"人才,对于刚刚冒头,正在成长着的"小字辈"不予理睬,直到某一天他们崭露了头角,这才掉过头来跟着大唱赞歌。

但是,这番话,诗人并不是直白地说出,而是以隐喻方式、比兴手法,借助小松这个物象,体现了诗的基本特征。诗中说,松树幼苗自小一头扎在深草里,而今渐渐地钻出了蓬草、青蒿。人们不懂得再大的树也都起于毫末的道理,只是等到巨干凌霄之日,才肯予以承认,纷纷赞美它高。

[①] 杜荀鹤(846—907),唐大顺年间进士。出身寒微,能诗,切实描述民生疾苦。

诗人的言外之意是，我们应该识拔贤才于未遇之时，在他们最需要帮助的时候，予以热心的关注和有力的支持。这是很有针对性的，在旧社会，由于"时人不识"，有多少小松一样的很有希望的人才，遭埋没，受摧残，被砍杀啊！

南朝·梁文学家吴均有一首爱才诗，也是借小松来做文章："松生数寸时，遂为草所没。未见笼云心，谁知负霜骨？弱干可摧残，纤茎易凌忽。何当数千尺，为君复明月。"

两诗都是运用鲜明的形象阐释道理，讽喻世情，既尖锐、深刻，又摒绝空洞说教之弊。

生于忧患

泾溪

杜荀鹤

泾溪石险人兢慎，终岁不闻倾覆人。
却是平流无石处，时时闻说有沉沦。

诗人说，泾溪（在今安徽泾县，北流入青弋江）礁险浪急，人们路过时，都加倍地小心谨慎，所以，一年到头，也没听说有谁在那里淹死；相反，倒是在水流平缓、没有礁石的河段，常常发生舟覆人亡的惨剧。

从诗中我们悟解到，人生遭际也好，事业发展也好，危情险境，属于客观存在，是难以完全避免的，关键在于如何采取正确的应对办法。最可怕的不在客观条件，而在于主观上完全丧失警觉，存在侥幸心理，麻痹大意，不知戒惧，以致安而忘危，宴安鸩毒，所谓"生于忧患，死于安乐"是也。寥寥二十八字，寓有非常深刻的哲学理蕴和警世意义。

东坡居士在评论柳宗元诗时指出："诗以奇趣为宗，反常合道为趋。"（引自宋·惠洪《冷斋夜话》）清人贺裳有言："唐李益词曰：'嫁得瞿塘贾，朝朝误妾期。早知潮有信，嫁与弄潮儿。'子野（宋·张先)《一丛花》末句云:'沉恨细思,不如桃杏,犹解嫁东风。'此皆无理而妙。"(《皱水轩词筌》)这里的"无理而妙",也就是"反常合道"。说的都是诗词创作借助于貌似"反常""无理"的意象,而所表达的深层意蕴却是"合道""有理",从而构成奇情妙趣,其诀窍在于运用对立统一、相反相成的哲学原理。

当代学者张国鹄,依此对《泾溪》一诗的艺术手法加以解析:"泾溪上游怪石险礁、水流湍急,倒是一年到头没听说出过事故,相反,下游平流无险,却时常有人沉沦丧生。乍一听来,甚觉反常;反复思忖,又觉得并不奇怪。因为诗人在诗中就给出了答案:这是由于人人'兢慎',自可转危为安。这样看来,又非常合理。""何谓'反常合道',说得通俗点,就是以违背常识的意象,表述合情合理的内涵。从哲学眼光看,'反常'就是矛盾对立;'合道'就是和谐统一。"

看来,杜氏此诗,不仅意蕴、义理方面充分体现辩证思维,而且在表现手法上,也娴熟地运用了"艺术辩证法"。

青松的赞歌

涧松

崔涂[①]

寸寸凌霜长劲条,路人犹笑未干霄。
南园桃李诚堪羡,争奈春残又寂寥。

诗人深情地说,青松的成长十分艰难,它们置身山涧底部,生活条件恶劣,土质不好,还要凌霜斗雪,饱遭摧折,成活都成问题,长劲条自然就更不容易了。由于长得缓慢一些,以致遭到过路人的讥笑,说照它这么长下去,哪年哪月才能直上青云呢!"犹"字用在这里,更使语气加重。意思是,在那么恶劣的条件下,能够活下去、长起来,已经极不容易;可是,路人却全不体察,还要讥讽嘲笑,这就太出格越理了。

接下来,语气陡然一转,说南园的桃李,成长得倒是鲜活、明快,说声开,转眼就繁花似锦,紫万红千,引起人们艳羡不置,可是,怎奈它一当春光老去,就会落英缤纷,残红委地,复归于寂寥呢!

其实,一百五十年前,大诗人李白就曾多次以青松与桃李相比,

[①] 崔涂(约850—?),唐文德年间进士,久客他乡,诗多羁愁别绪之作。

在《古风之十二》中即有"松柏本孤直,难为桃李颜"之句;而在另一首古诗中,讲得就更充分了:"太华生长松,亭亭凌霜雪。天与百尺高,岂为微飙折。桃李卖阳艳,路人行且迷。春光扫地尽,碧叶成黄泥。愿君学长松,慎勿作桃李。"诗仙的眼光与见识,确是不同凡响。

不过,应该说明的是,在晚唐诗人中,崔涂毕竟出手不凡,《唐才子传》中称许他:"工诗,深造理窟,端能辣动人意,写景状怀,往往宣陶肺腑。"从七绝《涧松》即可见一斑。另外,他的诗中名句甚多,如"流年川暗度,往事月空明""江山非旧主,云雨是前身""乱山残雪夜,孤烛异乡人。渐与骨肉远,转于僮仆亲"等。

繁华梦觉

感花

崔涂

绣轭香鞯夜不归,少年争惜最红枝。
东风一阵黄昏雨,又到繁华梦觉时!

题为《感花》,意谓有感于眼下的繁花似锦,里面隐含着盛衰兴替之感。

诗人着意塑造一种典型化的意象:奢华豪富之家的少年子弟,"锦样年华水样过",养尊处优,坐着极度豪华的车,赏花游宴,通宵达旦,流连忘返。"绣轭香鞯",轭为牲畜拉车时套在颈部的器具,鞯是衬托马鞍的垫子。车马器具如此讲究,表明主人奢华无度。"最红枝",以花喻色,极写这些纨绔子弟的纵情声色、骄淫无度。那么,他们的结局呢?诗人仍然是驱遣意象,说,待到东风骤起,豪雨倾盆,繁花委地,狼藉一片;天际暮色四合,人间繁华梦醒,一切一切,转眼成空,全都成了虚幻。前后形成强烈的对比,颇有警世觉迷作用。

"五陵年少金市东,银鞍白马度春风。落花踏尽游何处,笑入胡姬酒肆中","宅中歌笑日纷纷,门外车马如云屯","锦衣鲜华手擎鹘,闲行气貌多轻忽","玉鞭金镫骅骝蹄,横眉吐气如虹霓",这些散见于唐代诗人笔下的《少年行》《少年乐》《公子行》《轻薄篇》等大量篇章中的诗句,都是那班豪富之家无赖少年的生动写照。可知,即便是在当时,崔涂此诗也具有极强的针对性和警示意义。

南怀瑾先生指出,诗思与禅境相通,有唐一代"岩岩特行之臣如魏徵之诗:'郁纡陟高岫,出没望平原。古木鸣塞鸟,空山啼夜猿',"人生感意气,功名谁复论',莫不与禅悦冥合,逸情境外。而才人词笔,如刘希夷之'年年岁岁花相似,岁岁年年人不同',崔涂之'绣轭香鞯夜不归',唐彦谦之'耳闻明主提三尺,眼见愚民盗一抔。千古腐儒骑瘦马,灞陵斜日重回头'等作,多不胜载,何一而非即诗即禅,岂待习禅而后,方有出尘解脱之隽语乎!"

明日黄花

十日菊

郑谷[①]

节去蜂愁蝶不知,晓庭还绕折残枝。
自缘今日人心别,未必秋香一夜衰。

几十年前,我在中学任教时,赶上元宵晚会,当时开展制作灯谜比赛,一位语文老师以"十日菊"的谜面打一成语:"明日黄花",获得一等奖。记得评语中有一条,是"巧借古诗题目"。这里说的"古诗",就是唐人郑谷的这首七绝。"十日",特指九九重阳节过后一天。

原来"明日黄花"这个成语,来自苏东坡的两句诗:"相逢不用忙归去,明日黄花蝶也愁。"苏诗写于九月九日——重阳节赏菊之日。那么,重阳一过,菊花也就成了过时东西。因此,以"明日黄花"比喻过时的事物。有的年轻作者不知道这个成语的来历,以为过时东西应在昨日,所以写成了"昨日黄花",结果闹出了笑话。

诗人说,重阳已过,在杂有残枝的菊花丛中,犹有蜜蜂带着一丝

---

① 郑谷(约851—约910),唐光启年间进士。诗风清新通俗,原有集,已散佚。

惆怅,遍绕花间采蜜,而翩翩戏蝶却不关心这些,清晨还是照样地飞来飞去;人们却已经完全失去了头一天的兴致,庭院中顿觉冷落了许多。其实,这倒并非因为一夜之间,秋菊的香气就衰减了多少,只不过是节令已过,人们赏菊、爱菊的心情改变了——由趋热而渐冷。这样一来,尽管菊花依旧迎风怒放,可是,它们的身价却已陡然大跌,由昨日的中心地位,一变而为今日的无人理睬了。

后来,东坡居士据此演绎出"相逢不用忙归去,明日黄花蝶也愁"这两句诗来;而且变换了语气,由"蜂愁蝶不知"改作"蝶也愁"了。

细按郑诗,人们不难发现,"蜂蝶"也好,"秋香"也好,都不过是借喻,诗人真正的寓意,或曰寄托,乃是慨叹世态的炎凉,人情的冷暖,讽刺世人的趋炎附势,向声背实。现代知名学者刘永济就曾直接标示:"此仇世态炎凉也。"他还引用晋人曹摅《感旧》诗的"富贵他人合,贫贱亲戚离"之句,陈述这番道理。清代名家纪昀更是盛赞此诗:"刻画中有深意,又不太着色相,故佳。"所谓"深意",大约也是指称这一寄托;而"不太着色相",则是强调此类哲理诗的特点,讲究象外之旨,直陈理蕴。

曲折而明

梅花

无尽藏[①]

着意寻春未见春,芒鞋踏破岭头云。
归来笑捻梅花嗅,春在枝头已十分。

在这首著名的禅宗开悟诗中,作者写道:她踏遍了高山云岭,着意寻春,却始终没有见到春的踪影。抱着满怀惆怅归来,下意识地手捻梅花,在鼻头一嗅,却发觉原来春就在眼前的枝头,而且已经十足地充分了。

从美学欣赏角度,我们悟解到:"道不远人",春就在我们身旁,就在我们心里。记得西方有一部获得过诺贝尔文学奖的名剧——象征派戏剧的代表作家梅特林克的《青鸟》。剧中的情节是,樵夫的两个小孩在圣诞节前夕梦见仙女委托他们为病重的女儿寻找象征着幸福的青鸟。于是,这对小兄妹就用一块附有魔法的钻石,召来了面包、糖果、水、火、猫、狗等各种物事的灵魂,在光的灵波的引导之下,穿过丛林,跨越坟场,开始了长途跋涉。可是,他们走遍了记忆之乡、

[①] 无尽藏,晚唐比丘尼。唐亡前十年卒。

暗夜之宫、幸福之园、未来之国,历经千辛万苦,那幸福的象征——青鸟却仍然没能到手,最后只好怅然而返。失望伴着焦急,他们也就从梦中醒来了。就在这当儿,一位貌似梦中仙女的邻家阿姨走进了屋里,是为她的正在患病的女孩来讨圣诞节礼物的,小哥哥决定把自己心爱的鸽子赠送给她。出人意料的是,这只白鸽顷刻间忽然变作青色,竟成了一只地地道道的青鸟。真是:"踏破铁鞋无觅处,得来全不费工夫。"那跋山涉水、历险犯难所要寻找的青鸟,那上天入地寻之遍,四处茫茫皆不见的青鸟,原来就在自己家里!于是,把它送给了邻居小姑娘,其病顿愈。

不过,比丘尼无尽藏却是从见道、悟道角度来写这首诗的。原来,禅宗开悟是"曲折而明"的,亦即有一个从理性到"直显心性",乃至"触事而发"的过程。禅学史告诉我们,参禅悟道有三种境界:第一种境界,是对于禅的本体寻而未得,举目所见,只是客观对象本身,所谓"落叶满空山,何处寻行迹"。第二种境界,似悟非悟,处于摸索、体悟过程,所谓"空山无人,水流花开"。需要一番静悟功夫——静下心来谛听、凝视,以期切实地感悟其中妙谛。第三种境界是一朝顿悟,"直显心性",所谓"万古长空,一朝风月"。

这在诗中得到了形象生动、情趣盎然的展现。再者,禅宗说法,常常通过言行或者具体事物来暗示教义的机理,叫作禅机。本诗在表述方式上,正是体现了这一独特性。

本诗的哲学意蕴十分丰富,读者可以从中解悟多种道理。比如,美,在生活中是到处都有的,关键在于要有一双善于发现的眼睛;比如,"睫在眼前长不见,道非身外更何求",人情之常,是对自己已经拥有的视而不见,却劳神费力去追求无法得到的东西,总以为,得不到的才是最好的,"跑了的鱼是最大的";还有,"芒鞋踏破岭头云",这种刻意的追寻并非全然无用,应该视为必要的准备,因为禅理、灵思的开悟,往往需要有个量的积累到质的转变的过程。

知与行的背反

江行无题一百首(选一)

钱珝[①]

牵路沿江狭,沙崩岸不平。
尽知行处险,谁肯载时轻?

关于《江行无题一百首》的作者,曾有争议。有的旧籍记在钱起名下。北宋四大部书之一《文苑英华》云:组诗乃钱珝自中书舍人贬谪抚州途中所作。后来又经葛立方考辨,确认为钱起之孙钱珝作品。明人胡震亨《唐音戊签》亦注明:"旧作(钱)珝祖(钱)起诗。今考,诗系迁谪途中杂咏,起无谪宦事,而声调更复不类。"

本诗为组诗的第十九首。诗中借江上行船所见,阐释日常生活中的哲思理蕴。前两句,极写纤夫背纤拉船的艰难、竭蹶——沿江的"牵(纤)路"十分狭窄,而且沙岸坍塌,路面凹陷不平,莫要说背上还有千钧重载,即便是负手闲行,也是既艰难又危险的。做出这个铺垫之后,自然而然地引申出后面两句的感慨:凡是行船的人都知道这段路极端难走,可是,装船时出于私利,或者贪图便利,却没有一个人肯

[①] 钱珝,唐乾宁年间进士。善属文,著有《舟中集》。

于少装,使负载少而能轻快一些。这里反映出立足点不同,思考问题的角度也随之而异的道理。"尽知行处险"是知;"谁肯载时轻"是行。在个人私利与短见面前,认识与实践、知与行,常常是颠倒的,悖谬的。

组诗充满诗情画意,宛如一幅幅长江手卷次第展开;但是,诗人并没有满足一般的叙述见闻、描绘风景,而是尽力从中发掘一些带有哲思理蕴的内容。如第六十六首:"静看秋江水,风微浪渐平。人间驰竞处,尘土自波成。"江波宁静,浪软沙平,与世人为争名逐利而奔忙,形成鲜明的对比。大自然有其固有的运行规律,不因人心征逐、世事繁复而移异。孔老夫子说得好:"天何言哉?四时行焉,百物生焉。"

"素知"的辩证法

毛遂

周昙①

不识囊中颖脱锥,功成方信有英奇。
平原门下三千客,得力何曾是素知。

先从"毛遂自荐"这句成语说起。

当日秦军围困赵国首都邯郸,平原君赵胜奉赵王之命,赴楚国请求援兵。"上山擒虎易,开口告人难。"这个任务可不轻。平原君决定挑选二十名文武全才的门客一起前往。可是,挑来选去,只得十九人,这时一个叫毛遂的门客前来自荐。平原君说:"贤能的人立身世间,就好比锥子处在囊中,它的尖锋立即就能显露出来。而你已经久处三年,却未见有人称道,看来还是无所作为吧?"毛遂说:"我不过今天才请求进入囊中罢了。如果能早些进入囊中,那我就会像锥子那样,整个锋芒都露出来了。"这样,平原君便带上了他,一道前往。

谈判中,楚王只接见平原君一个人。对谈从早晨进行到中午,也没结果。毛遂便贸然跨上台阶,大声地嚷着:"出兵的事,利害分明,

---

① 周昙,唐末曾任国子直讲。著《咏史诗》八卷。

怎么就议而不决？"楚王见状，异常恼火，问平原君："此人是谁？"平原君答以"门客毛遂"。楚王喝令"退下"。毛遂不但不退，反而大步走上殿阶，直面楚王，手按宝剑，说："如今十步之内，大王性命在我手中！"楚王慑于毛遂声威，没敢再加呵斥，就听毛遂讲下去。毛遂就把出兵援赵有利于楚国的道理，作了精辟的论述。楚王听了，心悦诚服，答应马上出兵。这样，邯郸之围很快就解了。

回国后，平原君待毛遂为上宾。感叹地说："毛先生以三寸之舌强于百万之师，今后，我再不敢识别人才了。"

本诗借助阐明这一故实，得出一个"得力何曾是素知"的规律性认识。

诚然，识别人才的基础，是深入了解。不了解，何谈鉴别优劣、高下？白居易诗云："试玉要烧三日满，辨材须待七年期。"还有"路遥知马力，日久见人心"之俗谚，说的都是要准确地鉴别人才，需要待以时日，也就是"素知"。但是，许多真理是相对的。平原君之所以偏偏漏掉毛遂，就是由于他把"素知"绝对化了。从主观上说，"素知"未必就是真知，囿于习惯、经验和定型思维，有时甚至常常出现"灯下黑"的误区；就客观来说，人才需要机遇，需要施展本领的平台，毛遂说的"如果能早些进入囊中，那我就会像锥子那样，整个锋芒都露出来了"，就是这个道理。再加上，三千人这样一个庞大队伍，只靠平原君（充其量还有周围几个人）是难以做到逐个真知真解的。毛遂的幸运在于勇敢地锐身自荐；那些没有这个胆气、这个要求，同样也是怀瑾握瑜的，不知还有几多！

本诗的哲思理蕴，正在于此。

需要通才

再吟

周昙

定获英奇不在多,然须设网遍山河。
禽虽一目罗中得,岂可空张一目罗!

这是前一首《毛遂》的续篇。诗人以"定获英奇不在多"这一议论领起,说明要延揽英才,必须"设网遍山河",把工作做到各个角落去;否则,就会造成平原君那样的失误:"相士千人",却把自己门下的"国士"毛遂漏掉了。为此,诗人引用古籍《申鉴》中一则寓言故事:捕鸟人张巨网于林下,获鸟甚多。旁面有人观看,发现一个鸟头只钻一个网眼,就认为,张那么大的网实在没有必要,回去后,他用一截一截的短绳结成一些小圈圈,用来捕鸟,结果徒劳无功。

作为哲理诗,诗中提出了整体与局部、一般与个别的关系问题,很值得我们深入研究。

当然,本诗的意义尚不止此,如果联系到治学与成才问题,同样可以从中获得深刻的启示。人才的成长,在以德为先的前提下,讲究智能要素和智能结构。就才能的基本要素来说,应该包括学识、能力与识见。而学问与知识又是人才赖以成长和发展的基础。列宁早就说过,只有用人类创造的全部知识财富来丰富自己的头脑,才能成为名副其实的共产主义者。古代的哲学家、科学家无一不是学问渊博、见多识广的人。亚里士多德对于天文学、生物学、物理学、逻辑学、心理学、伦理学、历史学、文学、美学等都有深湛的研究,就是一个显例。

金末学者刘祁在其学术著作《归潜志》中指出:"金取士以词赋为重,故士人往往不暇习为他文。""殊不知,国家初试科举,用四篇文字,本取全才。盖赋以择制诰之才,诗以取风骚之旨,策以究经济之业,论以考识鉴之方。四者俱工,其人才为何如也!而学者不知,止力为律赋,至于诗、策、论俱不留心。其弊基于有司者止考赋而不究诗、策、论也。"可见,即便是在旧的时代,也都强调渊博、会通的学问,重视全面人才的选拔与培养。

当今,自然科学与社会科学、人文学科飞速发展,构成了多层次、多序列的错综复杂的立体知识网络。它们相互渗透,彼此交织,既高度分工又高度综合,而综合化是发展的主要趋势。在大批的边缘学科、综合性学科(如环境科学、生态科学、能源科学等)与横向学科(如系统论、信息论、控制论等)应运而生,各类行业交融性不断提高的情况下,如果把自己的知识面局限在一个狭小的天地里,科学视野不宽,就很难取得更大的成就,因而需求更多的全方位的人才,为此,许多国家都提出了"通才教育"的思想。

实践表明,通才一般具有总体观念强、知识面广、思路开阔、后劲足、应变能力与创新能力强的优势和专业知识综合化、职能多面化,很容易把每个环节衔接起来的特点。所以,他们在社会上深受欢迎,被称为拿"金色护照"的人才。

闲到心时始是闲

月夕

崔道融[①]

月上随人意,人闲月更清。
朱楼高百尺,不见到天明。

这首小诗提出了一个有趣的美学欣赏课题。月是自然界的一种客观存在物,它的升落、圆缺,不以人的意志为转移。但它具有美的属性,可以引起作为主体的人赏心悦目的美感。又兼人的知觉、情感可以外射于物体,使原本属于物理的东西具有人的感知与情趣,亦即移情作用,这样,便由"物我两忘"进入了"物我同一"的状态。也正是为此,"月上(升)随人意",便成为可能了。这和诗词中的"感时花溅泪,恨别鸟惊心"(杜甫)、"为君持酒劝斜阳,且向花间留晚照"(宋祁)一样,都体现了人与自然、心与物、主观与客观的交感互应,融合统一。

在确立了这个大前提之后,诗人接着说:"人闲月更清"——我们不妨把它看作是人与自然、心与物、主观与客观的交感互应的具体

[①] 崔道融(890—?),以征辟为永嘉令。晚唐诗人,其诗清丽通畅,冲淡闲雅。

体现。这里说的是,处在闲适心态下,抬头看月,会觉得月色更加清新、清凉、清净;也可以作进一步的引申:闲雅之士心中自有明月清辉。

当然,同样叫做"闲",却有心闲与身闲、真闲与假闲之分。如果心中满是计较、攀比、争竞、牵挂,即便身体处于休闲状态,也很难获得真正的闲适;至于游手好闲、百无聊赖,那就与心闲完全不沾边了。"闲到心时始是闲"。心闲,应是主体从现实利害关系中超脱出来,不为物役,不为名累,这是一种境界。宋代法演禅师诗云:"但得心闲到处闲,莫拘城市与溪山。是非名利浑如梦,正眼观时一瞬间。"

当代学者郁沅指出,要使主体进入"以物观物"的观照状态,达到物化,主体必须摆脱主观情欲的纷扰,呈现心灵的空明宁静,这就是叔本华所说的"静观的审美方式",王国维所说的"无我之境,人唯于静中得之",这便是心境的虚静,都是强调主体在观照、认知客体时,必须具备空廓明静之心境。所谓"寂然凝虑,思接千载",便是这个意思。

诗中后两句,从反面印证这个道理——如果整天追名逐利,特别是那些豪门贵胄,即便是身居百尺红楼之上,通宵达旦地守候着,也照样赏玩不到明月清辉。因为月色清光,不单是在天上,同时还辉映在心里。美不自美,因人而彰。

语浅言深

道旁木

唐备[①]

狂风拔倒树,树倒根已露。
上有数枝藤,青青犹未悟。

大树已经被风刮倒,树根露在外面,完全断绝了生机;可是,缠绕枝头的青藤却全然不晓这种败亡的命运,安之若素。自然界中的这种现象,在社会生活中也屡见不鲜。大而及于国家、民族,小而至于团体、个人,缺乏忧患意识,安而忘危、乐而忘忧,直到最后祸患及身,才恍然大悟。说来也是堪笑又堪悲的。

小诗形象鲜明,语句通俗易懂,但所揭示的哲理却是十分深刻的。其中涉及主观与客观、现象与本质、眼前与长远等多方面的认知。至为深刻、警辟的道理,纯以形象出之,不着一句议论而理趣昭然,可谓深得诗家三昧。

《唐才子传》中评说唐备的诗作,赞誉有加,说它用语古朴,多含讽刺,颇关教化,非浮艳轻薄之作,大为时流所许,至今人们在话语

---

① 唐备,唐龙纪元年进士。工五言古诗,多以比兴手法讽喻现实,笔调冷峻、简朴。

间,还经常举出其诗以为警戒,如"一日无大风,四溟波尽息。人心风不吹,波浪高百尺。""天若无雪霜,青松不如草;地若无山川,何人重平道!"都备极精彩。

高情远志

沙上鹭

张文姬

沙头一水禽,鼓翼扬清音。
只待高风便,非无云汉心。

在这首咏物寄怀诗中,诗人先是点题,说水滨沙岸之上有一只白鹭,一边在沙洲上闲步,一边不住地鼓动着翅膀,清音嘹亮地鸣叫着。接下来,生发开去,说看得出它是不肯久居下游的,只是在等待着时机和条件,一旦风云得便,它就会远举高飞。

诗中以寥寥数语,刻画出沙洲白鹭引吭高歌、振翅欲飞的鲜活形象。此中意象与蕴涵,当是从钱起《蓝田溪与渔者宿》诗句"更怜垂纶叟,静若沙上鹭。一论白云心,千里沧州趣"中化出,但"青出于蓝而胜于蓝",标格、意蕴较钱诗更胜一筹。

作者为晚唐女诗人,《全唐诗》中存诗四首,注称"鲍参军妻也"。据此,有人便认定是南朝·宋著名诗人鲍照之妻。但考诸史籍,未见记载。梁代诗歌理论批评家钟嵘说,南北朝宋、齐两代能诗文的女子,只有鲍令晖(鲍照之妹)、韩兰英两人,而未及张文姬。论及诗文,鲍照对宋孝武帝也只谈到妹妹和他本人,而未提妻子,可见当时并无其人。至于"参军"一职,始于东汉,《出师表》中即曾说到"参军蒋琬";迨至隋唐,参军一职兼为郡官,属于常见的职务。再者,如果鲍参军即指鲍照,那么,《全唐诗》编者怎么会把他的妻子收进来呢?

论者多认为,女诗人是借以鼓舞丈夫积极进取,把握时机,施展抱负,青云直上。俞陛云《诗境浅说续编》中即说:"文姬为鲍参军妻。借咏鹭以见藏器待时之志,殆为参军勉也。"但也有人提出:"说是以此慰勉丈夫,虽勉强可以,终觉隔了一层。我以为是诗人借鹭以抒怀。她作为一个女子,才情非凡,本可做出一番大事业的,但却在封建社会的种种束缚下失却机会,不能有所作为,因而从沙上鹭看出自己的影子,产生了强烈的共鸣。当然,诗歌所寄寓的怀才不遇者的感叹和期待之情,几乎可成为古今皆然的感情范型,并不止局限于诗人一人。这也可看作形象大于思想,作品大于作者的典型一例。(张志春、常智奇语)

禅悟人生

插秧歌

契此[①]

手把青秧插满田，低头便见水中天。
六根清净方为道，退步原来是向前！

布袋和尚出身农家，人虽矮小，身体却很强壮，是干农活的一把好手，插秧又快又好，一口气能插上数十亩田。有人请他谈插秧感想，他随口吟出一诗，即此《插秧歌》。

作者说，手里拿着青秧，低着头一把把地插向田间。这时候，心头没有任何私心尘念，不经意间，发现水中映出一片明净的蓝天，原来，竟是别有洞天。正是在一步步后退着插秧时节，才能看到满田尽是青青的秧苗。于是，恍然解悟："退步原来是向前！"说的是插秧，实际上远远超越了这一物象，而深蕴着哲理禅思。

诗中借农夫插秧说明人生悟道之理。应该说，禅机中的哲理，原本是深奥难懂、不易解说的。可是，在这里却讲得生动活泼，饶有情趣。按普通常识，望天都要抬头，作者却说"低头便见"；见什么？水

[①] 契此（？—916），唐末暨五代高僧。常杖荷布袋，四境化缘，人称布袋和尚。

中的天光云色。按普通常识,都是迈步向前,这里却说"退步原来是向前",并且讲得头头是道——看着是后退,实际上却是前进;这种退步,不是消极的倒退,而是积极的转进。诗中比喻手法,也运用得十分圆妙,

  第三句以"六根清净"方可习禅悟道,比喻插秧时洗净秧根可以有利于秧苗成长,令人拍案叫绝。"六根"一词,源出佛典,指眼、耳、鼻、舌、身、意。它们分别接触色、声、香、味、触、法(称为六尘)。佛家认为,人要修行、得道,就是要使自己内在的"六根"不被外面的"六尘"污染,时时保持自性的清净。

对牡丹说"不"

咏牡丹

王溥[①]

枣花虽小能结实,桑叶虽柔解吐丝;
堪笑牡丹如斗大,不成一事只空枝。

在咏物诗中,诗人具体描写的对象,作为核心意象,总是寄寓着一己的价值取向,直白或者曲折地表达其思想情感。这就难免会出现同一事物在不同诗人眼中展现不同的价值判断。这首《咏牡丹》是一个显著事例。

长时期以来,有"花中第一品,天上见应难"之誉的牡丹,一直是被人讴歌、赞美的对象,几乎没见到贬斥牡丹的作品。王溥却反其道而行之,从讲求实用角度作出了翻案文章。他说,枣花非常细碎,却能结成果实,吃起来甜脆可口;桑叶特别柔嫩,还可以养蚕吐丝,能够织出华美的绫罗绸缎;唯有牡丹大而无当,红红火火一阵子,到头来不成一事,只剩空枝。诗人当然不是跟牡丹有什么过不去,而是要借助牡丹这个形象来讥讽那些不务实际、徒尚虚华的人。

---

① 王溥(922—987),五代·后汉乾祐进士第一名。入宋后,封祁国公。

这里有三个层次,需要讨论、研究:一是,从美学的视角,就审美标准、审美趣味来说,可以有不同的选择,就是说,只要是美好的事物,即便没有多少实用价值,我们也不应加以排斥;二是,从日常普通应用角度来要求,最好是观赏价值与实用价值相统一,或者侧重于实用价值;三是,从写作讽喻诗的诗人角度,比如王溥,他所着意的不是单纯的审美,他是要对徒有其表、华而不实、花拳绣腿、耍花架子一类人进行讥讽,于是,找到了一种物象——牡丹,来大做文章。

应该承认,他的手法是高妙的:完全用事实说话;却又在题目上加个"咏"字,似乎要予以颂赞,实则尖锐批评;而句式完全仿效刘禹锡的《赏牡丹》七绝:"庭前芍药妖无格,池上芙蕖净少情。惟有牡丹真国色,花开时节动京城。"都是贬二褒一;而做的却是反面文章,堪称奇绝妙绝。

何来"女祸"

述亡国诗

花蕊夫人①

君王城上竖降旗,妾在深宫那得知。
十四万人齐解甲,更无一个是男儿?

五代十国时,有两位花蕊夫人:一为前蜀主王建的妃子,有才色,后唐灭前蜀时,被杀于长安秦川驿。本诗作者为后蜀主孟昶之妃。史载,花蕊夫人徐氏,从孟昶降宋,赵匡胤指令她作诗。她便吟诵了这首《述亡国诗》(亦名《奉召作》)。诗意明白易懂,核心在于后面两句,显然是有感而发的。史书、笔记上,屡屡记载某朝某代以色亡国,持"红颜祸水"之说。花蕊夫人正是针对这种论调来作答的:如果说,女色导致了亡国,那么,后蜀十四万人一齐解甲投降,该是没有一个男子汉了。说得理充气足,根本没有反驳的余地。清·薛雪《一瓢诗话》评此尾句曰:"何等气魄!何等忠愤!当令普天下须眉一时俯首。"

与《述亡国诗》一样,也是为了批驳"女祸说",题材却变当代为

---

① 花蕊夫人,后蜀主孟昶之妃,工诗文。被掳入宋宫,为太祖赵匡胤所宠。

古代,晚唐诗人罗隐有一首题为《西施》的七绝:"家国兴亡自有时,吴人何苦怨西施。西施若解倾吴国,越国亡来又是谁?"诗人身在吴越,当是听到许多吴人的怨语,于是,便针锋相对地写了这首诗。同样是有理有据,颇具说服力的。而鲁迅先生更在文章中,直接为杨贵妃鸣不平:"譬如罢,关于杨妃,禄山之乱以后的文人就都撒着大谎,玄宗逍遥事外,倒说是许多坏事情都由她,敢说'不闻夏殷衰,中自诛褒妲'的有几个。"(此语揭示:杜甫这两句诗说的是,安史之乱的主要祸根在唐玄宗,实质上,他同夏桀、商纣一样,是罪不可恕的亡国之君。)"就是妲己、褒姒,也还不是一样的事?女人的替自己和男人伏罪,真是太长远了。"(《花边文学·女人未必多说谎》)